書下ろし

初代北町奉行 米津勘兵衛⑩

幻月《げんげつ》の鬼《き》

岩室 忍

JN100354

祥伝社文庫

目次

第一章　秘剣の舞

北町奉行所《きたまちぶぎようしよ》の青木藤九郎《あおきとうくろう》は夕霧《ゆうぎり》の家を出ると西田屋《にしだや》に向かった。

その途中で見廻《みまわ》り中の本宮長兵衛《もとみやちようべえ》と出会った。

「不審な者はいるか?」

「いいえ、昨夜の今日ですから怪しげな武家は吉原《よしわら》の中にはいないようです」

「だが、見落としのないよう隅々《すみずみ》まで見て回れ、奴《やつ》らが潜《ひそ》んでいるかもしれないぞ」

「はい!」

藤九郎は長兵衛とわかれて椿楼《つばきろう》の前で立ち止まった。

その辺りを見回しても廓《くるわ》を見張っているような男はいない。道端《みちばた》に椿楼の灯《あか》りが伸びていた。ずいぶん賑《にぎ》やかな廓で出入りの客もあって繁盛《はんじよう》していることがわかる。この中に夕霧がいった花瀬《はなせ》という娘がいるという。藤九郎が何度もあたりを見回したが見張りらしい武士はいない。

「昨夜の今夜だからな……」

そういいながらも決して油断はしていない。

藤九郎の神夢想《しんむそう》流居合《りゅういあい》は不意の攻撃に対応する技なのだ。一瞬で相手から後《ご》の先《せん》を取って斬《き》る。いつでも刀を抜いて応戦する構えだ。西田屋まで行くと惣吉《そうきち》が飛び出してきた。

「青木の旦那《だんな》……」

「惣吉、今夜は怪しい者はいないようだな？」

「はい、忘八《ぼうはち》たちも見張っていますが、不審な者はいないようで、旦那の方に何か手掛かりでも……」

「いや、まだ何もない」

藤九郎は身分を隠して椿楼に上がってみようかと思っていた。

「さっき、幾松《いくまつ》親分が向こうへ……」

「そうか、すぐそこで長兵衛と会った。まだ宵《よい》の口《くち》だから不審な者が現れるならこれからだろう。もし見つけたら知らせてくれ……」

藤九郎は惣吉と別れ椿楼まで戻ってくると、暖簾《のれん》を分けて中に入り花瀬といって廓に上がった。吉原の妓楼《ぎろう》に上がるのは何年ぶりになるか、見廻りや事件の時に立ち寄るが廓に上がるのは夕霧以来かと思う。

花瀬は人気でずいぶん待たされた。

藤九郎は白粉《おしろい》の匂《にお》いに包まれ酒も飲まず、柱に寄りかかって花瀬が現れるのを待っている。こういうところの売れっ子遊女はいつも忙しくしていた。

一刻《いっとき》（約二時間）ほどして藤九郎が帰ろうかと考えていると、花瀬が部屋に入ってきて「お待たせしてご免《めん》なさい」と、頭を下げて藤九郎の傍《そば》に来て座る。

「あら、お酒は？」

「酒はいい、そなたが花瀬か？」

「はい……」

「うむ、そう長くここにはいられないのだ。ある人からそなたと佐々木市之進《ささきいちのしん》を助けてやって欲しいと頼まれた。それで会いに来てみた」

花瀬は市之進の名前が出たことで驚いている。その顔に警戒の色が浮かんだ。

「今日は顔を見るだけだ。また来る」

「あのう、お名前を……」

「それも今度だ」

藤九郎は外のことが気になっていた。

この花瀬とは顔つなぎだけでいいと思っている。夕霧とどこか似《に》ているが寂《さび》しそうな顔をする娘だ。まだ吉原でなにが起きているか呑《の》み込めていないようだ。事件のことは聞いたが市之進が起こしたとは思っていない。

「待たせてしまい、ご免なさい……」

「うむ、そんなことは気にするな。忙しそうだが体に気をつけろ。それじゃ」

立ち上がると藤九郎は廊下《ろうか》に出て急いで外に出た。

月が高くなって明るいが、北からの風が冷たくなっている。椿楼の辺りに不審な者の姿は見当たらない。だが、花瀬がここにいる間に見張りは必ず現れるだろう。二人を斬った市之進も遠からず現れるはずだと思う。ということは吉原で再び斬り合いが起きるということだ。うまいこと娘を連れ出したとして、果たして市之進は花瀬を連れてどこへ逃げる。追手がかかることは間違いない。

浪人姿の藤九郎はそんなことを考え夕霧の家に向かった。

月明かりに白い路地は寂しい。夕霧の家だけまだ薄く灯《とも》りが灯っている。

「ご免……」

藤九郎が呼びかけると夕霧が起きてきて戸を開けた。

「どうぞ……」

「大丈夫なのか？」

「うん……」

　家の中は暖かい。夕霧は寝ないで藤九郎を待っていた。

「椿楼の花瀬に会ってきた」

「そう、こっちに上がってくださいな……」

「いや、すぐ見廻りに戻らなければならない。花瀬とは顔つなぎだけだが佐々木市之進という名に驚いていた。その市之進に会いたいが？」

「きっとここに現れると思います」

「いつ？」

「それはわかりません。時々、顔を見せてください。ここに待たせておきますから……」

「承知した。花瀬ともまた会ってみる。どんな事情なのか話すとは思えないが？」

「ええ、市之進さまが来ましたらあたしも聞いてみましょう」

「その方が早いかもしれない。それじゃ……」

藤九郎が外に出るとすぐ灯りが消えた。騒ぎに巻き込まれて夕顔は疲れている。

その夜、佐々木市之進も市之進を斬りたい武士たちも現れなかった。

翌日も藤九郎たちは吉原に行ったが、斬り合いはまずいと思ったのか不審なことは起きない。

その翌日も吉原は静かだった。

江戸では毎日のように殺人事件が起きるが、佐々木市之進が斬られたという事件はない。武家同士の斬り合いは隠されることが多いから、奉行所に報告されることはほとんどない。だが、噂《うわさ》だけは消すことができないから、数日後には見廻りの同心《どうしん》の誰かが噂を拾ってくる。

ご用聞《ようき》きたちが拾うこともあった。

そういう事件が起きれば噂などは、すべて筆頭与力の長野半左衛門《ながのはんざえもん》に集まってくる仕組みだ。

大名も旗本も騒動を起こすと改易《かいえき》や減封《げんぽう》になることがあり、事件が起きても外に漏《も》れないようにするのが常である。まして江戸においては貝のように口が堅《かた》く、騒動の実情が外部に漏れることはほとんどない。

内々で処理するのが決まりのようになっている。

それだけ大名や旗本にとって幕府は恐ろしいということでもあった。

そのため、奉行所が大名家や旗本の中で、何が起きているかを知ることはほぼ不可能だった。

この事件も同じだろうと藤九郎は思う。

だが、吉原がからんでいるから騒動の片鱗《へんりん》が見えてきていた。大名家や旗本の家の中のことは知る必要がない。知れば厄介《やっかい》なことになるだけだ。家の中でどんな騒ぎが起きても、それは家の中で解決されればいい。幕府の手を煩《わずら》わせるようなことになればただでは済まない。

こういう時は吉原で何が起きたのかだけは調べておきたい。

その吉原は静かだった。いきなり斬り合いの事件になって、追手の武士たちは驚いたのだろう。それも刀を抜かないで斬られたと噂が広がると問題である。そんな腑《ふ》抜《ぬ》けな武士はどこの誰だ、などと詮索《せんさく》されてしまうと、思わぬところからお家の名前が出ないとも限らない。

だからそういうことは一切《いっさい》伏せられる。

藤九郎は事件の様相をほぼつかんだが、この先は厄介なことになりそうだと思う。

佐々木市之進が夕霧に真相を喋《しゃべ》れば、この事件はそれで終わりにしてもいいと藤九郎は思うがそこが難しい。勘兵衛《かんべえ》から始末を任された事件だから、どう解決するかは藤九郎の胸三寸で決まる。夕霧の願いをどうするかということが残る。

藤九郎は「夕霧が恋をしなかったと思いますか?」と聞かれ、夕霧の恋がどんなに悲しいものだったかを藤九郎は知った。

この世の中で恋をしない人などいないだろう。

相手は藤九郎だといったのも、まんざら冗談でもないだろうと、藤九郎の鼻の下がグンと伸びそうだがこの話はそういうことではない。若い男女の足抜けを助けようという極めて危ないことである。北町奉行米津《よねづ》勘兵衛の内与力《うちよりき》青木藤九郎が、昔の女の願いを聞いて吉原の惣名主《そうなぬし》庄司甚右衛門《しょうじじんえもん》や、椿楼の楼主と忘八の親玉の惣吉を裏切るという話だ。

しかも吉原から逃がすつもりの遊女は身請《みう》け千両という美女である。

男は自惚《うぬぼ》れ屋が多い。

夕霧のような美女にいわれるとやっぱりそうかと思う。そんな勘違いから起きる事件も少なくない。ここは藤九郎の正念場だ。失敗して発覚すれば藤九郎は米津家の領地の酒々井《しすい》に帰されるだろう。甚右衛門の出方によっては奉行の勘兵衛も危なくなる。

だが、日々命を削《けず》って生きている夕霧の願いだから何《な》んとかしてやりたい。

何度か夕霧とは情を交わしたのだから、そんな男と女の好き嫌いも遠い昔の勘違いなのかもしれない。一目惚《ひとめぼ》れや気の迷いで惚れても、女ごころは変わりやすいし男も同じようなものだと思う。だが、藤九郎には夕霧を抱いた感触が最近のように今でもはっきり残っている。

男というのはそんな過去のできごとに弱い。

剣客《けんかく》の藤九郎でも夕霧に、「本気でしたのよ……」などとささやかれればふらっとする。

勘兵衛にいわせれば修行が足りないと一喝《いっかつ》されるだろう。吉原の見廻りに入って五日目の夜に、藤九郎はまた椿楼に上がって花瀬と会った。何んとも困ったことに巻き込まれたようだ。

夕霧に頼まれて乗り掛かった舟だと思うしかない。

そんな藤九郎を待ちかねたように、花瀬は客をほっぽり投げて飛んでくる。

「先日は失礼をいたしました」

そういって藤九郎を見る花瀬は夕霧に負けない美女だ。

「忙しいのではないか？」

「はい、でも……」

小さくうなずいてニッとこぼれる笑顔が恥ずかしそうだ。

「わしもゆっくりはしていられない。名は青木重長《しげなが》という。そなたの名は？」

藤九郎は本名を名乗ってから聞いた。

「藤本綾《ふじもとあや》にございます」

「武家だな？」

「はい……」

「大名家か？」

「はい……」

「お家の名はいえるか？」

「それは……」

自分の家を滅ぼした松平《まつだいら》家だが、綾はその名を出すことに躊躇《ちゆうちよ》した。

殿さまが事件のことを知っているかさえ定かではない。公金不明などは闇《やみ》から闇に消されると聞いている。殿さまのことを考えお家の名は出せないと思った。

「うむ、いいだろう。いずれわかることだ」

「あのう、青木さまはご浪人さまでございますか？」

「浪人……」

藤九郎は自分の変装に気づいて苦笑するしかない。実によくできた浪人である。

「そなたがお家の名をいえぬように、わしも正体をいうことはできないな」

藤九郎の言葉に花瀬がニッと笑った。

「そなたは知るまいが、だいぶ前のことになるが、この吉原には絶世の美女といわれた夕霧という人がいた」

「夕霧さま？」

「うむ、その夕霧はわしの恋人だった」

「はい……」

「その夕霧が病《やまい》になり、この吉原に今でも住んでいる。惣名主の庄司甚右衛門を知っているか？」

「はい、存じ上げております」

「今はその惣名主の世話になっている。その夕霧のところにこの吉原で斬り合いがあった日、佐々木市之進が追い詰められて逃げ込んだのだ」

「市之進さまが？」

「うむ、夕霧がその若侍を匿《かくま》ってそなたとのことを聞いたそうだ」

「市之進さまはご無事でしょうか？」

「二人を斬って逃げたが怪我《けが》はしていないようだ。あの日、吉原の外に出たことはわかっている。逃げ道もわかっているがどこに行ったかまではわからない」

花瀬がホッと安心した顔だ。騒ぎの後に市之進ではないかと無事を心配していた。廓の噂で武家が斬られたと聞いたからだ。

「他言無用にできるか？」

「はい……」

「実はその夕霧から二人を助けて欲しいと頼まれた。この話を信じるか信じないかはそなたの勝手だが、そなたの許婚《いいなずけ》の市之進は武士たちに追われて命が危ない。今度見つかれば必ず斬られる」

「ええ、わかっております」

「そなたから話を聞いて、助けるか助けないか決めると夕霧に答えておいた。わしに話せることがあるなら聞こう」

「あのう、助けるとはどのように？」

「そなたら二人をこの吉原から逃がすということだ」

それを聞いて綾の顔色がサッと変わった。自分にも危険が迫っているということだ。

「そのようなことができましょうか？」

「この吉原を知り尽くしたわしと夕霧ならできる。そのかわり二人には覚悟をしてもらう。万一の時の自害の仕方ぐらいは知っているだろう？」

「はい……」

綾は武家の娘だ。自分の身を処分する覚悟はできている。

これまでも何度か死のうと思った。だが、市之進と同じでこの世に未練があった。それが市之進と一緒ということなら死ねる。愛する市之進とならいつでも死ぬ覚悟なのだ。

「夕霧さまにご迷惑をおかけすることになりませんか？」

「心配するな。誰にも知られずそなたと市之進を逃がすという話だ」

「この綾はお助けいただいた夕霧さまにも青木さまにも、何もお礼はできませんが……」

花瀬が両手で顔を覆《おお》って泣いた。

「花瀬、もう泣いている暇《ひま》はないのだぞ。お前がここにいる事情を聞きたいが？」

「はい……」

お家の名前はいえないといいながら、花瀬は父親の藤本左太夫《ふじもとさたゆう》が勘定方《かんじょうがた》で、使途の不明な公金があることを発見したことから話し始めた。それを藤九郎は黙って聞いている。

大名家や旗本家ではありがちな事件だと思った。

わずか三百両で斬首とはひどいと、腹も立ったが何よりも許せないのは、公金横領を勘定方の軽輩《けいはい》に押し付けて口封《くちふう》じに殺したことだ。

藤九郎は花瀬の言葉から事件の内容をすべて把握《はあく》した。

どこの大名かはわからないが、ずいぶん理不尽で下手《へた》な処分をしたものだと思う。

大名家の家臣はお家大事のあまり、軽輩の命など紙切れよりも軽く考えがちだ。こういう騒動はほとんどが泣き寝入りするが、中には佐々木市之進のように反発する者がいる。すると隠し切れずに事件に発展した。公金三百両を持ち出して出奔《しゆっぽん》したのだから市之進はなかなかである。そのことを綾はいわなかった。

　こういう事件が大名家の外に漏れ出ることは珍しい。

　綾の話があまりにも理不尽で、藤九郎は二人を逃がそうと思う。そういう無慈《むじ》悲《ひ》なことをする連中に反撃してやりたい。おそらく殿さまの知らないことなのだろう。公金を使い込んだものが密《ひそ》かに始末をつけようとした。ということは公金横領をしたのは勘定《かんじょう》奉行より上という見当がつく。

　武士の風上にも置けないとはこういう輩《やから》だ。

　戦いのない泰平《たいへい》の世になり武家も徐々に贅沢《ぜいたく》になってきている。権現《ごんげん》さまに知《ち》行《ぎょう》してもらった有り難さを忘れているのだから許せない。藤九郎は綾と市之進を逃がし決着をつけてやると思う。

　それは危険なことだが藤九郎は剣に自信がある。

　襲ってくるなら斬り抜けるだけだ。五人や十人なら返り討《う》ちにしてやる。やさしい綾を地獄に落とした奴らに怒りが湧《わ》いてきた。無力な者を踏みにじるような振る舞いは断じて許さない。藤九郎の正義感に火がついた。

「花瀬、そなたは礼など考えるな。幸せになることだけを考えて、いつでもここから出られるように、必要なものだけをまとめておけ、身軽な方が良いぞ」

藤九郎は花瀬にそう命じ「筆と紙はあるか？」と聞いた。

「そなたに夕霧の家を教えておく、覚えたらその紙は燃やしてしまえ……」

「あのう……」

「なんだ！」

「どこへ逃げるのでしょうか？」

「それはわしと市之進が考える。そなたは許婚を信じていればいい。捕まらないところに必ず逃がすから……」

「はい、お願いいたします」

藤九郎の説得で花瀬が吉原から逃げる覚悟を決めた。

「逃がす支度《したく》ができたらまた来る。それでは……」

藤九郎は二人を逃がす場所と方法を考える。綾の話を聞いて危ない橋だが渡ることにした。藤九郎は勘兵衛には吉原との約定《やくじょう》の二つ目、騙《だま》されて連れてこられた娘は親元に帰すこと。この一条に従ったと真相を話すつもりだ。

藤本綾は多くの男たちに騙されて、家を潰《つぶ》され遊女に身を落とした。それは約定の二つ目に当てはまるとかなり強引だがそう決めた。病になり、もうこの吉原から生涯《しょうがい》出られないだろう夕霧への思いもある。

その夕霧の代わりに藤本綾を逃がしてやりたい。

武士たちに捕まれば二人とも殺される。忘八に捕まれば花瀬は助かるが市之進は密かに殺されるだろう。二人が吉原から逃げるということは命がけということだ。

椿楼を出た藤九郎は夕霧の家に向かう。

その途中でまた長兵衛と出会った。

「どうした？」

「探しておりました。忘八が殺された松の付近に不審な武士がいます」

「よし、幾松か寅吉《とらきち》に見張らせろ！」

「はい、行き先を突きとめさせますか？」

「いいだろう。見張りを悟《さと》られると斬られるぞ。奴らは仲間を斬られて怒っているはずだから、危ないと思った時は逃げろと二人に伝えてくれ！」

「承知！」

長兵衛が幾松と寅吉を探しに走って行った。

静かだった事態が動きそうな気配になってきた。人気《ひとけ》のないあの松の木の傍に武士がいるというのは確かに怪しい。市之進が動き出すと思って刺客《しかく》たちも動き始めたということだろう。

藤九郎が夕霧の家に行くと心配そうな顔で夕霧が待っていた。

「花瀬に詳しいことを聞いてきた。何んとも悲惨な話だが大名家にはよくありそうな話で嘘《うそ》はないと見た。逃げる手はずをつけてきた」

「そうですか、よく花瀬が喋りましたね？」

「うむ、わしも無理かと思っていたが、父親を殺され家を潰されたことがよほど悔しいのであろう。それに市之進のことも……」

「ええ、あとは一緒に逃げる市之進がいつここに来るかですね？」

「そうだ。いつここに現れるかだ。怪しい武士たちがまた出てきたようだ。市之進が椿楼に近づくのは危険だな。ということはここに来るしかないということだろう」

「やはりそうですか……」

「逃がす支度を整えて待つしかない」

「ええ、藤九郎さま……」

「なんだ？」

「好きですよ夕霧は……」

「そなたにそういわれるのが一番つらいわ……」

「まあ、本当なんですから……」

「そうか、それなら来世でまた会おう。その時はわしの妻になれ、いいか？」

「うん……」

夕霧がうれしそうに微笑《ほほえ》んだ。

この時、もう夕霧の死期が迫っていた。今度、大量に吐血《とけつ》すれば責任は持てないと、医師から引導《いんどう》を渡されていたのである。夕霧はこれまで何度も血を吐《は》いて、今は気力だけで生きているようなものだった。

その日、佐々木市之進は吉原に現れなかった。

武士と忘八の二人を斬ったことで、吉原に入ることが相当危険になっている。

だが、その翌日の深夜、忘八たちが警戒する吉原に市之進が現れた。

さすがに椿楼には近づけずやはり夕霧の家に入った。吉原の様子を探りに来たのだが入り込むのがようやくで、椿楼に近づくことはもちろん、吉原の中を歩くことすら危ないとわかった。夕霧に顔だけ見せて帰ろうと思った。

「待っていたのですよ……」

「お吟《ぎん》さん、見張りが厳しくてもう椿楼には入れない」

「良くここまで来ることができたわね。しばらくここにいて、あなたに会わせたい人が来るから、もう花瀬と会ってその人が話をつけているの……」

「綾どのと？」

「花瀬はあなたと逃げる決心をしているから心配しないでね」

夕霧に話を聞いてまさかと市之進は驚いている。そんな援軍が現れるとは信じられないことだ。だが、夕霧は信頼できる人だと思う。

「その人はどんな方ですか？」

「あたしの大切な恋人よ」

「お吟さんの？」

「あら、あたしにも好きな人はいるのよ。いけない？」

夕霧が悪戯《いたずら》っぽくにやりと笑う。

その頃、藤九郎は吉原を見廻っていた。長兵衛が怪しい武士といったのは、市之進を狙《ねら》う刺客ではなく田舎から出てきた侍が、吉原をウロウロして外《はず》れまで来て松の木に寄りかかっていたのだ。

あの事件以来、刺客と思われる武士たちは吉原に現れていない。

藤九郎は何かおかしいと異変を感じていた。あの武士たちが佐々木市之進を討つのをあきらめたとは思えない。綾の話からすると間違いなく刺客で、市之進を何んとしても殺さなければならない者たちだ。

わずか三百両の公金横領の処分を間違え、お家の騒動に発展してしまってい る。

お粗末な話で殿さまの耳に入れば、大量の処分者が出る可能性があるだろう。それを恐れて佐々木市之進の口を封じておかなければならない。話がこじれて勘定奉行たちが困っているのが見えるようだ。

「馬鹿《ばか》な始末をするとこういうことになる……」

藤九郎の考えでは大騒ぎになる吉原の中ではなく、吉原の外で討ち取る作戦に切り替えたのだろうということだ。

市之進が吉原に入る時か出てきたところを捕捉《ほそく》して追う。

その市之進を討ち取るのは、吉原の外であればどこでもいいということだ。できれば人気のない街道とか原っぱであれば好都合だ。その時、市之進が藤本綾を連れていればなお結構、二人とも殺してしまえば後腐《あとくさ》れがない。人知れず佐々木市之進と藤本綾はこの世から消える。

藤九郎が夕霧の家の路地に入ると、深夜なのに灯りが灯っている。病の夕霧が起きている刻限ではない。市之進が来ていると直感した。

「ご免……」

藤九郎が小声で呼ぶと夕霧がそっと戸を開けた。

「来ているようだな？」

「ええ、どうぞ……」

市之進は浪人姿の藤九郎に驚いたが、その立ち居振る舞いに只者《ただもの》ではないと直感して座敷で平伏した。

「佐々木市之進だな？」

「はい！」

「この夕霧に頼まれて、そなたら二人を助けることにした青木という。支度は整っている。吉原から逃げるのは大晦日《おおみそか》の夜、子《ね》の刻（午後一一時～午前一時頃）だ。吉原を出る頃は元旦《がんたん》になっているだろう。この先の土手下に船を用意する。行き先は海の上だ。船頭に聞け！」

「失礼ながら綾どのとの連絡はいかに？」

「それはわしに任せろ。花瀬は当日ここに来る。二人ですぐ船に乗れ、いいな？」

「お吟さん……」

「市之進さま、この方を信じなさい。必ず逃がしてくれますからね」

「ここに来る時、そなたは例の角田《かくた》という男に見られたかもしれない。ここから出るのが難しいぞ」

「見つかっていると？」

「おそらく、吉原の中では騒ぎになるから、そなたを斬るのは吉原の外にしたのだろう」

「吉原の外？」

「大丈夫よ。すべて青木さまに任せなさい。強いんだから……」

夕霧が市之進に心配ないという。

「この周辺を見てくる。しばらく待て……」

藤九郎はどこかで例の武士たちが見張っているはずだと思い、夕霧の家を出ると周辺の暗がりを見て回り、吉原から出る路地も確認する。だが、不審者はいなかった。

それでも藤九郎は奴らが必ずどこかにいると気配を感じている。

寒さの中に殺気があり間違いなく近くに刺客はいる。襲ってくるなら斬るしかない。

夕霧の家に戻ると藤九郎は市之進を連れて、家並みの軒下《のきした》の暗がりを頼りに吉原から出た。その直後、二人の前に武士が立って道を塞《ふさ》いだ。暗がりからもう二人が出てくる。

「佐々木市之進だな？」

「角田さま……」

市之進が一歩二歩と後ろに下がった。角田武左衛門《ぶざえもん》は刺客の大将である。剣ではとても太刀《たち》打《う》ちできる相手ではない。その剣はお家一といわれている。

「佐々木、上意だ。神妙《しんみょう》に覚悟しろ……」

「ほう、その上意は誠かな？」

「そなたは？」

「わしは佐々木市之進の後見人でもあり助太刀でもある。雇《やと》われた用心棒でも名無しの権兵衛でもよいが、その上意はわしが聞いた話とはずいぶんと違うな」

「黙れッ、そなたには関係のないことだ！」

「なるほど、公金横領を勘定方の軽輩に押し付けて斬首しておきながら、上意討ちとは笑止千万。満天下にお家の恥を晒《さら》してもいいのか。殿さまの知らないことを上意とはいい加減にしねえかい」

「よく知っているな。それならそなたも生かしてはおけぬ。名を聞いておこうか？」

「角田武左衛門とやら、剣客なら剣の正義を貫《つらぬ》かぬか、罪のない者を斬れば剣客でも外道《げどう》だぞ。恥を知らぬ愚《おろ》か者め、外道に名乗る名はない」

「黙れッ、すべてはお家のためだ！」

「そのお家を危うくするのも、うぬらのような外道だと思わぬか？」

「問答無用ッ！」

角田が刀を抜くと傍の二人も抜いた。藤九郎はここで戦うしかないと覚悟する。

「遠慮なく斬り捨てるぞ。死骸《しがい》はそのあたりに隠れて、こっそり見ているうぬらの腰抜け仲間が引き取るだろう。まいれ！」

そこにもう二人が角田の助っ人に現れた。町屋の軒下の暗がりにはまだ何人か隠れていそうだ。そいつらは腕に自信がないから斬り合いには出てこないのだろう。

「こ奴、腕に覚えがあるようだ。油断するな！」

「市之進、後ろに下がっておれ、五人を斬り捨てるから……」

「取り囲んで叩《たた》っ斬れ！」

角田が左右の四人に指図してから刀を抜き藤九郎との間合いを詰めた。

その間合いを藤九郎は見ている。四人との間合いも見て一瞬で五人を斬り倒すつもりだ。五人は藤九郎の恐ろしい剣を知らない。

前の角田を斬って左の男を斬り次に右の男を斬る。助っ人の二人も斬る。

角田の剣が上段に上がって「イヤーッ！」と、一足一刀の間合いから気合もろとも踏み込んできた。剣は正中《せいちゅう》を斬ろうとする正しい剣だが心根《こころね》がよろしくない。

その一瞬、藤九郎の剣が鞘走《さやばし》って後の先を取ると、角田の胴《どう》に向かって横一文字に襲って斬り抜いた。

神夢想流居合秘剣水月《すいげつ》、その剣が流れるように左の男の左胴から右脇の下に袈裟《けさ》に斬り上げた。うつくしい剣の運びで神夢想流居合飛竜《ひりゅう》、その刀が恐怖で一歩下がった右の男の脳天に襲いかかり正中を斬り下げた。神夢想流居合立蜻蛉《とんぼ》である。

三人が一瞬で倒された。

残心もなく振り向いた瞬間、藤九郎の剣がググッと伸びて、助っ人の二人をほぼ同時に斬っている。神夢想流居合山越《やまこし》と金剛《こんごう》だった。あまりの凄《すご》さに市之進は足がすくみ、恐怖で震えが止まらない。夕霧が強いといった恐ろしい剣を見た。まさに剣がわずかな灯りを吸って、闇の中でうつくしく前後左右に舞っている。

お吟さんは本当にこんな剣を見たのだろうかと思う。初めて見る世にも恐ろしい秘剣の舞だ。世の中にこんなに強い人がいるのかと不思議でならない。

その秘剣をもう一人が見ていた。角田ら三人を見つけて追ってきた寅吉が、物陰で血飛沫《ちしぶき》の飛ぶ戦いを見て小便を漏らしている。軒下の暗がりにいた角田の配下は壁に張り付いて動けない。呼吸さえ止まっているようだ。見てはならないものを見てしまったのである。

「行くぞ。ぐずぐずするな！」

藤九郎は血振《ちぶ》りをすると刀を鞘に戻し市之進を叱《しか》って二人で駆け出した。

二人がいなくなると戦いを見ていた角田の配下が、駆け寄って死骸を見たが五人は絶命していて手の施《ほどこ》しようがない。

寅吉は小便臭い中で動けずに震えている。

だが、武士たちを見張ることは忘れていない。首だけ出して星明かりの下で道端にいる武士たちを見ている。

藤九郎は市之進を送って行き、「ここからならひとりで行けるだろう。大晦日の子の刻だから忘れるな！」と言って途中から引き返し、行きとは違う道で吉原に入ると長兵衛と幾松を探した。

西田屋の前で幾松と出会い、「向こうの辻《つじ》で五人を斬った。これから品川宿《しながわしゅく》まで行ってくる。明日の夜までには戻る」と言い残して吉原を出た。

幾松は慌てて斬り合いの場所に走る。

武士たちがどこから探してきたのか、ちょうど五人の遺骸《いがい》を荷車に乗せて運んで行くところだった。

その武士たちを幾松が追う。

すると小便を漏らした寅吉が道端に現れ、その後から「親分……」といいながらよたよたと追って行った。

第二章　於大《おだい》の方《かた》

深夜の東海道《とうかいどう》を藤九郎は品川宿に向かっていた。

佐々木市之進と藤本綾を一旦川崎湊《かわさきみなと》のお葉《よう》の家に匿《かくま》おうと考えた。

その先は二人の縁者や行きたいところがあればそこへ、いなければ勘兵衛の領地である武蔵都筑《むさしつづき》か、印旛沼《いんばぬま》、香取《かとり》あたりに移そうと考えている。

川崎湊から武蔵都筑はそう遠くはない。

いずれにしても逃げる二人の足跡を消すには船を使うことだ。

二人の姿がぷつんと消えればいい。印旛沼や酒々井であれば川崎から船で、行徳《ぎょうとく》、船橋《ふなばし》あたり木更津《きさらづ》でもいい。江戸にさえ近づかなければ危険はないはずだ。

兎《と》に角《かく》、北でも西でもどこでもいい、不幸過ぎた二人には平穏《へいおん》に暮らしてほしい。

それが夕霧の願いだと藤九郎は思う。夕霧に頼まれて逃亡に加担したことを後悔はしていない。

どこか物悲しい夕霧と藤九郎の若き日の恋の後始末でもある。

夕霧が惣名主の庄司甚右衛門に話すかどうかは、夕霧の胸三寸、藤九郎はこの事件をどう処理したかはもちろん勘兵衛に報告するつもりでいる。

このやり方を間違っているとは思わない。

花瀬が騙されて売られたとはいわないがそれに等しい女の転落だと思う。それがわかった以上、その不幸を見過ごすことはできない。表沙汰《おもてざた》にすれば幕府から角田らの主家が咎《とが》められる。そんな必要はなく闇に葬《ほうむ》ってしまえばいいことだ。

親元ではないが綾が許婚の市之進のところに帰るのは当然だ。

おそらく問題になるとすれば、二人の吉原からの足抜けではなく、藤九郎が斬った五人の武士の主人が誰かであろう。

もしそれがわかっても奉行所は大名や旗本には手出しができない。

ことの次第を老中に上げることになる。そうすればすべてが表沙汰になるということだ。藤九郎と角田の戦いを勘兵衛はうやむやにするかもしれない。五人を斬ったのが北町奉行所の役人だとは、見ていたただろう武士たちも考えないだろうし、勘兵衛もそういうことは表には出さないだろうと思う。

斬ったのは凄腕《すごうで》の浪人でいいということである。

市之進と綾の縁者と思うか、金で雇われた助っ人だと思うはずだ。

戦いのあった道は暗がりで三、四間（約五・四〜七・二メートル）も離れると、藤九郎の顔がはっきりとは見えていないだろう。斬られた五人は藤九郎の顔をはっきり見たが、その瞬間に斬られていたということである。藤九郎の剣は一瞬の間合いを斬っていくのだ。

藤九郎が品川宿を過ぎ、早立ちの旅人たちと六郷橋《ろくごうばし》を渡るころ、房総《ぼうそう》の海から白く夜が明けてきた。

甘酒《あまざけ》ろくごうは店を開いたばかりだった。

既《すで》に数人が縁台に座って休んでいる。その前を藤九郎が通り過ぎ六郷橋を川崎に渡って行った。甘酒ろくごうの誰も浪人姿の藤九郎に気づかない。朝は品川宿から来る客で甘酒ろくごうは忙しくしていた。

娘たちと平穏に暮らしているお葉は、藤九郎が現れるとは思っていない。

いつも突然に現れるのでびっくりするのだ。この日も朝餉《あさげ》が終わった時に藤九郎がひょっこり家に入ってきた。

「あッ、お父上さま……」

お秀《ひで》が走ってくると土間の藤九郎に飛びついた。

「お父《とう》、お父……」

お優《ゆう》が転びそうになりながらお秀を追ってくる。お葉はもうすっかり二人の娘の母親になっていた。藤九郎とは滅多《めった》に会えないが娘たちと幸せな日々を送っている。それは武家である藤九郎を愛した時から覚悟していたことだ。

「お帰りなさい……」

お葉が手を拭《ふ》きながら台所から出てくる。

藤九郎は二人の娘を抱き上げた。子どもはしばらく会わないと面変わりしているものだ。抱き上げるとズシッと重い。それはうれしいことでもあった。

「お秀は重くなったな？」

「はい……」

「お優も重くなったか？」

「うん……」

「お葉も重くなったか？」

「はい、お陰《かげ》さまで……」

お葉も藤九郎に抱きしめてもらいたいが娘二人で手一杯である。お葉の入る隙《すき》間《ま》はない。父親と娘がしばらくぶりで会うのだ。お葉はそれを見ているだけでうれしくなる。

「ところでお葉、この湊で一番腕っぷしの強い船頭は誰だ？」

「江戸までですか？」

「そうだ……」

「それでしたら、いつも江戸に行っている五郎吉《ごろきち》さんがいいと思いますけど……」

「口は堅いか？」

「ええ、無口でほとんど喋りません」

お葉のいう五郎吉という船頭は、あまりにも喋らないから貝だなどといわれている。

「会えるか？」

「今なら湊に行けば会えると思います」

「案内してくれ、急ぐ話なのだ」

「はい……」

藤九郎は重くなったお秀を下ろし、小さなお優だけを抱いてお葉と外に出た。

するとお秀がそっと藤九郎の指を握《にぎ》ってきた。二人の娘は父親に甘えたい年頃だがなかなか会えなかった。

そんな娘たちを藤九郎は愛している。

お葉はお登勢《とせ》が送ってくる費用で充分だったが、頼まれると時々湊に出て手伝いもしている。子どもの時から慣れている海の仕事だ。お葉はこのあたりでは大きな漁師の娘だったが、今は一人になってしまい娘二人と暮らしている。もうすっかり母親らしくなっていた。

江戸の役人がそのお葉の旦那だと村人は知っていた。

だが、気さくなお葉に湊の女たちが手伝いを頼みに来る。このあたりでは地引《じびき》網《あみ》の漁がおこなわれ大勢の引き子を必要とした。大きな網はいつも豊漁で魚の多い海が広がっている。そんな賑やかな浜をお葉は子どもの頃から好きだった。

湊に行くと何人もの漁師がいた。

「五郎吉さん……」

「へい……」

「五郎吉さん、あたしの主人ですよ。ちょっと話を聞いてくれる?」

「へい……」

五郎吉が船から飛び下りると藤九郎に頭を下げた。

お葉が主人だといったので藤九郎の浪人姿に驚いている。前に見かけた時の武家とはまるで違う。

「五郎吉、北町奉行所の隠密《おんみつ》の仕事を頼みたいのだ」

「へい……」

五郎吉は「へい……」としかいわない。

「このことは仕事が終わったら忘れてもらいたい。もし、誰かが聞きに来ても喋ってはならぬ。約束できるか？」

「へい……」

「日本橋《にほんばし》に行ったことはあるな？」

「へい……」

「そうか、それは都合がいい。大晦日の夜、子の刻前に道三河岸《どうさんがし》に船をつけてもらいたい。その刻限に遅れると二人が死ぬことになる。その二人を乗せてこの湊に戻り、お葉に渡してもらいたいのだ。わかるか？」

「へい……」

「これは奉行所の隠密の仕事で吉原の足抜けではない。その二人は重大な事件の証人で命を狙われている。殺されては奉行所が困るのだ。お前が喋れば二人は殺される。その時はわしがお前を斬らなければならなくなる」

「だ、旦那、あっしは決して喋らない。口が堅いんだ。お葉さんが知っていますよ」

藤九郎が喋れば五郎吉を斬るといったので慌てて口を開いた。

まともに喋ったのはそれだけである。無口といえばそうだが、話ができないというのではなくおかしな男だ。

「そう、口なしの五郎吉さんですものね？」

「へい……」

「よし、頼もう。大晦日の夜、子の刻前に道三河岸だぞ？」

「へい……」

藤九郎は酒代だといって五郎吉に小判一枚を渡した。五郎吉は遠慮したが奉行所からの褒賞《ほうしょう》でもあるといって握らせた。

「旦那、必ず行きますので……」

「うむ、そうしてくれ、後でわしを吉原まで送ってくれるか？」

「へい……」

藤九郎はお優を抱いてお葉の家に戻った。

「お葉、五郎吉が連れてくるのは若い男女だ。その二人をしばらく匿ってもらいたい」

「はい、わかりました」

「命を狙われている二人だから、できるだけ早く他に移すようにする。ところで腹が空《す》いているのだが……」

藤九郎は奉行所を飛び出した昨日から何も食べていなかった。

「ご免なさい。すぐ支度します」

お葉が再び朝餉の支度を始めると、藤九郎は久しぶりに娘たちと遊んだ。お秀は賢い娘に育っている。顔はお葉とよく似て器量よしだ。

その日、藤九郎は一刻半（約三時間）ほど親子四人で川崎湊の海辺を歩き遊んだ。

こういう穏やかなところに隠居するのもいいと思うが、いつそんな日が来るのか、町奉行の家臣にはそんな日は来ないように思う。江戸は大きくなる一方だから奉行所の仕事は増えるばかりだ。勘兵衛が奉行を辞する気配はないし、もしそう願い出ても老中たちが聞き入れないだろう。

「父上さまは今日、江戸にお帰りになるのですか?」

お秀がお葉の代弁者のように聞いた。

藤九郎はいつもその日に帰るか、翌日、お秀が寝ているうちに帰ってしまうから不満なのだ。そういうことがわかるようになっている。

「今日は仕事で来たのだ。夕方には船で江戸に戻らなければならぬ」

「船で?」

「そうだ。急いで戻らなければならない」

「わかりました」

お秀は泣きたくなる気持ちを我慢している。

まだ何もわからないお優は藤九郎に抱かれてご機嫌だ。

「お気をつけて……」

そういうお葉は藤九郎の袴《はかま》の裾《すそ》に、乾いた血の跡があるのを見逃していない。

ここへ来る前に人を斬ってきたとわかった。そのお葉は藤九郎の剣を品川宿で見たことがあった。藤九郎の仕事はそういう危ないことだとわかっている。

だが、藤九郎の剣は無類の強さだった。

その剣を見てお葉は藤九郎に惚れたともいえる。痺《しび》れるような運命の出会いだったと思う。その好きな人の子を二人も産んだのだから幸せだ。お葉は多くを望む欲張りな女ではない。二人の娘といられることで充分だと思う。

滅多に好きな藤九郎と会えないことだけは不満だが仕方がない。

藤九郎はお葉と二人の娘に見送られ、五郎吉の船に乗ると暗くなる前に川崎湊を出立《しゅったつ》した。品川沖を通って吉原まで行くつもりだ。

「五郎吉、ゆっくりでいいぞ」

「へい……」

「大晦日の夜だ」

「へい……」

寒い海の上を五郎吉の船は藤九郎を乗せ、ギーギーと艪《ろ》が軋《きし》んで勢いよく吉原に向かった。お葉がいうように五郎吉の船を操る腕は確かだ。

「こんな星明かりだけで大丈夫か？」

「へい……」

「そこが腕ということだな？」

「へい……」

「山あてとか山だてなどというそうだな。景色に目印があると聞いたが本当か?」

「へい、夜も漁に出ますので、汐《しお》に流されてしまい、自分のいる場所がわからなくなると困るんで……」

無口な五郎吉がようやく二度目の口を利《き》いた。

藤九郎を乗せた五郎吉の船は、風の加減もよく戌《いぬ》の刻(午後七時~九時頃)には道三河岸に着いた。その足で藤九郎は椿楼に向かう。

廓に上がると花瀬がまた他の客を放り投げて飛んできた。

吉原から逃げることで頭がいっぱいになっている。ここから逃げて市之進と一緒なら必ず幸せになれると信じて疑わない。

逃げられると思うだけでもう幸せだった。

「段取りはできた。大晦日の子の刻までに夕霧の家に来れば市之進が待っている。いいか大晦日の子の刻だぞ。遅れるな」

「はい!」

「それだけだ。行ってくれ、わしは半刻(約一時間)後にはここを出る。くれぐれも怪しまれないようにするんだぞ」

「青木さま……」

「なんだ？」

「このご恩は決して忘れません」

「それは夕霧にいってくれ、わしは手伝いをしただけだ。もう行ってくれ……」

「はい……」

やさしい花瀬は何かいいたそうだったが、藤九郎に深々と頭を下げてから部屋を出て行った。こういう邂逅《かいこう》は一期一会《いちごいちえ》でいいのだ。藤九郎はそう思う。市之進と綾の運命がここから変わるならそれもよいことだ。綾はいつまでも苦界《くがい》の泥水を呑《の》んでいる必要などない。悪党どもに引き裂《さ》かれた運命を取り戻せばいい。

五郎吉の船が二人の幸せを乗せるため道三河岸まで迎えに来る。

藤九郎は椿楼を出ると夕霧の家に向かった。

夕霧は灯りをつけて藤九郎を待っていたが、コホコホと乾いた咳《せき》をしながら横になって休んでいる。熱があって起きているのがつらいのだ。もう余命のあまりないことをわかっている夕霧は、早く二人を逃がしたいと思っている。それは夕霧自身が吉原を出て自由になることなのだ。

「大丈夫か？」

「ええ、いつものことですから……」

「二人を逃がす手はずはすべて整った。大晦日の子の刻だ」

「ありがとうございます」

夕霧が褥《しとね》から出ようとする。

「無理をするな。今夜はずいぶん冷える。体に悪いぞ」

藤九郎が夕霧を寝かせた。いつ最期の時がきてもおかしくないと思う。

「しばらくここにいてくださいね」

「うむ……」

「あたしも吉原から逃げて行きたい」

「わしと一緒でいいか?」

「ええ、藤九郎さまならこんなうれしいことはありませんもの……」

「そうか。二人で逃げよう」

「うん、夕霧の願いを聞いてくれてありがとう」

「そんなことは気にするな。あまり喋ると体に悪いぞ」

「見廻りがあるの?」

「もう、その必要もないだろうが、万一ということもあるから警戒をしないとな」

藤九郎は昨夜、路上で斬った五人の武士のことが気になっていた。どこの家臣だったのか騒ぎを聞きつけて、おそらく幾松がそれを突き止めているはずだ。五人の遺骸を追ったはずだと思う。

吉原に戻ってきてから長兵衛とも幾松とも会っていない。

「大晦日まではあと三日だ。そなたもゆっくり体を休めて、ふたりを見送ってやらねばなるまい？」

「ええ、そうします」

「また来る。外は寒いから出るな」

「うん……」

藤九郎は夕霧の家を出ると吉原を歩き回って長兵衛と幾松を探した。

二町四方の日本橋吉原は結構な広さなのだ。廓の数も多くなり東西南北に幾筋もの路地が走っている。その吉原の中に入ってしまうと人を探すのは容易ではない。だが、深夜になるとさすがに人通りがなくなり寂しくなる。寒い時期は道端から人影が消えるのも早い。廓に入って温まるに限る。

藤九郎が西田屋の前に立っていると、長兵衛が現れ幾松と寅吉も集まってきた。

「幾松、例の武士たちを追ったか?」

「はい、鍛治橋御門《かじばしごもん》のお屋敷に入りましたので、奉行所の半左衛門さまに申し上げましたが……」

「そうか、あの五人を斬った仔細《しさい》はわしからお奉行に申し上げる」

「はい……」

長兵衛は幾松から話を聞いたが、どういうことなのかわかっていない。

寅吉は小便を漏らしながら物陰から見ていたことを、長兵衛にも幾松にも話していなかった。なんとも情けないことで誰にも話せないことだ。

実は鍛治橋御門の屋敷というのが問題だった。

幾松から話を聞いた半左衛門は幾松に口止めをする。それを藤九郎に聞かれて幾松は話した。

鍛治橋御門の屋敷といっただけではどこなのかわからない。

だが、幾松から仔細を聞いた半左衛門はそこが誰の屋敷かすぐわかった。

当然、幾松の話は勘兵衛に報告された。その勘兵衛が半左衛門と幾松に何も話すなと命じた。このような事件は慎重に扱わなければならない。迂闊《うかつ》なことをすると より傷口を広げてしまう。

もちろん勘兵衛はその大名が誰かわかった。

その屋敷は五万石の大名屋敷で、それも将軍秀忠《ひでただ》の従弟《いとこ》という大名だから勘兵衛は驚いた。家臣が吉原で斬られたなどと表沙汰になれば大問題になる。その大名は将軍家の一族だからことは重大である。藤九郎から仔細を聞く必要があった。

当然、五人の死は極秘にされるだろうと勘兵衛は思う。

こういう事件は決して表には出てこないし、将軍家に傷がつきかねず出してはならないのだ。

まずは藤九郎からどんな事件なのか聞きたい。

その日、夜が明ける前に藤九郎たちは奉行所に帰り、幾松と寅吉は神田《かんだ》の家に帰って行った。休める時に休んでおかないと、ここ数日というものろくに寝ていないのだから、疲労困憊《こんぱい》では次の動きができなくなる。

藤九郎は帰宅するとすぐ寝てしまう。ずいぶん疲れているとお登勢は心配だ。

昨日から一睡《いっすい》もせずに、二日二晩も動き回っていたのだから、さすがの剣客もへとへとに疲れ切っていた。寝る前に大切なことをお登勢にいいつける。

「お登勢、お奉行から呼び出しがあるはずだからその時は起こしてくれ……」

「はい、ずいぶんお疲れのようでございますが？」

「うむ、少々込み入った仕事なのだ」

「それで終わりにございますか？」

「いや、まだ半分だけだ。これからの仕上げが肝心《かんじん》だ」

「わかりました」

お登勢が着替えを手伝い、藤九郎は寝所に入ってすぐ寝た。

勘兵衛は藤九郎が帰っていることを半左衛門に聞いたが、話は午後からでいいと考えいつものように行列を整えて登城する。その行列を指揮するのはいつも彦《ひこ》野文左衛門《のぶんざえもん》と決まっている。

この事件のことで老中から下問があった場合にどう答えるかだ。

もし老中から事件のことが出た時は、調べている最中だといって取り敢《あ》えず逃げるしかない。評定《ひょうじょう》の間、勘兵衛はそのことが気になった。だが、そのような話は老中には入っていない。そう確信できるほど評定が穏やかだった。

勘兵衛にはこの事件の中心が、鍛治橋御門の松平忠良《ただよし》だとわかっている。

だが、このような凄惨《せいさん》な事件のことを、当主の松平忠良が知っているとは思えなかった。もし知っていれば、このような将軍家のお膝元《ひざもと》で、家臣が五人も斬られるような、大ごとにはなっていないと思う。大名や旗本にとって江戸で騒ぎを起こすことは、理由のいかんを問わずあってはならないことだ。そんなことを知らないはずがない。それなのに五人も藤九郎に斬られた。

そのあたりのことは藤九郎に聞かなければわからない。

勘兵衛はこういう事件はなかったことにして、闇から闇に葬るしかないと考える。

権現さまの御母である於大《おだい》の方《かた》さまは、安祥《あんじょう》松平家の広忠《ひろただ》の正室となり家康《いえやす》を産んだが、実兄の水野《みずの》信元《のぶもと》が今川《いまがわ》家から織田《おだ》家に寝返ったため、広忠は今川義《よし》元《もと》に義理立てして信元の妹の於大の方を離縁《りえん》する。

於大の方は家康こと竹千代《たけちよ》を、安祥松平家に残して実家の水野家に戻った。その後まもなく、広忠が戸田《とだ》康光《やすみつ》の娘真喜姫《まきひめ》と再婚、邪魔になった竹千代を今川家に人質として送ることになった。

ところが何を血迷ったのか、戸田康光は竹千代を織田信秀《のぶひで》に売ってしまう。永楽銭《えいらくせん》で百貫文だったとも千貫文だったともいわれる。この竹千代の人質売りの真相は定かではない。大権現さまになった家康の体裁を整えるため、後世に創作した疑いが濃厚なのだ。歴史は勝者が紡《つむ》ぐものだから、史書には嘘が隠されていることが少なくない。それを見破るのもおもしろい。

広忠が戦いに敗れて織田信秀に竹千代を人質として渡したともいう。

その広忠の不名誉を隠すため竹千代が康光によって、人質に売られたなどという話を仕立てたようなのだ。

歴史はその襞《ひだ》の中にどんな秘話が隠されているかわからない。

ところがその織田家で竹千代は信長と出会い、将来の運が開ける縁を結ぶことになるから不思議だ。悪人の場合は天網恢恢疎《てんもうかいかいそ》にして漏らさずというが、善人でもそういうことがあるようなのだ。

その竹千代は信長の兄織田信広《のぶひろ》が、今川軍に捕らえられたため人質交換された。

竹千代は織田家から駿府《すんぷ》の今川家に向かったが、そこで今川義元の大軍師である太原崇孚雪斎《たいげんそうふせっさい》と出会って育てられる。

この邂逅こそが竹千代の生涯を決める。

その頃、母の於大の方は兄信元の命令で、阿古居《あぐい》城主久松俊勝《ひさまつとしかつ》と再婚していた。

於大の方は俊勝との間に三男三女を産んだ。その一人の松平康元《やすもと》が久松松平家の当主となり忠良はその後継者である。

将軍家の一族の中でも松平忠良は於大の孫なのだ。

勘兵衛は家康の小姓《こしょう》だったから、大権現さまの異父兄弟のことをかなり詳しく知っている。

徳川幕府にとって久松松平家は特別な家だった。

於大の方は慶長《けいちょう》七年（一六〇二）に伏見城《ふしみじょう》で亡くなり、江戸は小石川《こいしかわ》の伝通院《でんずういん》に眠っている。家康の母としてその官位は従一位《じゅいちい》と高い。

そんな将軍の身内ともいえる大名家の騒動だった。大いにまずい。

奉行所に戻った勘兵衛は、着替えが済むと銀煙管《ぎんギセル》で一服つけ、茶を飲んでから「藤九郎を呼べ……」とお澄《すみ》に命じた。

藤九郎は既に起きてお登勢に髪を結い直させ、遅い朝餉を取り着替えを済ませて呼ばれるのを待っていた。事件の仔細を勘兵衛にすべて話して判断を待つしかない。五人を斬ったことは間違いないことだ。奉行の内与力として潔《いさぎよ》くなければならないと思う。お澄が呼びに来て庭から奉行所へ向かう。

その藤九郎が勘兵衛の部屋に入ると、勘兵衛一人が銀煙管を銜《くわ》えポツンと座っている。

こういう時は誰にも聞かれたくない話で人払いをしているのだ。

「庭に出るか？」

「はッ！」

藤九郎はかつてない重大事だと感じた。

人払いをしただけでなく庭に出て話そうという。その冬枯れの庭はすべての色を失い寂しかった。ただ南天《なんてん》の実だけが妙に赤い。その赤に雪が降りそうだと思う。

「藤九郎、そなたが斬ったあの五人は、鍛治橋御門の松平家の者であった」

「鍛治橋の松平さま？」

「知らなかったのか？」

「はい、上方《かみがた》の大名とは思っておりましたが、経緯《いきさつ》はわかったか？」

「大垣《おおがき》五万石だ。それでどんな事件だ。経緯はわかったか？」

「はい、すべて判明してございます。ただ、関係者がお家の名だけは出せないということで、大垣五万石の松平家とは知りませんでした」

「うむ、それはわかった。この事件の発端は何んだ？」

「はい、国元の勘定方が使途不明の公金、三百両があるのを発見したことでございます」

「公金横領か、珍しい話でもないな？」

「はッ、おそらくそれを発見した者を斬首したところを見ると、三百両というのはごく一部で相当な公金横領があるものと思われます」

「なるほど、それにしても切腹ではなく斬首とはな？」

「それも不明金を発見した勘定方の軽輩に、公金横領の罪を押し付けて、無理矢理のことにございます」

「そういう話は聞かぬでもないが？」

「はい、そのため軽輩の一家は潰れました」

「そうか……」

勘兵衛はやはり当主の松平忠良は、事件のことを何も知らないのだろうと思う。

重臣の誰かが密かに事件を葬ろうとして、斬首などと手荒であったため失敗したのだと考えられる。愚かなことをしたものだと思うが慌てたのかもしれない。

こういう事件は恨みが残らぬよう、穏便に片付けるのが良いのだが、それができる優れた家臣がいなかったということだ。

勘兵衛はこの事件が表沙汰になると、斬られた五人だけでなく公金横領の犯人はもちろんのこと、かかわった重臣などかなりの人数が、処分されることになりかねないと思った。そうなれば幕府も放置できず厄介なことになる。将軍家の一族だから領地半減などということはないだろうが、松平忠良だけでなく幕府も大いに恥をかくことになるかもしれない。大垣城五万石の松平家は久松松平家なのだ。

それは勘兵衛の望むところではない。

この頃、幕府は大名家や旗本を取り調べる、大目付《おおめつけ》という制度をまだ持っていなかった。結局、それを吟味《ぎんみ》するのは老中か町奉行の勘兵衛しかいないとなれば、おそらく老中が勘兵衛に押し付けてくるに違いないのだ。誰だって将軍家にかかわる問題など調べたくないに決まっている。

そんなことに手をつけると火傷《やけど》をしかねない。

将軍の不興を買ったりすれば叱責《しっせき》だけではすまずに、領地半減や改易も考えられないことではないのだ。飛んだとばっちりということになりかねない。

藪《やぶ》を突っつくと蛇《へび》が出てくることがある。

老中は狡《ずる》いところがあって、何んでもかんでも厄介なことは、勘兵衛に押し付けてくる傾向があった。

幕府はそういう問題解決の制度、仕組みをまだ持っていないのだから仕方ない。

北町奉行所は江戸の城下を守ることで、手一杯なのだから断りたいぐらいなのだ。だが、起きてしまった事件である。そこで勘兵衛は密かに事件を葬り去ろうと考える。それがもっともよい解決方法のように思う。そうしないと何んでもかんでも押し付けられるからだ。

案の定というべきかこの後、勘兵衛は信じられない大仕事を、狡い老中から押し付けられることになる。その仕事に失敗すると勘兵衛以下、米津家が全滅しそうな危ない仕事だった。

第三章　海の雪

冬枯れの寒々しい庭に勘兵衛と藤九郎はいつまでも立っていた。

藤九郎が大垣城五万石松平家で起きた事件の詳細を、勘兵衛に話したが何んとも重苦しい事件になった。

藤本綾が父親の斬首のために苦界に身を落とし、京の島原大門《しまばらおおもん》、大阪新町《しんまち》、そして日本橋吉原と悲惨な思いをしてきたこと、その許婚の佐々木市之進が藤本綾を追い続け、ついに吉原で二人を斬る事件を起こしたのだと話をする。すでにこの事件で七人が犠牲《ぎせい》になっていた。忘八はまったく関係がなく巻き込まれた。勘兵衛は藤九郎が五人を斬ったことには触れなかった。見知らぬ凄腕の浪人に斬られたということにするしかない。

五人に襲い掛かられては斬り抜けるのは当然だ。

藤九郎は市之進と綾の二人を、吉原から大晦日の夜に逃がす手配を済ませていることも伝えた。その理由は吉原との約定の一つ、騙されて連れてこられた娘は親元に帰すというものだ。なんとも強引な言い分だが勘兵衛はそれでいいだろうと思う。綾という娘の事情は似たようなものだと考える。

武家で不始末が起きるとどうしてもその娘のような不幸が起こりがちだ。

「お葉のところに逃がして事件に巻き込まれないか？」

「はい、もし二人の行く場所がないのであれば、武蔵都筑か印旛沼あたりで百《ひゃく》姓《しょう》でもさせようかと考えております」

「百姓か？」

「はい、これまでがあまりに悲惨でしたから……」

武蔵都筑は保土《ほど》ケ谷宿《やしゅく》や横浜村《よこはまむら》の辺りで川崎湊からはすぐ近くだった。

「それにしても百姓か？」

「はい、追われる身であればそれぐらいの覚悟はしているかと？」

「藤九郎、百姓というのは見た目の何倍も難しいのだぞ。そんな若い二人にできると思うか？」

「お奉行、好き合っていれば何んとか、そこは厳しく考えております」

「厳しいのはいいが、うまく逃げ切れると思うか。松平家と吉原の忘八の両方に追われるのだぞ?」

「そこは心配しておりません。若い二人は五年も百姓をすれば、容貌《ようぼう》も大きく変わるものと思いますし、そういつまでも追われることはないかと思います」

「なるほど、その二人を逃がすことに反対はしないが、この先はあまり深くかかわるな。奉行所の手が回っていると知られるのはまずい」

「はッ!」

「藤九郎、わしはこの事件を闇に葬るつもりだ。表沙汰にしても良いことは何一つないと思う。犠牲が増えるだけだ。いいな?」

「はい、畏《かしこ》まりました」

「二人の若者は不運だと思うが武家の子だ。覚悟さえあればいくらでも生きられる」

「はい……」

「大晦日の夜の結果を待っている」

「はッ!」

勘兵衛は藤九郎がよくやると思う。

そのような不運な若い二人を放っておけないのは勘兵衛も同じだ。

おそらく藤九郎と同じようなことをするだろう。娘をなんとか吉原から自由の身にしてやりたいと考えるはずだ。

松平家は五人を斬ったのが、もし奉行所の役人だとわかっても、故障《こしょう》をいいたてることはないだろうと思う。そんなことをすれば事件が表沙汰になり、松平家は恥をかくだけでなく幕府に叱られるかもしれない。

そういうことを大名は最も嫌う。

やはりこういう事件は闇の中に消してしまうのがもっとも良い。

「お奉行、佐々木市之進は吉原で二人を斬っただけでなく、主家を飛び出す時に三百両を持って出奔しております。本来なら重い罪になります」

「ほう、まさに公金横領だな。なかなかやるではないか、三百両では少ないがしばらくは心配なかろう。ほっておけ。綾という娘の苦労賃だ。それぐらいはいいだろう?」

「はい……」

勘兵衛は藤九郎からの報告を聞いて、半左衛門に吉原の見廻りを解くように命じた。

その夜、奉行所で事件が起きた。

奉行所というよりも喜与《きよ》にといった方がいいかもしれない。

夜になって勘兵衛が寝ようと喜与が手伝って、寝衣に着替えたが喜与はいつもの元気がない。そういう時は何か病の時なのだ。

「喜与、そなた具合でも悪いのか?」

「いいえ、そのようなことはございません」

勘兵衛が喜与の前に座った。

「喜与、そなたが隠し事をするとは思わないが、その顔にはいえないことがあると書いてあるぞ。隠すとは水くさいのではないか?」

「殿さま……」

「どうした。こっちに来い。抱いてやろう」

「あのう……」

「そんなにいいづらいことか、いわなければそなたでも離縁するぞ」

勘兵衛が喜与を脅《おど》した。

初めて離縁すると叱られ、驚いた顔で喜与が勘兵衛をにらんだ。

「申し上げます。数日前、日野村《ひのむら》から吉太郎《きちたろう》が逃げたとお澄に知らせがあったようです」

「やはりな……」

「それからお澄の様子がおかしくなりまして……」

「お澄が？」

「はい、殿さまのお情《なさ》けを頂戴《ちょうだい》したいなどと……」

「何んだと！」

勘兵衛が怒っていいのか、女二人が何を考えたのかわからず狼狽《ろうばい》した。

「お澄が殿さまの寝所におります」

「そなた、このわしにお澄を抱けというのか？」

喜与は返事をしない。

このところ、勘兵衛は喜与を抱かなくなっていた。

それは五十八歳になり体力に自信がなく、ただ抱かないだけで他に理由はないが、喜与はそれを心配していたのである。そこにお澄が申し出てきたので、喜与は考えて悩んだ末にお澄ならと許す気になった。お澄が側室になるということだ。

「殿さま……」

「喜与、そなた、何か勘違いをしているようだな。わしはそなた一人で充分なのだ。何んの不満もない。側室を置くならとっくにそうしている。お澄を側室にする気はまったくないぞ」

「側室でなくとも……」

「喜与、わしを怒らせる気か、愚かなことを考えるな」

ついに喜与は勘兵衛の正室になって初めてひどく叱られた。

北町奉行の仕事は見た目以上に激務で、毎日公事《くじ》を裁き江戸の治安を守り、城下の隅々まで気を配り見張っている。その勘兵衛の心労は周りの者にはわからない。喜与もそこをわかっていないようだ。近頃の勘兵衛の元気は空元気のこともある。勘兵衛が疲れた顔を見せれば奉行所に蔓延《まんえん》してしまうからだ。

それでなくても与力や同心の日々の仕事は苦労が絶えない。

訴状が次々と舞い込んでくる。それをてきぱきと裁かなければならないのだ。

そこに今回のような厄介な事件が勃発《ぼっぱつ》する。

「これ以上無理をすればわしは死ぬとわかっておる。お澄のような若い娘はもう無理なのだ。そこまでいわせるな」

「申し訳ございません」

「喜与、わしはそなたが好きなのだ。そなたがちょうどよい具合なのだ」

「まあ……」

「余計なことは考えるな」

「はい……」

そこまで勘兵衛にいわれれば涙が出そうなほど喜与はうれしい。

なんだか可哀《かわい》そうなお澄だが勘兵衛がそういう以上仕方のないことだ。確かに側室にするにはお澄はあまりに若いとは思う。若いからいいということもあるが、勘兵衛は喜与との具合が良いというのだからいかんともしがたい。うれしくて泣きたくなる喜与だ。

「お澄が……」

「心配するな。わしが話してみよう」

「申し訳ございません」

勘兵衛が寝室に入って行くと、お澄が白い寝衣を着て勘兵衛に平伏する。

その前に勘兵衛が座った。なんとも可愛《かわい》らしいお澄だが、こういうのが年寄りにはとんでもない魔物なのだ。勘兵衛は初代の北町奉行として、後十年はどうしても踏ん張りたいと思っている。

その頃には江戸もかなり大きくなっているだろう。

「お澄、吉太郎が日野村から消えたそうだな？」

「はい……」

「すべてを断ち切りたいそなたの気持ちがわからないわけでもない。だが、よく考えてみろ、そなたがここでわしに抱かれたら、日野村に帰らなければならなくなる。ここにいることはできなくなるぞ。ここにはお志乃《しの》もお登勢も怖い怖いお滝《たき》もいるのだ。わかるか、だいぶ前だがお滝が側室になりたがったがしなかった。そなたはあのお滝に殺される。間違いなく……」

お澄が泣きそうな顔で勘兵衛を見る。

「それでもいいのか？」

勘兵衛が何をいいたいのかお澄にはわかった。

「ここを去って日野村に帰るか、それともいつまでもここにいて、わしがそなたの嫁《とつ》ぎ先を決めるまで待つか、わかるな？」

「はい……」

「よくよく考えて返答いたせ、わしは傍にいて欲しいと思う……」

「お殿さま、奥方さまは？」

「奥には以前から側室をおかないと申してあったが、喜与はそなたのやさしい気持ちを心配しているのだ」

「すみません……」

お澄が両手で顔を覆って泣いたが、心を決めたようにフッと勘兵衛を見て平伏した。

「お殿さま、お澄をいつまでも殿さまと奥方さまのお傍においてください。お願いいたします」

「うむ、相分かった。ここに来なさい」

勘兵衛はお澄を傍に呼んだ。

「お澄、そなたはわしの娘のようなものだ。いいか、喜与やお滝たちに可愛がってもらえ、賢いそなたにはわかるはずだ。いいな？」

「はい……」

「女一人、幸せになることは容易ではない。今、青木藤九郎は事件に巻き込まれ吉原に落ちた不運な一人の女を助けようと必死になっている。そのためにもう五人も男が死んだ。そなたの幸せはわしが探してやろう」

「ありがとうございます」

お澄が勘兵衛の膝の前で平伏した。

「向こうに喜与がいる。そんな寝衣は脱いでしまえ……」

「はい！」

お澄が恥ずかしそうにニッと微笑んで寝所から出て行った。

「若い娘は気ままで困るわ。側室などと殺すつもりか、わしには喜与がちょうど良いのだ……」

勘兵衛は気持ちも体も疲れていた。

あれもこれも、これもあれも考えなければならないことばかりだった。

だが、北町奉行は家康に命じられた勘兵衛の仕事だ。何があっても投げ出すことはできない。幕府そのものの安定感がまだないのだから、いつひっくり返るかわからない心もとない状況だ。権現さま亡き後、将軍秀忠を守《も》り立てて老中や町奉行が踏ん張っている。政権として幕府が盤石《ばんじゃく》になるにはまだ十年は充分にかかる。

幕府の組織そのものが脆弱《ぜいじゃく》なのだ。

お澄は喜与の前でも泣いた。

喜与はお澄に泣かれてもどうしようもない。勘兵衛が自分を選んだともいえない。

「殿さまの気持ちが変わるかもしれないからね……」

などとやさしい喜与はお澄を慰《なぐさ》める。お澄は泣きじゃくりながら、勘兵衛を大好きだと喜与に訴《うった》える。

そういわれても喜与は困る。

男には理解できない女ごころというしかない。

こんなことをお滝が聞いたらカンカンに怒りそうだ。たちまち角が生えてお澄はお滝に嚙《か》みつかれるだろう。だが、喜与はお滝にお澄のことを話したりはしない。二人だけの秘密である。鬼の勘兵衛の奥方は観音菩薩《かんのんぼさつ》なのだ。

いよいよ年が押し詰まった大晦日に藤九郎は吉原に出かけた。

吉原から見廻りの藤九郎たちは引き上げていたが、藤九郎に剣客五人を斬られた松平家の動きがピタッと止まった。家臣が一晩で五人も斬られては家中で隠しておけなくなる。箝口令《かんこうれい》を敷《し》いて遺骸を密かに始末しても漏れるだろう。

屋敷に戻ってきた五人の遺骸は四半刻《しはんとき》（約三〇分）後には屋敷を出て、密かに本郷《ほんごう》の寺に運ばれて行って葬られた。誰にも知られることなく五人の死は隠された。

公金横領の首魁《しゅかい》がこれ以上、佐々木市之進と藤本綾を追い詰めると、主人の松平忠良に知られてのっ引きならない事態になると判断する。江戸と大垣城を家臣たちが行き来して事態の収拾に動き出した。やっていることがあまりに強引で稚《ち》拙《せっ》に過ぎる。公金横領が発覚して慌て過ぎたようだ。

剣客の角田武左衛門が斬られてはもう手も足も出なくなった。

この先、市之進の用心棒だと名乗った男に、何人でも斬られてしまう恐怖が公金横領の首魁を襲ったのである。こういう時は動きを止めて成り行きを見るしかない。その上で再度の勝負に出るかだ。

夜遅くまで夕霧はコホコホと乾いた咳をしながら起きていた。

その薄い灯りを見て藤九郎が現れた。

「どうだ気分は？」

「ええ、今日はいいですよ」

「そうか、それは良かった。いよいよだぞ」

「はい、昨日からそのことばかりを考えていました。あの二人がうまく逃げられるだろうかと……」

「心配ない。四半刻もしないで二人は海の上だ」

「夜の海はいいでしょうね？」

「この時期の海の上は寒いな。もう雪が降りそうだ」

「海の雪ですか、綺麗《きれい》でしょうね……」

「うむ、ちょっと船を見てくる」

藤九郎が日本橋川の河岸まで五郎吉の船を見に行った。

すでにちらちらと雪が落ちてきて、五郎吉の船は半町（約五四・五メートル）ほど離れて暗い海に浮かんでいる。

藤九郎が手を振るとゆっくり近づいてきた。

船が岸に着くのを見届けて夕霧の家に戻ると、佐々木市之進が来て夕霧と話をしていた。

「雪だ……」

「やはり降りましたか？」

「花瀬はまだ出られないようだな？」

「青木さま、このご恩は生涯忘れません」

「同じことを花瀬もいったが、それはわしにではなく夕霧にいってくれ、わしは夕霧を手伝っただけだ」

「お吟さん……」

「気にしないで、遠くへ逃げなさいね」

もう二度と会うことのないだろう夕霧と市之進だ。

三人が話しているところに、花瀬が小さな風呂敷包み一つを抱えて飛び込んできた。

「行こう！」

「夕霧さま、藤本綾です。ありがとうございました。このご恩は……」

「そんなことといいから行きなさい」

「はい！」

市之進と綾が藤九郎に続いて夕霧の家を出た。入口に立って夕霧が見送っている。三人は船に走った。

「五郎吉、頼んだぞ！」

「旦那、任せておくんなせい！」

素早く河岸から離れると五郎吉の船は雪の降る海に吸い込まれて行った。

若い二人の運命を乗せた船だ。その船はたちまち見えなくなった。藤九郎は怪しまれるのを警戒してすぐ夕霧の家に戻ると、二人を見送った夕霧が戸口で倒れていた。そこには吐血した跡がある。道端にかなり大量だ。

「夕霧ッ！」

「藤九郎さま……」

「寒い外に出るからだぞ！」

「気持ちがいいの……」

「それは熱があるからだ」

藤九郎が驚くほど軽い夕霧の体を抱き上げた。

「ご免なさいね……」

「無茶をするな」

夕霧を寝所に横にした。その体は熱で火照《ほて》っている。燃え尽きようという命だ。

「ひどい熱だ。医師を呼ばないと……」

「藤九郎さま……」

「うむ？」

「夕霧の願いを聞いてくれてありがとう」

「早く良くなれ！」

「一緒に逃げて抱いてくださる？」

「うむ、何度でも抱いてやる。今から船で足抜けしよう」

「まあ、うれしい……」

高熱で夕霧の意識は朦朧《もうろう》としている。藤九郎は西田屋に走って行った。

すでに、暮れの吉原は花瀬が逃げたことで騒ぎになっている。

「惣吉、この騒ぎは何んだ？」

「足抜けで……」

「この暮れにか、惣吉、吉原の医師はどこだ？」

「どうしましたんで？」

「見廻りの途中に夕霧を見舞《みま》ったのだが吐血し高熱で苦しんでいた。医師は？」

「旦那、それはまずいや、医者はあっしが連れて行きます。夕霧の姐《ねえ》さんを見ていてください。すみませんッ！」

惣吉が身をひるがえして駆けて行った。

藤九郎は椿楼の騒ぎを見ながら雪の中を夕霧の家に引き返す。その時、遠くの寺から除夜《じよや》の鐘《かね》が聞こえてきた。藤九郎が路地に立ち止まった。夕霧の命を小雪の降る海の彼方《かなた》に送る梵鐘《ぼんしよう》の音ではないかと思う。

第四章　万吉《まんきち》の難儀《なんぎ》

翌元日、江戸は寝正月と決まっていた。

夜にちらちら降った雪も上がって、江戸を覆った雪景色が輝いている。

元和《げんな》七年（一六二一）の夜が明けたばかりなのに、奉行所の門扉《もんぴ》が開くと門番と騎馬《きば》が出てきた。この頃はまだ初詣《はつもうで》という習慣はなく、雪に覆われた江戸はひっそりと眠っている。正月と盆《ぼん》の藪入《やぶい》りは江戸の人々が、忙殺の日常から逃げられる唯一の日だ。宿入りとか宿下がりなどともいう。

「お気をつけになられて……」

門番がそういって騎馬を見送った。

その馬上には藤九郎がいた。向かったのは市之進と綾のいる川崎湊である。

冬晴れの江戸はいつもの喧騒《けんそう》が消え、毎年の寝正月で何んとも静かだった。人影もなく野良犬も歩いていない。初雪の降った道には足跡一つなかった。どこもかしこも朝寝坊をしている正月だ。だが、北町奉行所は門扉を開いて目覚めている。

新年という感動もない。

大晦日の夜遅くまで吉原にいた藤九郎は、欠伸《あくび》をしながら馬に揺《ゆ》られて行く。一晩で雪景色に変わった東海道を西に向かう。遥《はる》か彼方には雪の富士山がすっきりと見えていた。

品川宿まで行くと久六《きゅうろく》が藤九郎を見つけて寿々屋《すずや》から飛び出してきた。

「青木さまッ!」

「おう、久六、小春《こはる》は元気か?」

「へえッ、青木さまはどちらまで?」

「川崎湊までだ。帰りに寄ることにしよう」

「お待ちしております」

正月から騒いで歩く旅人もほとんどいない。旅籠《はたご》で女を抱いて寝ている。ぼちぼち起きて酒を飲んで、餅《もち》を食ってまた寝るのが江戸の正月だ。その分、大晦日は掛け取りなどで戦争のように忙しかった。だが、除夜の鐘が鳴り出すと江戸の道端から人の姿が消えた。

初詣の風習はまだないが初日の出を拝《おが》む元朝詣《がんちょうまい》りがある。この初日の出を拝むのは江戸より地方が盛んだった。江戸の正月は兎に角寝る。寒いから寝るしかない。

六郷橋の上には野良犬と藤九郎しかいない。その藤九郎は橋の上で馬を止めた。

河口から房総まで正月の空が広がっている。朝日が顔をのぞかせてたなびく雲が少し赤い。寝ていない藤九郎は少し頭がぼやけていた。風はないがブルッときそうな寒さが橋の欄干《らんかん》に二、三寸（約六～九センチ）ぶら下がっている。

元和七年は正月早々から藤九郎は忙しかった。

お葉の家の前に馬を止めると、お葉とお秀とお優は飛び出してきたが、吉原から逃げた市之進と綾がいなかった。

お優を抱き上げて家の中を見渡した。

「五郎吉は若い二人を連れてこなかったか？」

「昨夜遅く、連れて来ましたが、一刻ほど体を温めるように仮眠しただけで、迷惑をかけたくないので今朝早く西国《さいごく》に行くとだけいい残して、どこと行く先もいわずに二人で出て行きました」

「西国？」

「ええ、止めたのですが、吉原から追手が来るといいまして……」

「そうか、西へ行ったか？」

「市之進さまと綾さまはここにいては、子どもたちに危険が及ぶと思ったようでした」

「なるほど……」

藤九郎は二人の行き場がないなら、武蔵都筑へと思ってきたがその心配はなかったようだ。市之進は綾を連れて北へ逃げようと考えたが、西国に綾の縁者がいるというので計画を西に変えた。

雪の中を蝦夷地《えぞち》に向かうのは危険だとも思った。

何ごとも綾のことを優先に考える市之進なのだ。二人は吉原から逃げる船の中で生涯離れないと誓い合った。

その頃、佐々木市之進と藤本綾の二人は、東海道から甲州《こうしゅう》街道に道を変えようと、戸塚宿《とつかじゆく》から八王子宿《はちおうじじゆく》に向かっている。甲州街道から中山道《なかせんどう》に逃げるのは、雪のない東海道から雪国に行くことになるので危険だった。だが、二人はあえて追われる心配のない雪の中に逃げることを考えた。

松平家と吉原の追手を振り切ろうと、二人はあれこれ考えて警戒してのことだ。

若い男女の逃避行《とうひこう》は目立ちやすく容易ではない。仲のいい二人は話し合いながら生きる道を探そうと必死だ。

藤九郎にはそれがわかっている。

あの二人なら助け合って困難を生き抜いていくだろうと思う。

春には西国のどこかの国で仲良く暮らしているに違いない。そうなってもらわなければ綾の苦労が報われないではないか。お秀とお優は藤九郎に会えて正月から大はしゃぎである。

その頃、吉原では惣名主の庄司甚右衛門が、夕霧の燃え尽きそうな命を灯し続けようと、何人も医師を呼んで必死の看病が行われていた。同時に忘八三人が逃げた花瀬を探すため東海道に放たれた。一方、鍛冶橋御門の松平家にまったく動きはなかった。

藤九郎は市之進と綾を追うこともなく、お葉の家で二人の娘を抱いて横になると寝てしまった。遊びたいお秀とお優が悪戯《いたずら》するが、藤九郎は目覚めることなく眠り続けた。こうなると正月なのにお葉もつまらなそうだ。

お葉の家を出た市之進と綾が東海道から消えたことは正しかった。

足の遅い綾を連れてでは忘八にすぐ追いつかれていたところだ。ここはなにがなんでも逃げ切るしかない。そのためには難儀だが雪の中山道を行くしかなかった。二人を追う忘八はまさかそんな雪の中に逃げ込んだとは夢にも思わない。

吉原では甚右衛門が消えそうな夕霧の命をつなぎとめている。

もう駄目《だめ》だとわかっているが息子の長次郎《ちょうじろう》のためにと思う。だが、夕霧は生きる力を使い果たし七草粥《ななくさがゆ》の日、微《かす》かな灯火が消えるように三十四歳の生涯を静かに閉じた。

十四歳で苦界に身を沈めてから二十年、天下一の絶世の美女といわれた夕霧は、吉原という籠《かご》から出ることなく長くもない一生を終わった。

その死を見送ったのは、最愛の一人息子と惣名主の甚右衛門、それに惣吉たち数人の忘八だけだった。

美女は薄い死化粧《しにげしょう》をし、わずかに微笑みながら夕霧らしく美しく死んでいった。

その夕霧の死を惣吉が奉行所に来て藤九郎に伝える。

夕霧が考え藤九郎と力を合わせて、花瀬を足抜けさせたとは吉原の誰も気づいていない。勘兵衛だけが知っている藤九郎の大いなる裏切りである。

「夕霧が恋をしなかったと思いますか？」

そういった時の夕霧の寂しそうな顔が忘れられない。

多くの恋をしたが一つも成就《じょうじゅ》させることなく、この世を去ろうという夕霧の言葉に、藤九郎は心を動かされ力を貸そうと思った。

その夕霧が逝《い》ってしまった。

佐々木市之進と藤本綾はその死を知らない。

まさに人の一生とは一期一会の邂逅の積み重ねであり、そんな人と人の出会いこそが人の一生といえる。藤九郎は壮絶な夕霧の死によって、苦界といわれる吉原の正体を見た。愛と苦しみの中で女たちは必死に生きている。

そこに慈悲はない。まさに八つの徳目を捨て去った忘八の世界なのだ。

元和七年の正月も半《なか》ばを過ぎた頃、神田の細工師万吉《まんきち》の長屋に仲間二人を連れた新吉《しんきち》が現れた。お豊《とよ》が消えて新吉は苛《いら》ついている。

深川村《ふかがわむら》の新吉の隠れ家を粘《ねば》り強く、喰《く》いついたら放さない益蔵《ますぞう》と鶏太《けいた》が見張っていた。

益蔵は一目見て新吉が必ず事件を起こすと信じている。

隠れ家に出入りする仲間は、どの顔も一癖《ひとくせ》も二癖《ふたくせ》もありそうな奴らばかりだ。これで事件が起きなければ世の中はいつも平穏だ。そんなことを思わせる悪党面の薄気味悪い連中だった。そんな奴らが集まる巣を益蔵は見逃さない。

お豊を追って行って、大磯《おおいそ》の隠れ家を見つけた久六と留吉《とめきち》も、その益蔵の手伝いに呼び出されている。

若い留吉は捕り物が飯より好きという元気のいい小僧《こぞう》だ。

万吉の長屋に現れた新吉はお豊と会えなくなって、万吉がどこかに隠したと思って居場所を聞きに深川村から出てきたのだ。

その万吉とお豊が新吉と知り合ったのは古いことではない。

大磯の杢太郎《もくたろう》は多くの子分を持たないで、仕事をする時は助働きの男を四、五人集めた。一回限りの手伝い仕事をやらせるだけだ。

そういう男たちには小判を払って後腐れのないようにする。

新吉もそんな助っ人の一人で、杢太郎は三回ばかり新吉を使った。小田原《おだわら》の廻船《かいせん》問屋に忍び込んだ時に、杢太郎が助働きに雇った男だった。その時にお豊を見た新吉が惚れてしまった。仲間内の惚れた腫《は》れたは喧嘩《けんか》の元だから禁止である。

だが、それは表向きのことで惚れてしまえば誰も止められない。

お豊も男前の新吉を憎からず思ってくっついてしまった。

それを知った万吉は強く反対したが、男好きのお豊はぐずぐずと切れなかった。

「あの男は身持ちのいい男ではない。とても実があるとも思えねえ、お前のためにならねえんだぜお豊……」

万吉は再三そういって新吉と切れるようにいった。

だが、一度引っ付いたものを引きはがすのはなかなか容易ではない。

それがうまいこと、お頭《かしら》の李太郎が江戸に出てくるというので、万吉はよりを戻してお頭に可愛がってもらえとお豊を説得した。こうなると男女の話がこじれるのは当然だった。男は女に捨てられると逆上することが多い。女を絞《し》め殺すなどということも起きる。

女は捨てられると泣き寝入りだが、男は逆上して狂うから怖い。

昔馴染《なじ》みのお頭が抱いてくれるなら、文句のないお豊は新吉から心を放して、さっさと李太郎と一緒に温泉へ行く旅に出た。気ままなお豊は移り気な女でそんなところが可愛いのだ。

だが、見限られた男はそうはいかない。

そんなこととは知らない新吉が、お豊からのつなぎがないのでいらいらして、まだ明るいうちに神田まで出てきた。お豊のようないい女と出会うと、男は抱かないでいられなくなる。女はそういう男のしつこさを知らない。

仲間二人が長屋の前で見張り新吉一人が中に入った。

「親父《おやじ》さん、お豊はどこにいるんだい？」

最初は穏やかな口ぶりだった。万吉は正月前からの急ぎの仕事をしている。嫌《いや》な野郎が来やがったと思うが知らんふりをした。

「知らねえ、ここんとこ暮れからこっち家には寄り付かねえ、お前んとこじゃねえかと思っていたんだ」

「おれのところにはいねえからこうして来てみたんじゃねえか、お前さんがお豊の行先を知らねえはずがなかろう。そうだろう親父さん……」

「犬猫じゃねえんだ。縄でつないでおくわけにもいくめえ、お前さんのところでなきゃどこに行ったかなど知らねえな」

「知らっぱぐれるのもいい加減にしねえか、そんな言いわけでこのおれを騙せると思っているのかい。大磯のお頭のところにでも隠したか？」

「知らねえ……」

「ふざけるな。おれをなめるんじゃねえぞ！」

草履《ぞうり》を履《は》いたまま座敷に飛び上がると道具箱を蹴飛《けと》ばし、万吉の胸ぐらをつかむと座敷に引きずってきて顔をひっぱたいた。無抵抗な年寄りに乱暴なことをする男だ。お豊に逃げられたと思って血が頭に上っている。

「居所をいうのは今のうちだぜ！」

万吉を後ろ手に紐《ひも》で縛《しば》り、声を出せないよう猿轡《さるぐつわ》を嚙ませると蹴飛ばして、万吉を転がし懐《ふところ》から匕首《あいくち》を抜いた。何んとしてもお豊の居場所を吐かせたい。その新吉はお豊の体に惚れ込んで女毒が効《き》き始めているのだ。そんなお豊を手放したくないのだから手荒なことも平気でする。

「お豊の居場所をいうまで切り刻んでやるから……」

ニッと残忍な顔で笑うと、ためらうことなく万吉の頰《ほお》を薄く斬った。

「仕事ができねえように、指を二、三本切り落とすか親父さん？」

万吉が激しく首を振った。

「まだいえねえか？」

新吉の匕首が万吉の二の腕を薄く斬った。白状するまで年寄りの万吉をいたぶるつもりだ。蛇のように薄気味悪い残忍な男である。それを万吉は見抜いていてお豊に切れろといっていたのだ。こういう危ない男は女には魅力的に見えたりする。新吉はちょい悪の男ではなく根から腐《くさ》っていた。

「いわねえと死ぬぜ……」

無表情で万吉の太股《ふともも》を薄く斬り、血を見るとニッと笑った。

「ひと思いに殺しちゃおもしろくねえ、じっくり楽しんでやる。お豊はどこだ？」

「んん……」

万吉が首を振って拒絶する。

「さすがだな親父さん、だが、どこまで強情を張れるかな？」

にやりと笑って万吉の肩をスパッと斬った。その傷から血が噴《ふ》き出す。

「いわねえと死ぬんだぜ、いいのか、おい……」

「んぐんぐ……」

「死んでもいわねえか……」

万吉の足にブスッと匕首が刺さった。「んがッ！」とのけぞって万吉が痛みに耐《た》え、反対に体を丸めて苦悶《くもん》の顔になった。

「大磯にいるんじゃねえのか？」

万吉が首を振る。

「強情な爺《じじい》だ」

新吉の匕首がまた太股にブスッと突き刺さった。死んでも構わないという残忍さで万吉の顔を覗《のぞ》き込んだ。お豊に逃げられて狂ったとしか思えない。残忍を通り越して飛んでしまった眼だ。

「お豊は大磯だな。爺《じい》さん？」

新吉が血だらけの万吉に聞いた時、長屋の戸が開いて仲間が顔を出した。

「おい、人が来た。まずいぞ！」

もう陽《ひ》が落ちて暗くなりかけている。

「逃げた方がいい！」

「よし、お豊は大磯だ！」

新吉はそう決めつけると、半死半生の万吉を放り出して長屋の外に飛び出した。長屋の路地に入ってきたのは、万吉を心配した大男の鬼七《おにしち》だった。野郎の二人三人はぶっ飛ばす親分だ。

逃げる新吉たちと路地ですれ違った。一瞬、血の匂いがしたように思う。

長屋の戸を開けると暗がりに万吉が転がっている。

「万吉さんッ！」

鬼七が叫《さけ》んで中に飛び込んだ。

その声を聞いた新吉たちが急に駆け出した。

逃げる新吉たちの後を鶏太と留吉が追い、益蔵が鬼七のいる万吉の長屋に走った。長屋の人たちが顔を出して大騒ぎになった。

「鬼七、ここは頼んだぞ！」

益蔵が長屋の路地から飛び出すと鶏太と留吉を追った。

「誰かッ、医者を呼んで来てくれ！」

鬼七が万吉の猿轡を解《ほど》きながら叫んだ。

「誰かッ、北町奉行所に走って知らせてくれッ、鬼七の使いといえばわかる！」

「がってんでやすッ！」

若い男が長屋の路地から飛び出して行った。

しばらくすると息を切らして医者が走ってきた。呼びに行った長屋の男が薬籠《やくろう》をぶら下げて医師と並んで走ってくる。出血の多い万吉は意識不明で危ない状況だ。狭《せま》い長屋の路地に夕餉《ゆうげ》を放り投げた人たちが溢《あふ》れている。

「どこだッ、怪我人《けがにん》は？」

「藪医者《やぶいしゃ》ッ、こっちだッ！」

「なにッ、藪だとッ？」

「藪でも何んでもいいから早くしてくれ、爺さんが死にそうだ。みんなッ、邪魔だぞ！」

「どきやがれッ！」

藪だといわれた医者が怒っている。

「万吉さんか？」

「お医師、あちこち斬られている」

鬼七が医師に場所を譲《ゆず》った。狭い長屋に野次馬が遠慮なく入ってくる。

「藪医者ッ、爺さんを助けろよ。殺したらてめえを生かしちゃおかねえッ！」

「馬鹿野郎、引っ込んでいやがれ！」

「いい爺さんなんだよ。助かるよな？」

「これはひどい傷だ……」

医者が灯りを手元に引き寄せて驚いている。

「血止めだ。手伝ってくれ！」

不器用な鬼七が浅い傷に、医師の指示で薬を塗って布で縛る。重傷の万吉は顔や肩や足などぐるぐる布で巻かれた。

「このぶんだと今夜、高熱が出る。金瘡《きんそう》は油断すると命を取られる。そこのわしを藪だといったお前、とぼけんじゃねえ、てめえだよ。爺さんの熱を取るため今夜は寝ないで看病しろ。頼んだからな？」

「おう、やってやろうじゃねえか、爺さんを死なせてたまるかよ！」

「冷たい井戸水を汲《く》んで持って来い……」

「よし、爺さん死ぬなよ！」

長屋を上げて万吉の看病が始まった。

寒々とした長屋だが万吉の家だけは熱気に満ちている。万吉は盗賊だったが隠居してからは好々爺《こうこうや》で、愛想の良いお豊と一緒に長屋の人たちに好かれている。引っ切り無しに商売の人たちが出入りしていた。

そこへ奉行所から与力の倉田甚四郎《くらたじんしろう》と、同心の朝比奈市兵衛《あさひないちべえ》が神田明神《かんだみようじん》の平三郎《へいざぶろう》と弥栄《いやさか》の彦一《ひこいち》を連れて現れた。

「あッ、万吉の親父さん！」

彦一が叫んだ。

「知っているのか？」

「へい、腕のいい細工師でございます」

彦一は万吉が錠前《じょうまえ》開けの名人であることを隠した。合鍵《あいかぎ》などを簡単に作ってしまう腕前なのだ。彦一は隠したが平三郎は気づいた。彦一の知り合いなら、盗賊の話がこじれた事件だとすぐわかる。

「鬼七、どういうことだ？」

倉田甚四郎が鬼七を長屋の路地に呼び出して聞いた。

「倉田さま、実は……」

鬼七は長屋の人たちに聞かれたくないから、甚四郎と市兵衛、平三郎と彦一を通りまで連れて行って、益蔵が深川村で見張っていた一味の犯行で、益蔵、鶏太、留吉の三人が追っていることを伝える。

「盗賊の仲間割れか？」

「暮れに留吉がつきとめてきた大磯と関係がありそうです」

お豊が大磯に行ったことなどを詳しく説明する。こうなると逃げた危険な三人がそのお豊を探していることは明らかだ。万吉が口を割ったかはわからないが、あれだけ痛めつけられれば白状した可能性が高いと思われる。

「どう思う平三郎？」

「はい、その女をめぐる盗賊たちの事件ではないかと思います。彦一、お前の知っていることを倉田さまに申し上げろ……」

「へい、その女は怪我をした万吉爺さんの孫娘でお豊といいます。男好きのするいい女で万吉爺さんは困っているようでした」

「盗賊なのか？」

「そこまでは知りませんですが……」

彦一は知らないととぼけたが平三郎は見抜いている。

好色な孫娘のため万吉は難儀なことになったのだ。凶悪な新吉に切り刻まれボロボロにされてしまった。こういう手口は女がらみのことが少なくない。悪党が万吉を問い詰めて何か聞き出したと思われる。

「一旦、奉行所に戻って益蔵からの知らせを待とう。一味が深川に戻ったのかそれとも大磯に向かったのかわからぬ。この様子だと大磯だとは思うが……」

「はい、おそらくは……」

「その奴らをどこで捕縛《ほばく》するかだな？」

甚四郎は一味が大磯に向かっても馬でなら追いつけると考える。

万吉のことは長屋の者たちに任せて五人は一旦奉行所に引き上げた。新吉たちを追った三人の中に鶏太と留吉がいるから、大磯に向かうなら知らせが来るはずだ。その留吉は杢太郎の隠れ家を知っている。

半左衛門は甚四郎から話を聞き、勘兵衛に事件のことを報告した。

万吉が死にそうだというのは明らかに事件だ。

江戸と大磯は近いようだが遠い。万吉を傷つけた新吉たちを捕らえないと、お豊を連れて行った男が危ないとわかる。お豊を殺さないだろうがなにをするかわからず危険だ。

「その老人は助かりそうなのか？」

「かなりの重傷ではっきりいたしません」

「そうか、この事件は大磯が重要だな。そのお豊という女を追って男たちは大磯に行くのだろう」

「はい、それでは大磯で一網打尽《いちもうだじん》にいたします」

「半左衛門、お豊を連れていた大磯の男は、平三郎がにらんだ盗賊一味の頭だと思わないか。彦一は知らないといったそうだが奴らは盗賊だろう」

「盗賊でございますか？」

「そうだ。彦一は義理堅いのだ。お澄、宇三郎《うさぶろう》を呼んで来てくれ……」

「はい！」

あの日、勘兵衛の寝所で側室になりたいと泣いて以来、お澄は勘兵衛と喜与の傍で忙しく働いている。なんとも可愛い娘で不埒《ふらち》にも、勘兵衛は抱けばよかったかなどと思う。喜与が折角《せっかく》お膳立《ぜんだ》てしてくれたのだから情けない。

「半左衛門、大磯に向かうのは宇三郎と孫四郎《まごしろう》、甚四郎の与力三人でどうだ？」

「敵の人数がわかりませんので、同心も向かわせた方がよろしいかと思いますが？」

「そうか、同心の人選は任せる。益蔵からの知らせがある前に出せ、大磯と深川に向かわせて一味をことごとく捕縛しろ。遅れるとお豊たちが危ない」

「はッ、承知いたしました」

半左衛門が部屋から出て行くと、入れ違いに望月《もちづき》宇三郎が入ってきた。

「宇三郎、半左衛門と相談して大磯と深川の盗賊を捕縛してまいれ、中に残忍な男がいるようだから油断するな。手に余るようなら斬れ！」

「はい、畏まりました」

勘兵衛は正月中走り回った藤九郎は休ませて、この捕り物は宇三郎と青田《あおた》孫四郎、倉田甚四郎の三人に任せることにした。

宇三郎が部屋から出て行くと勘兵衛は銀煙管を抜いて一服つける。

「万吉さんという方は大丈夫でございましょうか？」

喜与が勘兵衛に聞いた。

スパーッと吸ってポンと灰を落として首をかしげる。半左衛門の話を聞いているから勘兵衛が難しいという顔をした。

「匕首で二か所を刺され、その刺し傷がどうかだ。他にも数か所を斬られたようだから、今日明日が山場だろうな。高熱が出て苦しんでいるかもしれない。金瘡は浅く見えても深いことがあるから厄介な傷だ」

「そんなに何か所も斬られたのでは、ずいぶん痛いのではありませんか？」

「一か所でも斬られれば痛い」

「お可哀そうに……」

「助かればいいが、いかんせん老人だからな……」

お澄が喜与の傍に座って話を聞いている。

「ひと思いに刺さず、お豊がどこに行ったか問い詰めたのだろう。残忍な男だ」

「ひどいことを……」

その頃、万吉は勘兵衛がいうように高熱を発して苦しんでいた。

夜半近くに足の速い鶏太が奉行所に飛び込んできた。宇三郎たちは出動の支度を整え大磯に出立しようとしている。

そこに鶏太が現れた。

「どうした。奴らはどこだ？」

半左衛門も八丁堀《はっちょうぼり》に帰らないで、机の前に座って知らせを待っていた。

「三人は一旦深川村に戻り旅の支度をして、深川から五人で大磯に向かうようです！」

「もう出たのか？」

「出ました。一味は五人、中に浪人が二人おります」

「益蔵が追っているのだな？」

「はい、留吉と二人で追っています。留吉が大磯のお豊の居場所を知っているそうで……」

「深川村の隠れ家には誰も残っていないのか？」

「もう誰もおりません」

鶏太の話から半左衛門はやはり勝負は大磯だと思う。

その大磯に何人いるかわからないが、お豊を連れて行った男だけとは思えない。そこに五人が現れれば殺し合いになるかもしれない。盗賊同士が女をめぐる殺し合いということだ。

「馬でなくても追いつけそうだな？」

宇三郎が誰にともなくいう。大磯までは十六里二十七町（約六六・九キロ）で、急いでも一日で歩くのは無理だ。

その五人はどこかで一泊するはずだと宇三郎は思う。

「この真夜中に江戸を出るということは、明日中には大磯に近い藤沢宿《ふじさわじゅく》、平塚宿《ひらつかじゅく》あたりまで行くつもりだろう。そこで一泊して大磯の様子を見るということではないか？」

宇三郎はそう五人の動きを考える。どのあたりで五人を捕捉できるかだ。やるからには新吉たちだけでなく大磯の一味も一網打尽にしたい。

「藤沢宿までは十一里十二町（約四五・三キロ）、藤沢宿から平塚宿までは三里半（約一四キロ）か？」

半左衛門も五人が泊まるとすれば藤沢宿ではないかと考えた。

新吉たちが一気に大磯宿まで行くとは考えにくい。近くまで行って大磯の隠れ家の様子を窺《うかが》うはずだ。いきなり飛び込めば返り討ちにされかねない。

「平塚宿から大磯宿までは二十七町（約二・九キロ）しかない……」

孫四郎は平塚宿では近過ぎると考えた。

「中に浪人がいるということは、大磯で仲間同士の斬り合いになるということではないのか？」

倉田甚四郎も二人の浪人がいるというのを気にしている。

居合の達人がいれば安心だが、その藤九郎は雪の中を暮れから正月にかけて、吉原と川崎湊を行き来するなどひと働きをした。宇三郎も孫四郎も甚四郎も剣客だ。浪人の二人ぐらいは片付けられる。大磯の隠れ家に浪人が何人いるかだ。

「確かに、斬り合いを覚悟で浪人を連れて行くのだろう」

「捕縛した者を江戸まで連れてくるためにも人数は多い方がいいな」

半左衛門は与力三人の他に、松野喜平次《まつのきへいじ》、本宮長兵衛、朝比奈市兵衛、林倉之助《はやしくらのすけ》の四人の剣客を選んだ。そこに藤九郎が加わると北町奉行所の無敵の剣士たちである。

それに足の速い鶏太が一緒だ。

間もなくして宇三郎一行が半左衛門に見送られて奉行所から出立した。

その頃、平三郎と彦一は神田の万吉の長屋にいた。高熱を発した万吉は重傷で予断を許さない厳しい状況になっている。長屋の者たちが入れ替わり立ち替わりで看病する。

だが、何んといっても出血がひどかったのがまずい。

医師が止血したのは早かったが、それまでにずいぶん血が流れている。老人は子どもと同じでひ弱だ。あとは万吉の体がどこまで踏ん張れるかだけだ。

「親分、万吉の爺さんは死んじゃうかね？」

「それはわからんな。だいぶ血が流れたというから厳しいかもしれん……」

「医者は今晩が山場だろうといったそうだけど？」

「それは高熱が出るということだ。助かるかどうかはもっと先の話だろう。匕首で刺された深い傷もあるようだ」

「何んとか助かってもらいてえんだな。なんとか……」

「うむ……」

平三郎が見たところではかなり厳しそうだ。

第五章　暁《あかつき》の渚《なぎさ》

宇三郎が予測した通り、新吉一味は急ぐふうでもなく昼夜を歩き通した。

翌日、藤沢宿まで来て早めに旅籠《はたご》に入った。

五人を追っている益蔵と留吉が、一味の入った旅籠を確認すると、藤沢宿を二、三町引き返して道端に立っている。

鶏太が案内してくるだろう北町奉行所の与力と同心を待っていた。

旅籠に入った一味に逃げられる心配はない。歩き通しで疲れているだろうから、奴《やつ》らは酒でも飲んで早々に寝るに違いない。

追ってきた益蔵と留吉も疲れ切っている。留吉はもうフラフラで道端に座るほどだ。

「座ると眠くなるぞ！」

益蔵に叱《しか》られて立ち上がった。立っていても眠くなる。そんな二人より半刻《はんとき》以上遅れて宇三郎一行が追いついた。

留吉がもう倒れそうだが手を上げて振った。

「留吉ご苦労、一味は宿に入ったか？」

「はい、この先の宿に五人で入りました」

「よし、益蔵もご苦労、こっちは二手《ふたて》に分かれよう。倉田殿と林、朝比奈、本宮の四人は平塚へ先行してくれ、鶏太も一緒に行って街道を見張れ……」

宇三郎は十人がひと固まりでいるより、二手に分かれて見張った方がいいと考える。

新吉を追ってきた誰もが寝ていないので疲れきっていた。交代で寝ないと本当に倒れてしまうかもしれない。

「留吉、お前は大磯の隠れ家を知っているな？」

「はい！」

「鶏太と一緒に行け……」

藤沢宿には宇三郎と青田孫四郎、松野喜平次、益蔵の四人が残った。

浅草《あさくさ》のお昌《まさ》の逢引茶屋《あいびきぢゃや》で不審に思われた男女が、ついに大きな事件を起こし捕縛する時が近づいていると宇三郎は思う。細工師の万吉を殺そうとするなどその凶悪さは放置できない。これまでも人を殺《あや》めた可能性が高い奴らだ。

「青田殿、例の二人の浪人は、いつものように斬り捨てましょう」

「後腐れがなくてよろしいかと?」

孫四郎が同意する。

話がまとまると倉田甚四郎たちが平塚宿に向かい、少し遅れて宇三郎たちが五人の上がった旅籠の真向かいの旅籠に上がって見張ることにした。

新吉たちは十一里(約四四キロ)以上も歩いて、疲れはて酒を飲んですぐ寝てしまった。

まさか北町奉行所の役人たちに追われ、捕縛の手が伸びているとはまったく思ってもいない。新吉は北町奉行所の怖さを知らずなめきっている。すでにその身《み》柄《がら》が北町奉行所の手のうちにあることを知らない。捕捉されて逃げられない状況になっていることに気づいていない。新吉の命運は尽きている。

翌朝、藤沢宿に泊まった五人はなかなか旅籠から出てこなかった。

「ずいぶんゆっくりで……」

「見逃したということはないか?」

「五人の顔は全部わかっております。笠《かさ》を被《かぶ》って旅籠から出た客はいませんでしたから、見逃すことは決してありません」

益蔵は自信を持っている。まだ、暗いうちから交代で窓に張りついていた。喜平次も見逃したとは思っていない。こんな肝心なところで奴らを見逃すようではご用聞きとはいえない。浅草のお昌が嗅《か》ぎつけた悪党を益蔵が逃がしたのでは、姐《ねえ》さんのお昌に会わせる顔がなく浅草に帰れない。

五人もいるのだからその動きを見逃すことなどないはずだ。

「大磯はすぐ近くですから、夜に着いてすぐ襲うつもりではないでしょうか？」

喜平次は五人がどう動くか勘を働かせた。藤沢宿から大磯宿までは四里あまりしかない。一気に大磯の百姓家を襲う可能性があるということだ。

二刻（約四時間）もあれば男の足なら充分に歩ける。

昼過ぎに旅籠を出ても夕暮れには大磯宿に入れるだろう。刻限としてはちょうどいい塩梅《あんばい》だ。兎《と》に角《かく》、ここでは新吉が動き出すのを待つしかない。

「おそらくそういうことだろう」

宇三郎が喜平次に同意する。

ずいぶん遅い出立で、五人は巳《み》の刻（午前九時〜一一時頃）が過ぎて旅籠から出てきた。既に、宇三郎たちはいつでも出られる支度をしている。大磯宿まで一気に行くのか、それとも平塚宿まで接近して百姓家の様子を窺《うかが》うか。

「よし、行こう！」

宇三郎が刀を握って立ち上がると部屋を出た。

旅籠の外に出ると益蔵が速足で先に立ち、二町（約二一八メートル）ほど前を行く新吉たち五人との間を詰める。

その後を喜平次が追った。

いよいよ大詰めだという緊迫感が、前を行く益蔵と喜平次から伝わってくる。

宇三郎と孫四郎の足も速くなった。

藤沢宿から平塚宿まで三里半というのは、東海道の宿場間の道のりとしては離れている方だ。ここはまだ平坦《へいたん》だから三里半は苦にならないが、これが箱根山《はこねやま》の八里（約三二キロ）になるとそうはいかない。上り下りで一気に疲労してしまう。

この頃すでに東海道の京から江戸までの百二十四里八町は整備されていた。大阪までの延伸《えんしん》も元和五年（一六一九）には完成している。

大磯宿から小田原宿までが四里（約一六キロ）、小田原宿から箱根宿までが四里八町（約一六・九キロ）と最も長い方で、三里半というのも遠い方なのだ。

東海道で宿場の間が最も離れているのは、尾張宮宿《おわりみやしゆく》から伊勢桑名宿《いせくわなしゆく》の間の七里（約二八キロ）なのだが、ここは陸路ではなく船で行く海路で七里《しちり》の渡《わた》しという。

益蔵は半町以上離れて五人を追っていた。

喜平次が予想したように、五人は夕方から夜にかけて大磯の百姓家を襲うと思われたが違った。

五人は平塚宿で旅籠に上がってしまった。

宇三郎たちも街道を挟《はさ》んだ真向かいの旅籠に上がって見張ることにする。

新吉は大磯の百姓家を窺い、用意周到に襲ってお豊を奪《うば》うつもりでいた。世の中には女にあっさりしている男と、女に執着してしつこい男と二種類いる。新吉は後者でお豊を取り返すためには何でもするつもりだ。お豊が嫌がれば殺してしまう考えなのだ。こういう男の執着心は珍しくない。それほどお豊はいい女でもある。

「喜平次と益蔵、先に行った者たちが五人の現れるのが遅いと、この宿場のどこかで待ちくたびれているだろう。探して旅籠に上がるよう伝えてくれるか？」

「はい、承知しました」

二人は旅籠を出ると宿場外れまで歩いて行った。

甚四郎は六人を二人一組にして、宿外れの百姓家や物陰に隠し五人を追う支度をしていた。五人の狙いが大磯の百姓家だと、わかっているのだから油断はない。後を追って五人を捕らえるだけだ。

「どうした喜平次！」

きょろきょろしながら歩いてくる喜平次と益蔵の前に甚四郎が立った。

「倉田さま、五人はこの平塚宿でも旅籠に入ってしまいました」

「何んだと、どういうことだ？」

「わかりませんが、おそらく五人はこの平塚宿で大磯の様子を見るつもりかとも考えられます」

「そうか、ここから大磯宿までは一里もないからな。襲撃する前に様子を見るということか。なるほど……」

「望月さまから、一旦旅籠に入るようにとのことです」

「よし、承知した」

甚四郎たち六人は引き返してくると、宇三郎たちが入った旅籠の隣に宿を取った。

陽《ひ》が落ちると、新吉たち五人の中で最も若い男が旅籠から出てきた。

「益蔵、あれを追え！」

「へい！」

益蔵が街道に飛び出すと隣の旅籠から鶏太と留吉が飛び出してきた。

二人が小走りに益蔵を追う。

男も夕暮れの東海道を急ぎ足で大磯宿に向かっている。

半刻もしないで大磯宿から街道を離れ、男はお豊のいる海辺の百姓家が見えるところまで来ると、薄暗くなってきたのを利用して灯りに近づいて行った。百姓家にお豊がいるのか、中に何人ぐらいいるのか見当をつけるつもりだとわかる。

新吉は襲撃するための段取りをつけているのだ。

そのため男を一人だけ目立たないように大磯に向かわせた。男は百姓家の軒下に身を潜めると中の様子を窺っている。聞こえてくる声で中の人数を探ろうというのだ。男は軒下で気配を消して石のように動かない。

その男の様子をかなり近くまで接近して益蔵が見ている。

この時、百姓家には杢太郎とお豊、それに杢太郎の子分と使いっぱしりの小僧の四人しかいなかった。新吉たちに襲われたらひとたまりもない。皆殺しにされる危険さえあった。その襲撃の時が今日なのか明日なのか。

軒下の男はその四人の声を聞き分けた。

「大人数ではない。三、四人のようだな。女の声はお豊だろう……」

戦いになれば敵は杢太郎とその子分だけだと男は判断する。

五対二の戦いなら負けるはずがない。他に誰かいたとしても敵は三、四人までだろうと男は予測した。その男の耳は確かに四人を聞き分けている。

今夜にも事件が起きそうな気配になってきた。益蔵が鶏太と留吉の傍《そば》に寄ってきた。

「おれはここに残って見張るから、おまえたち二人であの男を追え、おそらく平塚の旅籠に戻るだろうから、望月さまと倉田さまにここの様子を知らせろ。いいな？」

「へい！」

益蔵は百姓家の傍に残り、鶏太と留吉に男を追わせ平塚宿に帰すことにする。

事件の大詰めが近づいているとわかる。こういう時は慌てないことだ。敵の動きが早くなるから見落とさないようにする。しばらく軒下に張りついていた男がそこを離れると、鶏太と留吉が素早く男の後を追って行った。平塚宿と大磯宿は二十七町（約二・九キロ）しか離れていない。急げば四半刻《しはんとき》あまりだ。こうなってくると決着が早いような気がする。益蔵は明日の明け方ごろが勝負だと思う。

「兄《あに》い、あの五人がすぐにも襲ってきそうだな？」

留吉は鶏太の後ろにくっついて歩いている。

「ああ、今夜かもしれないぜ……」

「あそこの百姓家に何人いるか探りに来たようですけど……」

「うむ、あの百姓家だとそんなに大勢いるとは思えないな。精々、五、六人ぐらいじゃねえか。十人もいればいい方じゃねえかと思う」

「斬り合いになりますか？」

「ああ、おめえは巻き込まれないように少し離れていろ……」

「うん、わかった」

二人は星明かりの中で目を凝《こ》らして平塚宿に戻る男を追った。

鶏太が旅籠に戻ると倉田甚四郎たちが宿を出る支度をしていた。留吉は隣の宇三郎たちの旅籠に入って宿の女に案内された。

「留吉、どうだった？」

「あの男は百姓家の様子を見に行きました。四半刻ほど軒下で中の様子を聞いていましたが戻ってきました」

「今、旅籠に戻ってきたのがそれだな？」

「はい！」

「その百姓家には何人ぐらいいるかわかったのか？」

「それが、鶏太兄いがいうには五、六人ぐらいだろうと……」

「そうか、奴らが人数を確かめて踏み込むつもりだな？」

「今夜でしょうか？」

いよいよだと思う喜平次が聞いた。それには答えず宇三郎が孫四郎を見る。

今すぐとは思えず判断の難しいところだ。飛び出せる支度だけはしておく。新吉がどう動くかだが意外に決着は早いのではと思う。お豊を欲しいのだからそう間をおかずに襲撃するはずだ。

「奴らは寝込みを襲うのではありませんか？」

「そうだな。寝込みか明け方だろう」

宇三郎が同じ考えだと孫四郎にうなずいた。それを見て喜平次が羽織を脱いだ。

刀の下げ緒を取って襷《たすき》がけにして戦いの支度を始める。奴らと戦えるように喜平次は抜かりない。小太刀《こだち》の使い手だが怪我《けが》ばかりしている。

「これを着ていろ！」

羽織を留吉に渡した。

「外は寒いですけど……」

「留吉、これから戦いになる。寒さなど吹っ飛んでいくわ！」

宇三郎と孫四郎も支度をする。

その夜、向かいの旅籠にいる五人はなかなか動かなかった。夜半が過ぎても動く気配がない。今夜は襲わないのかと思う。

見張りの喜平次と留吉が少し眠くなってきた。

ぼちぼち早立ちの旅人が目を覚ますころだと思った時、真向かいの旅籠からぞろぞろ五人が出てきた。早立ちではなくまだ薄暗い明け方の百姓家を襲うつもりだ。斬り合いなら少し明るい方がいいと、浪人たちが判断したのだろう。

「出たッ！」

喜平次の声に目を瞑《つむ》っていた宇三郎と孫四郎が、反射的に太刀を握って立ち上がった。

二人が無言で部屋を出ると階下に下りて、新しい草鞋《わらじ》を履いて足元を確かめ街道に飛び出す。間もなく海の方から白く夜が明けるだろう。宇三郎も戦いは少し明るい方がいいと思う。暁《あかつき》の戦いになりそうだ。

そこに隣の旅籠から倉田甚四郎たちも飛び出してきた。

五人は大磯宿に向かわず、手前で街道から離れて海辺に向かう。砂浜伝いに百姓家に接近して襲うつもりだ。海辺では隠れるところが松の木ぐらいしかない。慎重に追わないと見つかってしまう。いよいよだ。

「海岸から百姓家に近づくつもりだ！」

鶏太が先頭で五人を追っている。

その後ろに宇三郎、甚四郎たち九人が細い道に一列になった。最後尾を喜平次の羽織を着た留吉が歩いていた。

「百姓家の傍で捕らえよう」

「はい、それがしが中に飛び込みます」

「中に何人いるかわからない。気をつけてくれ！」

甚四郎が百姓家に飛び込み、宇三郎と青田孫四郎が外で五人と戦うことになった。まず浪人を斬り捨てる。浪人を斬ってしまえば新吉たちの戦力はほとんどなくなる。

五人が海辺を小走りに百姓家に向かった。

その後を宇三郎たちが追って間合いを詰めて行く、百姓家の下の浜辺まで行くと宇三郎が追いついて五人に声をかけた。

「そこの五人組ッ、北町奉行所だッ。神妙にいたせッ！」

その宇三郎の傍を倉田甚四郎と本宮長兵衛が走った。土手を駆け上がって百姓家に向かって突進。

「くそッ、斬り抜けろッ！」

宇三郎に呼び止められた五人が一斉《いっせい》に刀を抜き匕首《あいくち》を抜いた。

「うぬら死にたいか！」

青田孫四郎が前に出て刀を抜くと、その両側に朝比奈市兵衛と林倉之助が出て太刀を抜いた。向かってくるなら斬り捨てるしかない。浪人二人が抜いた刀を下げて前に出てくる。腕には自信がありそうだ。

「その浪人から斬り捨てろッ！」

二人の浪人に孫四郎と市兵衛が向かって行った。

浪人が足場の悪い砂を嫌い、膝下まで水に浸《つ》かるほど渚《なぎさ》へ下がると、浪人を追い詰めて孫四郎と市兵衛も海に入った。その後ろから林倉之助も追いついた。砂浜の戦いは足場が悪く戦いにくいが、渚の方が波は来るが砂がしまっていて足場が良い。

暁の渚で三対二の戦いだ。

北町奉行所の剣士三人を斬るほどの腕は浪人にはない。

それを孫四郎が察知して戦いを市兵衛と倉之助に任せる。

その孫四郎が振り向くと、新吉と二人の仲間を喜平次が一人で受け持っていた。

喜平次の小太刀では三対一の戦いは危ない。それを見て孫四郎が喜平次の傍に素早く寄ってくる。

「喜平次、大丈夫か?」

「あの男を頼みます!」

「よし!」

渚の戦いも四人が海に入って波に足を洗われる。

鶏太が見張りの益蔵を心配して百姓家に走って行く。留吉は宇三郎の傍に立って戦いを見ている。なんだか夜明けが遅いように思う。こういう戦いに留吉はだいぶ慣れてきた。奉行所の剣士たちが悪党に負けるはずがない。

百姓家には甚四郎と長兵衛が飛び込んでいた。

喜平次がたちまち一人を峰打《みねう》ちで倒したが、新吉の匕首が喜平次の左の二の腕を斬ってまた怪我をしてしまう。

喜平次という男はなぜか生傷が絶えずいつも痛い思いをしている。

留吉は腰に下げた捕縄《とりなわ》で、孫四郎と喜平次の倒した新吉たちを次々と縛った。

一方、渚で戦う浪人はなかなか強かった。四人は膝下まで海に入って戦っている。引き潮のようで大きな波は来なかった。市兵衛と倉之助も小野派一刀流《おのはいっとうりゅう》の使い手で奉行所の強い剣士だ。

戸を蹴破《けやぶ》って百姓家に飛び込んだ甚四郎が、大声で「北町奉行所の者だッ！」と叫ぶ。

「お豊ッ、神妙にしろッ！」

長兵衛が叫んで土間から座敷に飛び上がる。

益蔵が竈《かまど》の残り火から火を持ってくると消された灯りをつけた。李太郎とお豊が寝衣のまま奥から出てきた。

「お頭《かしら》ッ！」

李太郎の子分が匕首を抜こうとした。

「それは止《や》めておけ、お役人さまに厄介をかけるんじゃねえ！」

子分を叱った杢太郎が炉端《ろばた》に座って甚四郎に頭を下げて両手を出した。

「恐れ入りましてございます……」

「うむ、神妙である。益蔵、縛れ！」

益蔵と鶏太に杢太郎と子分がおとなしく縛られ、お豊と使いっぱしりの小僧も縛られた。

その頃、二人の浪人はしぶとく渚で戦っていた。

既に、市兵衛と倉之助に何か所か斬られている。だが、戦いを止めようとしない。これまで何人か人を斬ったであろう浪人だ。渚に戻ってきた青田孫四郎は二人の浪人を生かしておく気はない。じりじりと三人で海の中に押し込んで行った。

水に濡《ぬ》れた袴《はかま》が足にまとわりついて動きが鈍《にぶ》る。孫四郎たちはいつもの裁着袴《たつつけ》だから戦いの時は動きやすい。三対二になっては役人の方が圧倒的に有利だ。二人の浪人は勝ち目がないとわかったようだ。だが、神妙にする気はない。渚を西へ逃げようとするが倉之助が素早くその逃げ道を塞いだ。

そこへ市兵衛が飛び込んでいって、浪人の左肩から袈裟《けさ》に斬り下げた。

水平線が白くなって夜が明け始めている。

暁の渚に浪人が水しぶきを上げて倒れ、その体を引き潮がゴロンと転がし、流れ出る血を白い波が海に引きずって行った。

倉之助がもう一人の浪人との間合いを詰める。

これまでつるんで人殺しをしてきた浪人は、相棒が倒されて命運の尽きたことを知った。磔《はりつけ》獄門《ごくもん》にされるくらいならここで戦って死んだ方がいいと思う。

孫四郎は後ろに下がって、倉之助が波間でも動きやすいようにする。浪人は疲れて大きく肩で息をしていた。

一人で三人を相手にして勝てる見込みはない。

倉之助の傍に市兵衛が戻ってきた。これまで何人の人を斬ったのか、あちこちの盗賊や悪党を助けて、人を斬ってきた浪人はついに追い詰められた。

盗賊の用心棒をするようではろくな生き方をしていないだろう。

往生際《おうじょうぎわ》が悪く海に入るのを嫌がって、西の小田原方面に海岸を逃げようとする。その逃げ道を孫四郎が塞いだ。

するといきなり浪人が孫四郎に襲いかかってきた。

上段から振り下ろす刀に擦《す》り合わせて撥《は》ね上げると、孫四郎の剣が横一文字に浪人の胴を貫いた。ガクッと膝から崩《くず》れて浪人は顔から砂に突っ込んだ。

戦いが終わった。

宇三郎は斬られた喜平次の手当てをしてやる。

「また斬られたな……」

「大した傷ではありません」

「うむ、浅手《あさで》だが痛そうだ……」

「また怪我をしたのかと長野さまに叱られるほうがよっぽど痛いです」

「そうだな。今度は成田山《なりたさん》にでもお祓《はら》いに行くか？」

「望月さま、そんなこといわないでくださいよ。長野さまが本気にしますから……」

「痛くないのか？」

「ええ、ほんの少しだけ……」

斬られて痛くないはずがない。だが、こういう時はやせ我慢をするのが侍だ。

宇三郎は捕縛した三人と、百姓家で捕まったお豊たちを、一緒に江戸へ連れて行くのはまずいと思った。

盗賊の親分子分とはいえ一方の新吉は、その親分である杢太郎を殺しに来たのだ。

百姓家の四人が神妙にお縄にかかったというから、そいつらを先に江戸へ向かわせようと考えた。

こういう悪党の護送もそれなりに気を使う。

宇三郎は百姓家に歩いて行くと甚四郎に、みんな一緒に連れて行くのはまずいから先に江戸へ発《た》ってくれと命じた。寝衣のままではまずいので杢太郎とお豊は着替えさせられた。何を勘違いしているのかお豊が入念に化粧《けしょう》までする。それを見て役人たちは苦笑するしかない。

「あたしって綺麗《きれい》でしょ?」

男たちにそういっているお豊なのだ。

なんとも可愛《かわい》らしいというか罪がないというか困った女だ。

先行する甚四郎と長兵衛、益蔵と鶏太の四人には、怪我をした松野喜平次を同行させる。

宇三郎、孫四郎、市兵衛、倉之助、留吉の五人が残って、戦いの後始末をしてから甚四郎たちより一刻半（約三時間）ほど後に出立した。新吉と仲間の二人が捕縛されて北町奉行所へ引かれて行く。

李太郎とお豊と子分と小僧の四人はすっかり観念しておとなしい。

美人のお豊は化粧してとても悪党とは思えないが、縛らないわけにはいかないから益蔵と鶏太はつらい。きつく縛らずにゆるゆるだ。お豊が鶏太を見てニッと笑う。すると鶏太が照れてしまった。なんとも情けないご用聞きだ。

奉行所の半左衛門は、男たちだけで女のお豊を連れてくるのは面倒だろうと、直助《なおすけ》とお香《こう》を呼んで大場雪之丞《おおばゆきのじょう》と大磯に向かえと命じていた。

女賊《にょぞく》の扱いは奉行所にも女牢《おんなろう》があるくらいで、捕まえても扱いがなかなか難しいのである。お豊のようにおとなしいのは珍しいくらいだ。中には気が荒く質《たち》の良くない女も少なくない。隙あらば役人や牢番《ろうばん》を誘って、牢抜けをしようとする剛の者までいるから女には気を抜けない。

その直助たち三人と甚四郎たちは戸塚宿を出たところで出会った。

雪之丞から半左衛門の話を聞いて、甚四郎はお香にお豊の世話をするように命じる。

「雪之丞、万吉の容態はどうだ?」

「芳《かんば》しくないようです。あと何日生きられるかというような塩梅で……」

「そんなに悪いのか?」

「ええ、太股《ふともも》の出血がひどかったようです」

「お豊には知らせない方がいいな？」

「はい、動揺して逃げようとするかもしれませんので……」

人間は五ケ所も六ケ所も斬られては、出血して助かるのはなかなか難しい。新吉にやられた万吉は刺された深手《ふかで》もあって相当ひどい状態だった。

「雪之丞、後ろから来る望月殿に神奈川宿《かながわしゅく》で泊まると伝えてくれ、明日の出立は明け六つ（午前六時頃）卯《う》の下刻（午前七時）頃だと……」

甚四郎一行はお豊とお香を連れているから急ぎ旅は無理だ。

「承知しました」

雪之丞は甚四郎に頭を下げて、東海道を戸塚宿に向かって歩いて行った。

東に向かう宇三郎一行と西に向かう雪之丞は藤沢宿で出会った。その雪之丞が甚四郎の言伝《ことづて》を伝えると、「それでは我々は一つ手前の、保土ケ谷宿で泊まることにしよう」と決めた。

新吉たち三人は往生際が悪くなかなか前に進まない。

市兵衛と倉之助に尻《しり》を叩《たた》かれながらのろのろと江戸に向かっている。奉行所に着けば死罪になるとわかっているから潔さがない。歩かなくなったら荷車にでも乗せて運ぶしかないだろう。

この頃はまだ罪人を運ぶ唐丸籠《とうまるかご》というのはあまり使われていなかった。正しくは目籠《めかご》というのだが、軍鶏《しゃも》を飼う籠に似ていたことから、軍鶏のことを唐丸といったので唐丸籠と呼んだ。この頃は卵型の唐丸籠が使われていたが、やがて台板に大小便の穴をあけて罪人を座らせて縛る柱を立て、その台板に籠をかぶせる唐丸籠が出てくる。

この罪人用の唐丸籠に乗せる時、罪人には足枷《あしかせ》、手鎖《てくさり》、舌を噛《か》み切らないよう竹管を噛ませる。籠には飯を食わせる小さな御器《ごき》穴があって、長い棒で前後を二人で担いで罪人を運ぶようになる。

第六章　お豊《とよ》

大磯の杢太郎はその日のうちに、半左衛門に聞かれたことをすべて白状した。それを聞いた勘兵衛が公事場《くじば》に出てくる。

「お奉行さまである！」

半左衛門がいうと杢太郎たち四人が神妙に頭を下げる。いつものように勘兵衛は砂利敷きの縁側まで下りてきた。

「杢太郎、神妙だったそうだな？」

「お奉行所のお手を煩《わずら》わせまして恐れ入りまする」

「お前の処分はゆっくり決めるが、今は急ぐことがある。お豊、顔を上げろ！」

「はい……」

「愚か者がッ！」

勘兵衛がいきなり怒った。お豊が勘兵衛を見て固まってしまう。

「お豊、そなたの祖父、細工師の万吉が瀕死《ひんし》の重傷だぞ！」

「えッ、お、お奉行さま！」

お豊が急に泣きそうな顔になった。

「お奉行さま、万吉は誰に？」

「杢太郎、万吉はお豊の色になぶり殺しにされるところだった。五、六ケ所も斬られ、太股を刺され大量に出血して、医師と長屋の者たちが必死で治療したが難しいようだ」

「おのれ新吉めッ、お奉行さま！」

お豊が筵《むしろ》の上を二歩三歩と膝で前に這《は》い出て勘兵衛を見上げる。

「お豊、必ずここに戻ってくるか？」

「はいッ、お約束いたします。必ず、必ず戻ってまいりますので、なにとぞ！」

「平三郎と彦一、それにお香、三人でお豊を長屋まで連れて行け！」

お豊が振り向くと彦一が立っていた。

「姐さん……」

「彦一さん……」

「万吉の親父《おやじ》さんが危ないんだ。急いでおくんなさい！」

「お豊、お前を育てた爺《じい》さんだ。戻ってしっかり看病してやれ……」

「お奉行さま、ありがとう存じます。ご恩は……」

「いいから早く行け！」

北町奉行米津勘兵衛の常にはあり得ないほどの大恩情である。

李太郎の神妙な態度が勘兵衛の気持ちを鬼から仏に変えた。

間もなく死ぬだろう老人に孫娘の顔を見せてやりたい。それは平三郎と彦一を信じての処置でもある。お豊は立ち上がるとよろよろと砂利敷《じゃりしき》から出て行った。

その頃、宇三郎一行は品川宿を出て奉行所に向かっている。

新吉たちは不貞腐《ふてくさ》れてだらだらと歩いていた。往生際の悪い奴らで馬借の馬の尻尾《しっぽ》に、縛った縄を括《くく》り付けて引きずりたいくらいだ。こうなってもまだ観念できない悪党どもだ。

罪人は奉行所に着けばどうなるかわかっている。容赦《ようしゃ》ない拷問《ごうもん》ですべて吐くまで責められるはずだ。それは吟味方《ぎんみかた》の秋本彦三郎《あきもとひこさぶろう》の仕事だ。泣く子も黙る鬼の彦三郎の石抱《いしだ》きと駿河問状《するがもんじょう》が待っている。泣こうが叫ぼうが小便をしようが脱糞《だっぷん》しようが、すべての泥《どろ》を吐くまで容赦しないのが彦三郎の拷問だ。どんな盗賊でもその恐怖に牢屋の奥の暗がりに張り付いて震える。だが、どんなに怯《おび》えようが彦三郎の拷問は殺さない程度に続けられるのだ。

駄々《だだ》をこねる餓鬼《がき》のようなだらだら歩きぐらいは許してやる。

新吉たちの地獄の一丁目がすぐそこに見えてきていた。地獄には二丁目も三丁目もなく奈落に真っ逆さまに落ちて行くだけ、何人も人を殺したのだから仕方がない。それを秋本彦三郎は徹底的に血反吐《ちへど》を吐いても吟味する。

半左衛門は新吉たちと杢太郎たちは別々の牢に入れることを考えていた。

捕縛されたとはいえ牢を一緒にすれば、その牢内で殺し合いになることは目に見えている。新吉は杢太郎を殺し損なったのだし、杢太郎は万吉を殺そうとした新吉を許さないだろう。

平三郎たちと走って長屋に戻ったお豊は瀕死の万吉と対面した。

事情を知らない長屋の人たちが集まってくる。

「お豊ちゃん、どうしたんだい？」

「万吉のとっつぁんがどうしてこんなことに？」

だが、お豊は聞かれても答えられない。まさか盗賊のもめごとだともいえない。その野次馬を彦一が万吉の長屋から追い出した。

「みんなありがとうよ。しばらく二人だけにしておくんなさい……」

彦一は長屋の住人にはそういうしかない。その長屋の住人も万吉はもう駄目だとわかっている。どんなに看病しても万吉は快方に向かわず、日に日に生気を失って今では息をするむくろのようになっている。

お豊が無事なのを見て瀕死の万吉はうれしそうだった。

万吉はお豊が新吉に殺されると思っていた。そのお豊が顔を見せたのだからうれしい。

「お豊、わしはもう駄目だ。お前はもう一人になるんだから足を洗って生きてくれ、いいな？」

「うん……」

「耳を貸せ……」

万吉はお豊に秘密をいいたい。お豊が万吉の口元に耳を近づけると「床下《ゆかした》に四百両ある」といった。

「お爺ちゃん、死んじゃ嫌だよ。頑張って……」

「もう駄目だ。足がないみたいで動かねえ、頭もおかしくなっちまったよ……」

万吉はお豊に会いたくて頑張っていたのだ。

お豊とお香、それに彦一と長屋の住人が万吉の看病をしたのだが、その夜、老細工師は孫娘の手を握って息を引き取った。身から出た錆《さび》とはいえ、お豊は最愛の祖父を新吉に殺されて大泣きした。だが、すべては後の祭りで後悔しても追いつかない。お豊は自分の業の深さを呪《のろ》うしかない。

隠居していた老盗《ろうとう》はボロボロになって死んだ。

翌日から奉行所ではその万吉を殺した新吉たちの拷問が始まった。

秋本彦三郎の取り調べは容赦しない。三人の悪党は彦三郎の拷問に耐えられず次々と白状する。新吉が殺したのは一人や二人ではなかった。あちこちで人殺しを重ねその数は十指にあまる。こういう男を生かしておくことはできない。半死半生の拷問にかけられて三人はすべてを白状する。最強の拷問である駿河問状はその過酷さゆえに、徐々に使われることがなくなっていく。新吉は泣きながら絶叫し小便を漏らし悪事のすべてを彦三郎に吐いた。

そんな時、祖父の弔《とむら》いを簡単に済ませたお豊がお香と奉行所に戻ってきた。

その二人には彦一が付き添っている。砂利敷きで神妙に座っていると勘兵衛が出てきた。盗賊の一味であるお豊は何を命じられても仕方ない。死罪でも遠島《えんとう》でも覚悟している。死ねば祖父の傍に行けると観念した。万吉を死なせてしまったことはお豊の痛恨である。

勘兵衛はいつものように縁側まで下りてきて三人を見る。

平三郎も後見のように砂利敷きの後ろに控《ひか》えていた。勘兵衛はお豊のことで平三郎がなにをいいたいのかほぼわかっている。この女には何の罪もないから許してもらいたいといっているのだ。盗賊の家に生まれたことがお豊の不運だ。

そのお豊は杢太郎と万吉のお陰でまだまともだといいたい。少々人より器量よしに生まれたのがまずかったと思う。

「彦一とお香はご苦労であった。お豊、万吉は死んだそうだな？」

「はい……」

「自分の愚かさがわかったか？」

「はい、この世で一番大切な爺ちゃんを死なせてしまいました」

「これからどうする？」

「一人になってしまいました。どうしたらいいかわかりません。お奉行さまのご処分をお願いいたします……」

「そうか、神妙である。万吉とどんな約束をした？」

お豊が顔を上げて勘兵衛を見た。

「足を洗えと……」

「そうか、万吉が足を洗えといったか、だが少し遅かったようだな」

「はい……」

お豊は自分の罪を認めどんな処分でも仕方ないと思う。

すべては終わったのだから覚悟はしている。死罪でも遠島でもいいということだ。思い残すことはないといえば嘘《うそ》だが、祖父を死なせてしまったことはもう取り返しがつかない。お奉行がいうように自分の愚かさが招いたことだ。

男好きな自分の身から出た錆だ。

「お豊、足を洗うか？」

「はい、お奉行さま……」

「なんだ？」

「長屋の床下に四百両がございます」

「万吉の小判だな？」

「はい、ご処分を頂戴《ちょうだい》するわたしにはもう必要のないものですから……」

「うむ、そうだな。閻魔《えんま》大王を銭では買えないからな？」

「はい……」

「お香と彦一はお豊と一緒に長屋に戻って、その四百両を掘《ほ》り出してまいれ、平三郎、頼むぞ……」

「はい、畏《かしこ》まりました」

勘兵衛はお豊の人柄を見ていた。なかなか素直で悪党どもの手垢《てあか》に汚れてはいないようだ。気持ちがねじ曲がっていては仕方ないがそうは見えない。平三郎はそんな二人を砂利敷きの隅に立って見ていた。お奉行はお豊を助ける気ではないかと思う。江戸は女が足りないのだから、若い女を死罪や重罪にはしたくないのだろう。足を洗うと観念したお豊をお奉行は気に入ったのではないか。

この平三郎の勘は当たっている。

仏の勘兵衛はできることなら、お香のようにお豊を密偵として使いたい。だが、密偵というのは誰にでもできる仕事ではなかった。こういう仕事には向き不向きというものがある。果たしてお豊に奉行所の密偵ができるかだ。できなかった時のことも考えなければならない。

お豊をどういう処分にするか勘兵衛は考えている。

神妙な李太郎と死一等を減じ、死罪ではなくお豊と夫婦にして、遠島にすることも考えたが、お豊に李太郎と同じ遠島では重すぎる刑罰《けいばつ》だと思う。それに李太郎に遠島では軽すぎるように思った。李太郎は人殺しはしていないが、盗賊の頭で相当な仕事をしてきている。半左衛門の調べでは五千両を軽く超《こ》えていた。

その罪は決して軽くはない。首が落ちても文句はいえないだけの罪だ。

お豊のような素直でいい女は、改心するなら江戸に残しておきたい。盗賊万吉の孫に生まれてしまい、出会った男たちがあまりに良くなかったということだ。人の一生は人と人との出会いによって決まる。お豊は生まれながらに最悪だったといえる。見渡せば周りが盗賊だらけというのではいかんともしがたい。

真っ当な生き方を覚えられなかったのはお豊の責任ではない。

そんな最悪の中でもお豊は、祖父の万吉によって素直な女に育てられた。そう感じると仏の勘兵衛が出てきて助けてやりたいと思う。北町奉行は女に甘いといわれても江戸は女が少ないのだからいいではないか。いいたい者には好き勝手にいわせておけばいいのだ。いい女に甘いのは男の常だ。

お豊を罰するのに勘兵衛は躊躇《ちゆうちょ》している。

勘兵衛の考えでは新吉たち三人は死罪、杢太郎と子分の伝六《でんろく》は十年の遠島で江戸への立ち入り禁止、まだ十三歳の小僧の卯吉《うきち》と女のお豊は奉行所で使いたい。

それにはお豊がどんな人柄かを知る必要がある。

卯吉はまだ何も知らない親兄弟のいない子どもだと杢太郎がいった。小田原宿で拾ったのだという。子どものいない杢太郎がわが子のように育ててきた。その卯吉はなんとかなりそうだが。

男好きのお豊の扱いが難しかった。

その日、平三郎たちがお豊の長屋で小判を掘り出して持ってきた。

老細工師の万吉が孫娘のために残したお宝だとわかる。おそらく盗み取った小判と細工師で稼《かせ》いだ銭が混ざっているのだろう。

「お豊、この四百両をわし一人のものにしては寝覚めが悪い。どうだ、わしと山分けにしないか？」

お豊が驚いて勘兵衛を見上げる。

泥棒の銭を山分けにしようというおかしなお奉行さまだと思う。

「わしは泥棒の上前をはねるのが得意でな。だが、全部差し出されると独《ひと》り占《じ》めにする気にもなれんのだ。お前と山分けにしよう！」

「はい……」

お豊がニッと微笑《ほほえ》んだ。爺さんの万吉が喜ぶだろうと思う。

「お奉行さま……」

「なんだ？」

「その半分の二百両でお豊の命を買うことはできませんでしょうか？」

「お前の命は二百両か？」

「もう少し安いと思います……」

「そうか、百両ぐらいか？」

「いいえ、たぶん三、四十両ぐらいかと思います」

「ほう、ずいぶん安いな？」

「好き勝手に悪いことばかりしてきましたので、三、四十両でもずいぶん高いかと思いますけど……」

「なるほど、おもしろいなお豊、四百両そっくりならわしの大儲《おおもう》けだ。売ろう、お前の命を百五十両で売った！」

「ありがとうございます」

お豊が平伏する。勘兵衛に百五十両を払い、その手には五十両が残った。万吉が細工の仕事で稼いだ銭だと思えばいい。可愛いお豊のために万吉が貯《た》めたのだ。

「ただし、二度と悪事に手を出さないと約束できるか？」

「はい、お約束いたします」

勘兵衛とお豊のやり取りを聞いていた平三郎がにやりと笑った。その笑いはお奉行がお豊を使える女と見たからだ。賢い女だと思う。

その平三郎の笑いを勘兵衛は見逃さない。

「平三郎、お豊と卯吉をそなたに預ける。面倒を見てやってくれ……」

「はい、承知いたしました」

勘兵衛は武士だった平三郎を信頼しているから、彦一を始めなんでも平三郎に押しつける。その勘兵衛に厄介なことを押し付けてくる老中の手口と似ている。

勘兵衛が押し付けられるのは平三郎しかいない。

それを平三郎は嫌がらずにむしろ楽しんでいた。

男好きのお豊とまだ子どもの卯吉を育てられるのは、平三郎しかいないと勘兵衛は見たのだ。

そう決まるとうれしいのは彦一だ。

お豊の命を百五十両でお奉行が買ってくれた。そのお豊を知っていただけにどういう処分になるのか、はらはらドキドキで心配していた。

それが自分と同じようにお豊次第で、無罪放免になる可能性が出てきた。

彦一も神妙に働けばお奉行に許してもらえる約束なのだ。お豊もそうしてもらえるかもしれないと思う。仏の勘兵衛が灯《とも》してくれたかすかな光明《こうみょう》だ。北町のお奉行さまは二人にとって神さま仏さまだ。

彦一がさすがはお奉行さまだと思う。

お豊にも大きな幸運が舞い込んできたようなものだ。

翌朝、勘兵衛が登城するため奉行所から出てくると、いつもは平三郎と彦一だけなのだが、この日は二人の他にお香とお豊に卯吉の五人が立っていた。

勘兵衛が馬を止めた。

「平三郎……」

「はい、お豊はお香さんと二人で見廻《みまわ》りの仕事につきます。卯吉は彦一と見廻りの仕事をいたします。お許しをお願い申し上げます」

「うむ、お豊、江戸の見廻りは面倒な仕事だぞ。お香を見習え……」

「はい……」

「卯吉、お前は楽しそうだな。彦一になんでも教えてもらえよ」

「はいッ!」

大きな声で元気がいい。みんなが驚いてニッと笑う。

いつものように彦野文左衛門を先頭に勘兵衛の行列がお城に向かった。

「姐さん、よかった。お奉行さまのお許しがでたよ」

彦一はお豊より年上だが、万吉の孫娘だから以前から姐さんと呼んでいる。こうなるとお豊には頼りになる彦一だった。

「本当に良かった」

「うん、平三郎の親分さん、ありがとうございます。よろしくお願いいたします」

「うむ、これからしっかり仕事をすることだ。お前の仕事次第でお奉行さまは無罪放免にしてくれるかもしれないからな……」

「はい……」

「親分さん」

「なんだ？」

「あっしも無罪放免になりますか？」

卯吉が心配そうな顔で平三郎に聞いた。

「卯吉、お前も同じだろうと思うが男だからな。お豊とは少し違うかもしれない。仕事ぶりをお奉行さまに認めてもらえば、無罪放免になるかもしれない。わしからも頼んでやるからしっかりやれ……」

「はいッ！」

自分たちのことは何んとかなりそうになったお豊と卯吉だが、お頭の杢太郎と伝六がどんな処分になるか心配だ。二人の罪が重いことはわかっているが何んとか助かってほしい。

死罪になるかもしれないと思う。

新吉たちは死罪でも当然だが、杢太郎と伝六の命は助けてほしいのだ。だが、それを口にすることはできない。自分たちもまだ無罪放免になったわけではないのだから。

それを決めるのはお奉行さまだけである。誰も口出しはできない。

平三郎が卯吉を連れて半左衛門に挨拶《あいさつ》に行くと、お香とお豊は奥の庭に回って喜与に挨拶していた。

女は女同士で理解し合えるものだ。

「お豊さんでございます」

「殿さまからお話は聞いております。お爺さまを亡くされたそうでお気の毒です。気を落とさないようにね？」

「はい……」

「奥方さま、今日から一緒に見廻りの仕事にまいります」

お香がそういうと喜与は勘兵衛がお豊の罪を許したのだと思う。うれしそうに微笑んでうなずいた。

「そう、それはご苦労さまです。お香さんもお豊さんも無理をしないようにね……」

「はい！」

「お殿さまのお力になってください。お願いいたします」

「勿体《もったい》ないお言葉にございます」

お豊はこんな人がいるのだと感動した。喜与はこれまでお豊の会ったことのない女の人だった。

大きなやさしさにお豊は初めて出会った。

喜与の眼差《まなざ》しは祖父の万吉の愛情のようなやさしさだと思う。この人を裏切ってはいけない。

お豊が感動していると半左衛門が現れた。

「奥方さま、このお豊をお奉行が気に入ったようでございます」

「そう、それはよかった……」

「お豊、しっかり仕事をすれば何んとかなるかも知れんぞ。わかるな？」

「はい……」

美人のお豊を半左衛門も気に入っている。

色の白いは七難隠すというが、お豊は七難隠したうえに美人ときているから得だ。

勘兵衛と半左衛門に気に入られたら鬼に金棒、竜に翼《つばさ》というものだ。今の江戸でこの二人に勝る味方はいない。半左衛門の言葉でお豊の前が急に明るくなった。お奉行さまに売ってもらった命だ。

「お前次第で李太郎と伝六にもお奉行のお慈悲があるかもしれない」

「はい！」

お豊に大きな希望が湧いた。

半左衛門の言葉で李太郎と伝六の命が助かるかもしれないと思う。

この事件は勘兵衛の考え通り、新吉たち三人は死罪、李太郎と伝六は遠島、お豊と卯吉は真面目《まじめ》な仕事ぶりが認められて、彦一より罪が軽いことからその後間もなくして無罪放免になる。

遠島は大名家では領地内の島などを流刑地《るけいち》としたが、幕府の流刑地は八丈島《はちじようじま》や伊豆七島《いずしちとう》に佐渡島《さどがしま》、西国の場合は天草《あまくさ》や五島《ごとう》列島などだった。

安永《あんえい》六年（一七七七）からは無宿人が佐渡島に金山の水替《みずか》え人足《にんそく》として送られると、島からの逃亡は無理だったが、仕事が過酷なため逃亡しようとする者が相次いだという。この水替え人足は流人とは区別され島送りと呼ばれた。この島送りが始まると佐渡への遠島が廃止になる。

李太郎と伝六は死を免《まぬが》れて、伊豆に近い大島《おおしま》に流された。

勘兵衛の恩情で流刑としては軽い方だったが、李太郎は流行《はや》り病《やまい》であっけなく亡くなってしまう。

伝六は五年に減刑されて放免になる。

その頃、例の大工の棟梁《とうりょう》平蔵《へいぞう》は腹をくくって筋の悪い弟子の長次《ちょうじ》を育てようとしていた。

一人娘が好きになって子までできてしまったのだから、平蔵がああだこうだといっても話は始まらない。鬼屋《おにや》長五郎《ちょうごろう》が間に入って父と娘の喧嘩《けんか》が穏便に収まった。そんなことから一人娘のお布里《ふり》も長次の筋の悪いことはわかっているが何んとかしたい。

ところが長次の筋の悪さは筋金入りで、平蔵が何んとかしようとむきになればなるほど駄目。どうしてこんなに不器用で筋の悪い男がいるのかと思う。ところがそういう長次を好きなお布里との仲が滅法《めっぽう》いいのだ。

「おとっつぁん、長次さんをお願いね……」

そういわれると棟梁はつらい。何んとかなるならとっくに何んとかしているのだ。何んとかならないから困っている。

長次は真面目な男だ。こういう男は世の中には少なくない。

仕事は半人前だが滅法《めっぽう》真面目なのだ。

「お布里よ。困ったことにあいつは真面目なんだが、どこか必死じゃないんだな」

「そんなこといわないで、何んとかお願いだから……」

「お布里、あいつを何んとかするより男の子を産んでくれ。その子を育てた方が話は早いんだぜ……」

「おとっつぁん……」

「いいかお布里、大工はどんなに真面目でもぼうっとしていては仕事にならねえ、一本の柱を見てその家がどうなっているか、わからねえようじゃ棟梁にはなれねえんだ。長次にはその柱がわからねえ。何年たってもそれが見えないんだ」

「そんな難しいこといわれてもあの人には……」

「だからお前が男の子を産めばいいんだ。おれが生きている間におれより腕のいい棟梁に育ててやる。こうなったらそれが一番いいんだ。孫なら何んとかするから……」

「そんなこといったって、男か女かわからないもの……」

「馬鹿野郎、いいかお布里、男だ、必ず男を産むと念じるんだ。そうすれば腹の中で女が男に変わる！」

「そんな無茶な……」

一人娘を取られた棟梁は無茶でも何んでもいいから男の子が欲しい。

長次なんかにもたもたかかずりあっていられない。平蔵がいうように生まれてきた男の子に教え込んだ方が話は早いのだ。

「無茶なもんか、お前の母さんが、女の子が欲しいと念じたからお前が生まれたんだぜ！」

「そうなの？」

「本当だ。兎に角、男の子だからな。いいな」

何んとも無茶苦茶な平蔵だが、心底から自分の跡取りになる男の子がほしいと思っている。娘婿《むすめむこ》だが長次はもうあてにならないとあきらめた。

ところがだいぶ後の話だが不思議なことがあるもので、平蔵の願いが神さまに届いたのかお布里がめでたく男の子を産む。

平蔵の溺愛《できあい》は目を覆いたくなるほどで、生まれたばかりの子を「棟梁、棟梁！」と呼ぶ始末だった。

するとそれまで割れ鐘のようにいくら叩いても響かなかった長次が変わる。目の色が変わって誰よりも先に仕事場に行き、誰よりも遅く仕事場から帰るようになり激変する。

「おめえは見込みがねえ、おれが平助《へいすけ》を育てて棟梁にするから……」

赤子に平助と名付けて長次に引導を渡したのだ。

その引導が長次を変貌させた。

「お前さん、おとっつぁんは本気だよ。平助だけが可愛いんだからさ……」

お布里にいわれていい男の長次はついに必死になった。人は死んだ気になればほとんどのことがなんとかなるものだ。清水《きよみず》の舞台から飛び降りる気になればいいのだ。というがこの頃は清水寺に舞台はなくこの言葉はなかった。

この言葉が使われるのはこのもう少し後、家光《いえみつ》の治世になってからの寛永《かんえい》十年

（一六三三）に清水寺に舞台が建造されてからだ。音羽山《おとわやま》の谷に造られた舞台は、高さが七間（約一二・六メートル）余りで飛び下りたら死ぬ。兎に角、長次は子ができてそういう気になったということだ。気持ちが変わると人は変わるものだ。

気持ちがビシッと締まっていないと、多少の真面目ぐらいではどうにもならない。

そういうことに本人は気づかず、頑張っていると思い込んでいるのが多い。若い時はそれが生意気だと気づかないのだ。

生意気というのは言動に出して粋《いき》がる奴は大したことはない。むしろ、真面目な顔で心の中に、うつうつとしまい込んでいる奴の方が危ないのだ。

ひどく捻《ひね》くれたりする。

傍《はた》から見ているともうちょいで何んとかなるんだが、ひと踏ん張りが足りねぇんだなという勿体ないのが少なくない。

長次も気持ちの中にしまい込んでしまう方の男だった。

そういうところがまた女の子にはたまらなく痺《しび》れるらしいのである。お布里もそんな娘だった。そのお布里がいたおかげで長次は捻《ね》じれなかった。

「おい、長次が少しおかしくなったんじゃねえか？」

「少しじゃねえ、だいぶいかれちまったようだ。尻に火がついたんじゃねえのか？」

「野郎、子どもが生まれておかしくなったか？」

「ああ、孫ができて棟梁がおおよろこびだからな。親馬鹿というのはあるが、あれじゃ爺馬鹿《じじい》だぜ！」

「いいことじゃねえか。爺馬鹿で……」

「長次じゃ、腕が悪くて跡取りになれないからな」

「それにしても棟梁が滅法元気良くなったな。仕事がはかどるというもんだ」

「平助が育つには、あと二十年はかかる。忙しくなるぞ」

「長次の野郎がもたもたしていると、棟梁にたたき出されるんじゃねえか？」

「そうだな。お布里ちゃんと孫の平助がいれば、半端者の長次はいらねえという寸法だろう。違うか？」

「なるほど、するってえとだな、お布里ちゃんが空き家になるっていう寸法だな」

「馬鹿野郎、お布里ちゃんはてめえなんか相手にしねえよ！」

「チッ、兄いだって相手にされねえよ……」

平蔵の弟子たちも長次の先が見えてきたと元気が出る。

長次の前で赤子に、「いよッ、棟梁、本日も天気が良くお元気でなにより……」

などと挨拶する。これではさすがの長次も死に物狂いになるしかなくなる。

そのお布里の臨月は七月といわれていた。

神田明神のお浦《うら》の茶屋から、お弓《ゆみ》が時々お布里を見舞いに行く。その帰りに彦一の幽霊長屋に立ち寄るが昼はいつも彦一が留守だ。

そんなお弓は坊主頭《ぼうずあたま》の彦一にやさしくなり嫁さんになろうと決めた。

お布里の幸せな顔を見るたびにその決心を強めている。大きく膨《ふく》らんだ腹を見るとお弓は羨《うらや》ましくて仕方ない。坊主頭の彦一の子どもは変な子かもしれないなどと思う。もうお弓はそんなおかしな彦一を好きになっていた。

第七章　坂戸《さかど》の襲撃

武蔵入間坂戸《いるまさかど》に長渓山永源寺《ちょうけいざんえいげんじ》という寺がある。

この永源寺は南町《みなみまち》奉行島田《しまだ》平四郎《へいしろう》利正《としまさ》の島田家の菩提寺《ぼだいじ》であった。

島田家は平四郎の曽祖父《そうそふ》の頃、美濃《みの》守護の名門土岐《とき》家の一族だったが、三河《みかわ》に出て設楽《したら》島田に住し島田を名乗ったという。その島田十兵衛《じゅうべえ》が三河に勢力を作り松平広忠の家臣になったのが、徳川家の譜代《ふだい》になった始まりである。

その十兵衛の子の利秀《としひで》は広忠と家康に使番《つかいばん》として仕《つか》え、平四郎の父重次《しげつぐ》も使番として鉄砲足軽《てっぽうあしがる》五十人を預けられ、秀忠の幕下となり大阪の陣では旗奉行をも務める。

島田重次は父利秀が慶長《けいちょう》十八年（一六一三）に八十九歳で没すると、二千石の領地である武蔵入間坂戸に利秀の菩提を弔うため永源寺を建立《こんりゅう》した。永源寺は文禄《ぶんろく》元年（一五九二）の建立であることから、すでに入道して永源と号していた利秀が開基《かいき》したともいう。

その重次は五男の平四郎利正に家督を譲って、領地の坂戸に隠居し七十七歳の高齢ながら健在だった。その重次は相馬《そうま》家との縁があり関ケ原《せきはら》の戦いの時、佐竹《さたけ》家の与力だった相馬家が改易になりそうになると、本多正信《ほんだまさのぶ》に相馬利胤《としたね》を取り次いで改易を免れさせている。

その重次の子たちはみな優秀だった。

中でも五男の南町奉行になった平四郎利正はなかなかの知恵者といわれる。五男の平四郎が家督相続したのは長男の春世が早くに亡くなり、次兄たちがそれぞれ自立して家を立てていたためである。

慶長十六年（一六一一）七月に初代南町奉行土屋重成《つちやしげなり》が亡くなると、しばらく南町奉行は置かれず慶長十八年十二月になって、ようやく家康は切れ者の島田平四郎を抜擢《ばってき》した。平四郎は父の重次と共に戦場に出て戦い武功もあった。文武両道の直参旗本《じきさんはたもと》として家康は米津勘兵衛と島田平四郎を江戸の南北町奉行にしたのである。

こういう三河譜代の直参旗本は少なく得難《えがた》い人材だった。

勘兵衛はすでに北町奉行になって十年が過ぎている。もちろん平四郎のことは勘兵衛も良く知っていた。二人は家康の家臣の中でも秀逸といえる存在だった。家康は三河武士には少ない文武両道の二人を好んだようだ。

その平四郎が南町奉行になって七年が過ぎ、歯に衣着《きぬ》せぬ若い平四郎の言動は、何事にも積極的で勘兵衛も眼を見張ることがあった。それは開幕以来まだ十数年という未熟な幕府には大切なことだ。江戸を千年の城下に育て上げるには、何んとしても盤石の土台が欲しい。それには平四郎のような活力のある男が必要である。

年寄りの老中だけでは活《い》き活《い》きした考えが出ない。それでは困るのだ。

江戸は相変わらず日々拡大を続けていて、何んでも呑み込んでしまうがいつも物不足で、土井利勝《どいとしかつ》を始めとする幕閣は物価の高騰《こうとう》に悩んでいた。物の値段が高ければ江戸の人々が困るのだ。

そんなある時、老中や町奉行の評定《ひょうじょう》の席で物価高が話題になった。

「このところ物の値段が高いという話だが？」

「さよう、人々がずいぶん困っていると聞いた。なんとか値下げできる策はないものか？」

「そのことよ。このところ一段と物の値段が高くなったという。町奉行はそのあたりをどのように考えておるか？」

いつものように何んでも町奉行の責任だといわんばかりである。

老中はなにか困ったことが起きると、町奉行の勘兵衛と平四郎に押し付けようとするのだ。江戸の市井《しせい》のことは確かに町奉行の責任ではあるが、物の値段の操作などはできないし、そのようなことは軽々にしてはならない。

ことに米の値が大きく変動すると、大混乱になって収拾できなくなる危険がある。

「今のところ米の値は江戸も大阪も安定していると聞いておりますが……」

勘兵衛はこういう微妙な物価の話などは抑え気味にしたい。

あれこれ騒いでも今日明日にどうなるものでもないと思う。人、物、銭の集まる江戸では木材を始め色々なものが不足がちになるのは当たり前だ。そのため街道を整備して活発に荷運びをしているし船運もずいぶん進歩した。

ただ、家康が五百石積み以上の大船の造船を禁止したから、大量に船荷を運べない難しさはあった。それでも江戸と上方の間には多くの物の流れができ始めている。江戸は海と川に恵まれているから船が色々なものを運んでくる。

「町奉行はそういわれるが、こう物の値上がりが続くと世情不安にならぬか？」

いつもは穏やかに終わる評定だがいつになく熱を帯びてきた。江戸の物の値段はあちこちに波及するから確かに重要ではある。老中は南北二人の奉行に何んとかならないかといいたいのだ。いや、なんとかしろといっているように聞こえる。

するとそれまで黙っていた平四郎が膝を進めて怒った顔だ。

「申し上げたいことがございます」

「なんだ?」

筆頭老中の土井利勝が平四郎をにらんだ。

平四郎は老中に対しても物言いが厳しかった。だから時には煙たがられる。それでも遠慮しないところが平四郎の良いところだ。

「老中が物を買い占《し》めるようでは、利益を求める商人が物を買い占めるのは当たり前のこと、このような状況では値下がりなどするはずがありません!」

またもや平四郎の穏やかならざる物言いに、勘兵衛は頭を抱えたくなるが平四郎の言い分は正しい。だが、老中が物を買い占めているという言い方は穏便ではない。案の定、平四郎の直言に一瞬評定が凍《こお》り付いたがすぐざわついた。

「誰だ。その老中というのは?」

「平四郎、この中にいるというのかッ？」

評定の席が殺気立ってきた。買い占めているといわれてはただごとではない。江戸の物の値が高すぎるといっているのに、いきなり老中が買い占めているからだとは聞き捨てならない。

「誰なのだ。平四郎！」

「老中というからにはこの中にいるのだろう。はきと申せ！」

土井利勝は何もいわないが怒りの顔だ。

勘兵衛は平四郎が証拠をつかんだ上で発言したと思っている。

それにしても平四郎の直言はいつもこうだから、そのうち刃傷沙汰《にんじょうざた》になるのではと勘兵衛はハラハラする。怒った顔だが土井利勝は容赦しない平四郎を信頼していた。生まれて間もない幕府にはこういう男がいないと駄目だと思っている。大切な評定が年寄りの世間話の場になっては困るのだ。

千年の城下など夢物語になりかねない。ようやくよちよち歩き出したばかりだからいつひっくり返るかしれない。老中土井利勝はそれを恐れている。

「平四郎……」

「はい、讃岐守《さぬきのかみ》さまいかに？」

平四郎に名指しされた老中酒井《さかい》讃岐守忠勝《ただかつ》の顔色がサッと変わった。

「へ、平四郎ッ！」

「酒井さまいかに……」

平四郎が讃岐守忠勝に詰め寄った。血相を変えて讃岐守が反論する。

「いささかもそれがしには覚えのないことだ！」

「お調べを……」

平四郎が引かない。易々《やすやす》と引けば謝罪だけでは済まず腹を斬らなければならない。

江戸の物価問題は極めて重要なことで、老中や商人が買い占めているからだと平四郎がいう。勘兵衛もそのことは薄々気づいていたことだ。それが幕閣の評定の席で酒井讃岐守と島田平四郎の激突になった。何んでもかんでも町奉行に押し付けてくる老中に、勘兵衛と同じように平四郎も怒っている。

讃岐守は別室で控えている家老の深津《ふかつ》九右衛門《きゆうえもん》を呼んで問い質《ただ》した。

「殿、買い占めなどとそのようなこと決してございません」

九右衛門もそんな覚えはないと否定する。家老がそういえば信じるのが殿さまだ。平四郎をにらんだ讃岐守は怒り心頭である。

「平四郎ッ、恐れ多くも権現《ごんげん》さまの天下をお預かりするこの讃岐に、いかなる証拠があってそのようなことをいうのかッ！」

声を荒らげて酒井忠勝は平四郎の返答次第で刀さえ抜きそうだ。

老中と町奉行の激突で一触即発、だが、土井利勝は止めようとはせず腕を組み、目を瞑って二人の激しい言い合いを聞いている。こういうことはうやむやにはできない重大な問題である。江戸の物価高騰に老中がからんでいるとはただごとではない。

「されば讃岐守さまに申し上げまする。この秋に酒井家がどれほどの大豆をお買い上げになられたかご存じでしょうか？」

「大豆？」

「はい、大豆は江戸の人々にはなくてはならないものにございます」

そんなことをいきなり聞かれても、讃岐守も家老の深津もすぐには答えられない。

「馬の飼料として買い上げられたが、その量があまりにも多く、江戸から大豆が消えましてございます。ものには限度というものがございます。馬の飼料など何に使うにしろ量が多く、これを買い占めといわずして何んと申しましょうか？」

平四郎は酒井家が大豆の買い占めに走った日付まで記憶していた。

これには酒井忠勝も深津九右衛門も身に覚えがある。馬の餌《えさ》として買ったとはいえ、江戸の大豆が少なくなれば商人も買い占めに走り、たちまち江戸から大豆が消えてしまった。それを平四郎は見逃さずに老中を叱責したのだった。老中たる者は自ら襟《えり》を正して隙を見せてはならないと平四郎はいう。

こういう男が幕閣にいることは頼もしい限りである。

返答に窮《きゅう》した讃岐守を見て勘兵衛は、家康が南町奉行に抜擢したさすがの平四郎だと思う。二人はだいぶ年が離れていたからか仲が良かった。同じ町奉行として平四郎は勘兵衛にもよく相談した。評定での言い合いは突発事故のようなもので、平四郎はそれ以上讃岐守を追い詰めたりはしない。

酒井讃岐守忠勝はやがて若狭《わかさ》小浜《おばま》十二万三千五百石の国持ち大名になる。

讃岐守はそういう名門酒井家の男だから、あっさりしたもので非を認める潔さがあった。天下を統《す》べる幕閣にはこういう緊張も必要なのだ。家康が手に入れた天下がそう易々と平穏無事には行かない。徳川家の譜代の家臣である老中たちはそこをわかっていた。

そんな切れ者の平四郎の四男守政《もりまさ》こと忠政《ただまさ》は、やがて幕府の目付から長崎奉行を経て寛文《かんぶん》七年（一六六七）には八代目の北町奉行に抜擢される。

直参旗本の島田家は幕末まで優秀な人材を出し続けることになる。それは平四郎の血筋だったからかもしれない。

その島田平四郎が南町奉行の忙しい職務の中、島田家の法要が坂戸の永源寺で行われることになり出かけた。通常、大名や旗本が出かける時は千石につき十人から十二人の供揃《ともぞろ》えをする。もちろん増減はあるが増より減の方が多い。

勘兵衛も格式では五、六十人の供揃えが必要だが、彦野文左衛門が率いる供揃えはいつも半分ほどだった。それは費用の節約で格式を損じない程度に控えめなのだ。供揃えの人数で威張《いば》ってみても仕方がない。平四郎も勘兵衛と同じような考えを持っている。

その平四郎は永源寺の法要には、ほぼ毎年顔を出していることから、気軽な旅のつもりで江戸を発った。供廻りというほどの者は連れず、内与力の植木又三郎《うえきまたさぶろう》と槍《やり》を担いだ同心の宮川隼人亮《みやがわはやとのすけ》の二人だけを連れていた。

江戸から坂戸までは中山道を板橋宿《いたばししゆく》まで行き、板橋宿の平尾追分《ひらおおいわけ》から川越《かわごえ》街道に入るのが常である。江戸から川越までは十里三十四町でほぼ十一里（約四四キロ）、九里四里《くりより》うまい十三里とは川越のさつま芋《いも》のことをいうようになる。川越から坂戸までは三里半というところだった。
馬でなら一日で行けるが徒歩では二日というところだ。毎年の法要だから急ぐ旅でもなかった。
平四郎はこの道をいつも歩いている。江戸からほぼ七里の大和田宿《おおわだじゅく》で泊まること
挟み箱を担いだ小者と四人旅だった。
にした。その四人が大和田宿の手前の鬼鹿毛馬頭観音《おにかげばとうかんのん》のところまで来ると、石段
からバラバラと浪人六人が駆け下りてきて四人を囲んだ。
「お奉行!」
同心の隼人亮が素早く平四郎に槍を渡した。
内与力の植木又三郎は平四郎を庇《かば》うように前に出る。
「何者だ!」
又三郎が誰何《すいか》したが浪人は誰も答えない。
「南町奉行の一行と知っての狼藉《ろうぜき》か?」
それにも浪人たちは何も答えず刀を抜いた。こうなると平四郎を狙っての襲撃
だとわかる。刀を抜いたのだから問答無用ということだ。南町奉行と聞いても驚
いたふうがないのだから、平四郎が通ることを知っていて待ち伏せていたことに
なる。

「又三郎、隼人亮、こやつらを斬り捨てろ！」

「はいッ！」

二人が前に出て刀を抜いた。

平四郎も槍の鞘を小者に渡して中段に構える。関ケ原の時に平四郎は二十五歳だった。

戦場往来の槍使いで刀より槍が得意だ。又三郎と隼人亮は南町奉行所きっての剣客で、植木又三郎は浜松《はままつ》で奥山休賀斎《おくやまきゅうがさい》とその子である孫左衛門《まござえもん》の弟子だった。奥山流《おくやまりゅう》とも奥山神影流《しんかげりゅう》ともいう。

宮川隼人亮は若いが小野派一刀流を使う。

南町奉行所の同心としてこれまで多くの浪人や刃向《はむ》かう盗賊を斬り捨ててきた。そういえば隼人亮の師である小野忠明《ただあき》こと神子上典膳《みこがみてんぜん》は、この近くの膝折村《ひざおりむら》で人を斬って百姓家に立て籠《こ》もった武芸者を、典膳が一人で倒して家康に認められ、二百石の旗本として秀忠の剣術指南になったのである。

隼人亮はもちろんそのことを知っていた。大和田宿の手前が膝折宿である。

六対三の戦いになった。なんの恨みかはわからないが、南町奉行の平四郎を殺そうという襲撃に間違いない。平四郎の槍を真ん中に三人が並んだ。一人で二人を倒さなければならない勘定だ。

又三郎と隼人亮は二人ずつを引き受けて平四郎から少し離れた。

少し間隔《かんかく》を取らないと戦いづらい。中段に構えていた平四郎の槍は一間半（約二・七メートル）ほどの短槍で、もっとも使いやすいと考えている槍だ。小田原征伐《せいばつ》でも平四郎が使った愛槍で、本多平八郎《ほんだへいはちろう》の蜻蛉切《とんぼきり》のような豪快な大槍ではない。

「来い！」

平四郎は右の男が襲撃の首魁《しゆかい》だと見た。

大男で剣の使い手のようだが、その男を倒してから左の男だと決めた。平四郎は槍を二度三度と扱《しご》いてから、素早く突きを入れて大男を道端に追い詰める。三段突きの槍の千段巻を刀で抑え込んできた。なかなか強い。

その時、左の男が平四郎に斬りつけてきた。

咄嗟《とっさ》に槍を引いた平四郎が引いた反動で男の鳩尾《みぞおち》を石突《いしづき》で突いた。

「グッ！」

と男が前のめりになると大男が上段から襲い掛かってきた。

平四郎はその男の腹に槍を突き刺すと道端に転がり、立ち上がった瞬間に刀を抜いて前のめりに屈《かが》み込んだ男の首を刎《は》ねると、腹に槍の刺さった大男の脳天から正中《せいちゅう》を切り下げた。一瞬にして二人を倒した腕前はなかなかである。戦場を生き抜いてきた島田平四郎の荒々しい戦いだ。

大男から槍を抜くと又三郎の敵の後ろに近寄った。

すでに又三郎も隼人亮も一人を倒し、もう一人を手負いにして逃げられないように追い詰めていた。

平四郎は一人を生かしたまま捕まえて、襲撃の事情を聞こうと思ったが、町奉行を暗殺しようというような輩《やから》は、どんな事情であれ生かしておく必要はない。恨み言を聞いても仕方ないことである。

そう思っている間に又三郎が浪人の胴を横一文字に抜いて倒した。

隼人亮は下段の構えから逆袈裟に斬り上げる剣を得意とする。一人だけになった浪人は逃げようとするが又三郎が後ろを塞いでしまう。破れかぶれで浪人が隼人亮に襲い掛かったが、下段の剣が伸びて浪人の脇腹から脇の下まで斬り裂いた。

「殿……」

「うむ、それでよい。わしに恨みを持つ悪党どもだろう」

「はい、宿役に知らせてまいります」

隼人亮が大和田宿に走って行った。

平四郎は斬り捨てた浪人たちの顔を入念に確かめたが、六人の中に見覚えのある男は一人もいなかった。その正体は不明だが南町奉行と名乗ったにもかかわらず襲ってきた。その振る舞いには明らかに恨みや憎しみが感じられる。

奉行所によって裁かれた者の縁者としか思えない。

それ以外で平四郎は人に恨まれることなど思い当たらなかった。裁きに不満で逆恨みする縁者はいるだろうと思う。

江戸の町奉行とはそういうことも覚悟の上でやる職務だ。

まだまだ未熟な幕府の組織の中で南北の町奉行だけが、江戸の人々の頼りでありその動向を凝視《ぎょうし》している。その期待が大きいことも平四郎は感じてきた。それゆえに訴訟には丁寧《ていねい》に治安には大胆《だいたん》に苛烈《かれつ》な態度で臨んできた。

権現さまの江戸で悪事を働くものには容赦しない。

それは北町奉行の米津勘兵衛と腹を合わせてきたことだ。どちらが厳しくどちらが甘いということがあってはならない。その偏《かたよ》りをなくすため老中との評定もある。北町奉行とも江戸の治安については話し合ってきた。

平四郎は先任である米津勘兵衛の考えに異論はなかった。

むしろ鬼の勘兵衛と仏の勘兵衛の鮮《あざ》やかな裁きは見習いたいと思う。鬼というも仏というも人を裁くのは人である。平四郎は勘兵衛の裁きのような鮮やかさが、自分の裁きにはないと感じていて四角四面だと思うのだ。

北町奉行は悪党でもその質を見抜いて、温情を与えて奉行所のために使ったりする。

ことに同心が手薄にならないようにご用聞きなるものを、市井から拾い上げて使うなど考え方が実に柔軟だと思う。平四郎は若い自分の頭が固いのではと思うことがしばしばあった。日本橋吉原などもその一つで、惣名主《そうなぬし》の庄司甚右衛門の使い方が実に上手《うま》いと思うのだ。

平四郎は同心の機動力の補強のため、北町奉行と同じようにご用聞きを使おうかと思っている。兎に角、幕府の組織は未整備のままここまできたが、これからは千年の江戸を作り上げるため、権現さまの天下を盤石にするためには政権の組織こそ大切だと思う。それを整備するのが若い自分の使命だと平四郎は考えている。

権現さまはそれを期待して自分を抜擢したはずだ。

その平四郎の考えに間違いはなかった。家康は平四郎の切れ味を見抜いて、二千石の旗本島田重次の息子を二代目南町奉行に据《す》えた。それがわかるから平四郎は老中に噛みついてでも江戸を何とかしようとする。その志こそ家康の望むところなのだ。

組織や権力というものは、日々新鮮な血に入れ替えないと、たちまち腐ると家康はわかっていた。それを防ぐ楔《くさび》が平四郎だったのだ。

「殿ーッ!」

大和田宿に走って行った隼人亮が四半刻もしないで、宿役と手伝いの若い衆を十人ばかり連れて戻ってきた。その後ろから死骸を運ぶ荷車がガラガラ走ってくる。

「ご苦労である。不届き者を斬り捨てた。近くの寺に運んで葬ってもらいたい」

「はい、承知いたしました」

相手が南町奉行だと隼人亮から聞いている宿役は神妙である。

「わしは坂戸の永源寺にまいる。この浪人たちは身元不明で良い。詮索無用。何かあれば使いをもらいたい」

「畏まりました。仰《おお》せの通りにいたします」

平四郎は後始末を大和田宿の宿役に任せて坂戸に向かう。法要に遅れないよう四人は道を急いだ。浪人たちに襲撃されて一刻半ほど手間取ってしまった。もう薄暗くなって四人は予定通り大和田宿で泊まることにする。その夜、宿役が一人で平四郎に挨拶に現れ、斬られた浪人たちの後始末の仔《し》細《さい》を報告して帰った。

その時、斬られた浪人たちが前の日に大和田宿に泊まったという。その宿に又三郎が出向いて宿泊人を確かめたが、武州《ぶしゆう》浪人とか相州《そうしゆう》浪人とあるだけで名前などはわからなかった。前日からこのあたりに現れていたとなると、永源寺で例年の島田家の法要があり、平四郎が現れることを知っていたことになる。

平四郎は浪人たちが永源寺の小僧でも脅《おど》かして聞いたのだろうと思う。寺の者たちが乱暴され怪我でもしていなければいいが。父親の重次に危害を加えるようなことも考えられた。隠居した重次は永源寺の近くに住んで伊伯《いはく》と号している。七十七歳になるが戦場往来の体はいまだに頑強であった。

坂戸のあたりは重次が家康から拝領した時は、かなり荒廃していたがそこを開拓したことから、愛着の深いところで隠居して住んでいる。やがてその永源寺は坂戸のお釈迦《しやか》さまと呼ばれ、五月の花まつりが盛大に行われるようになった。お釈迦さまに雨が降ると坂戸では蚊帳《かや》がつれぬというらしい。

翌朝、平四郎一行は大和田宿から坂戸に向かい、夕刻には何事もなく島田家の坂戸陣屋《じんや》に入った。

「おう、来たな……」

平四郎の父伊伯がにこやかだ。

「父上……」

「うむ、元気か？」

「はい……」

坂戸陣屋には父の伊伯と平四郎の長男利世《としよ》が住んでいる。

平四郎の後継になる四男の久太郎《きゅうたろう》こと守政はまだ生まれていなかった。伊伯と平四郎は一年ぶりの対面である。相変わらず野良に出て、百姓たちと開墾《かいこん》している伊伯は日焼けして顔が黒い。

「大和田宿のあたりで浪人に襲われましたが、お父上には何ごともございませんか？」

「浪人？」

「はい、六人でしたが……」

「わしの前には現れなかったが、数日前に永源寺の境内《けいだい》にこのあたりでは見かけない浪人がいたとは聞いた。そ奴らだろう」

「寺の者たちに危害は？」

「聞いていないが……」

「そうですか、襲ってきた六人は斬り捨てました」

「うむ、浪人は厄介だ。そなたに恨みを持ったのであろう」

「はい、裁きを受けた者の縁者かと……」

「逆恨みというやつだ。仕事がら身辺には気をつけることだな。幕府の威信に傷がつかないようにすることだ」

「はい……」

「明日の法要は巳の刻（午前九時〜一一時）からだ。昼から村を見廻ってみるか？」

「何か変わったことでも？」

「いや、なにも変わってはいないが、三町歩《ちょうぶ》ほど開墾して百姓衆に分け与えたのよ」

「三町歩とはなかなか……」

「山の方に新たに五町歩ほど開墾するつもりでな。百姓衆のよろこぶのがうれしいのだ」

「はい、結構なことにございます」

伊伯の唯一の楽しみが百姓衆との開墾なのだ。

その夜、よほどうれしいのか伊伯は珍しく深酒をして寝た。平四郎は陣屋の周辺の見廻りを厳重にする。陣屋は坂戸の堀の内にあり近くには八坂神社《やさかじんじゃ》と薬師堂《やくしどう》がある。陣屋から南に永源寺は七、八町ほどしか離れていない。その永源寺の境内にいたという浪人の数がはっきりしない。斬り捨てた六人だけとは限らないように思う。

平四郎がこのように命を狙われたのは、南町奉行になって初めてのことである。

翌朝は伊伯、平四郎、利世の三人で朝餉《あさげ》を取り、三人は正装し又三郎と隼人亮の他に、陣屋から三人の家臣が出て永源寺に向かった。

長渓山永源寺は川越連雀《れんじやく》札ノ辻《ふだのつじ》から、坂戸を通って高麗川《こまがわ》を超え入間毛呂山《もろやま》に至る街道の南側にある。広い境内から南に参道を伸ばした大きな寺だった。

この道を毛呂山道とか飯能《はんのう》に出ることができることから飯能道などともいう。

川越から飯能に至る重要な道になっていた。高麗川は古くから氾濫《はんらん》しやすい川といわれていた。高麗《こま》という名は遠く高句麗《こうくり》の人たちが来て、定住したことからそう呼ぶという。島田陣屋の北方半里あまりのところで、越辺川《おっぺがわ》と合流してその名が消える。

巳の刻に始まった島田家の法要は昼前には終わった。

その時、境内で遊んでいた女の子が紙片の結び文を、警備していた陣屋の武士に「これ……」といって手渡した。その紙片を傍に立っていた植木又三郎が受け取った。結びを解《ほど》いてみると「高麗川の渡しで待つ」とだけ書いてある。又三郎は寺から出てきた平四郎に、「お奉行、境内で遊んでいる子どもが持ってきました」といって紙片を渡す。

それを開くと「呼び出しだな……」といって、平四郎は紙片を丸めると袂《たもと》に入れた。やはり六人の他に生き残りがいたのかと思う。

「父上、高麗川まで行ってまいります」

「うむ、気をつけろ……」

「はい、又三郎、隼人亮、行くぞ！」

「はい！」

又三郎と隼人亮は裁着袴でいつでも戦える。

三人は毛呂山道に出ると西に向かった。呼び出された以上、敵に後ろを見せることはできない。六人の中にいた首魁と思った男は違っていたことになる。永源寺から西に十二町（約一・三キロ）ばかり行くと高麗川に出た。小砂利に砂混じりの河原が広がっていた。そこに二人の浪人が立っている。土手を下りて行く三人を見ていた。平四郎が十間（約一八メートル）ほどの間合いで河原に立ち止まる。

「南町奉行島田平四郎だ。名乗る気はあるか？」

「尾州《びしゅう》浪人とだけいっておこう。先年、四谷《よつや》木戸口にて南町奉行所の者に斬られた兄の仇《かたき》を討つ！」

「四谷木戸口、なるほど、その曲者《くせもの》は神田佐久《さく》間町《まちよう》の材木商を襲って五人を殺し、八百両を奪った悪党の一人だな」

「黙れッ！」

浪人が二歩、三歩と間を詰めてきた。

「お奉行、四谷でその浪人を斬ったのはそれがしにございます」

宮川隼人亮がいう。その木戸口の戦いを又三郎は見ていた。なかなか強い浪人だった。

間合いを詰めて浪人が刀を抜いた。

「それがし が……」

隼人亮が刀を抜いて前に出る。

「うぬの兄を斬ったのはわしだ！」

その瞬間、浪人の放った手裏剣《しゆりけん》が隼人亮の右肩に刺さった。

そこに浪人が突進してきた。上段からの一撃を隼人亮は辛《かろ》うじて弾《はじ》いたが、力が抜けたように河原に転がった。次の一撃で隼人亮が斬られる。平四郎と又三郎が咄嗟に浪人へと突撃。平四郎は刀を抜きざま浪人の胴に入り、又三郎は振り上げた浪人の腕を刎ね斬っていた。

隼人亮の一瞬の油断に手裏剣が飛んできた。

「大丈夫か？」

「不覚……」

又三郎が隼人亮を助け起こした。

斬られた浪人は川の水辺に顔から突っ込んで倒れている。夥《おびただ》しい血が川を染めて流れていった。生き残った浪人の一人は刀も抜かず茫然《ぼうぜん》と突っ立っている。

「そなたは斬らぬゆえ、この男の始末をいたせ。いいな？」

平四郎はそう命じると、隼人亮を助けて土手を上って行く又三郎を追った。

小野派一刀流の使い手である宮川隼人亮は手裏剣に気づかなかった。傷は深手ではなかったが急所に刺さったら危ないところだった。一撃を撥《は》ね返せる力が残っていたことで命拾いをしたようなものだ。

剣客は油断するとこういうことになる。

この南町奉行島田平四郎利正は、北町奉行の米津勘兵衛と共に江戸を守り、この後も功績を上げて寛永《かんえい》二年（一六二五）には従五位下弾正《だんじょうの》忠《じょう》に叙任《じょにん》、坂戸に近い入間方面に三千石を加増《かぞう》されて五千石の大身旗本になる。

この大和田宿の鬼鹿毛馬頭観音の襲撃事件は、島田家の法要の騒ぎとして老中には報告されなかった。

第八章　奥《おく》　山《やま》

この頃、後に勘兵衛と平四郎がかかわることになる問題が北の国で起きていた。

勘兵衛の七代目の子孫米津通政《みちまさ》が一万千石の大名として、武蔵久喜《くき》から出羽《でわ》の村山東根長瀞《むらやまひがしねながとろ》に移封《いほう》されることになるが、その出羽山形五十七万石の大大名最上《もがみ》家で騒動が勃発したのである。

出羽山形五十七万石は名将最上義光《よしあき》が一代で築いたものだ。

義光は大男で十六歳の時に、七、八人で転がした大石を一人で易々と転がすほどの剛力の持ち主だったという。戦いでは四、五尺（約一・二～一・五メートル）ほどの鉄の指揮棒を握り、刀の倍の重さのその鉄の棒で、敵を馬ごと叩き潰したといわれる豪傑《ごうけつ》である。

妹の義姫《よしひめ》が産んだ甥《おい》の伊達政宗《だてまさむね》にも一歩も引かない猛将《もうしょう》だった。

その義光は実に聡明《そうめい》で源氏物語《げんじものがたり》の講義をするほどであり、連歌は細川幽斎《ほそかわゆうさい》に次《つ》ぐ多さといわれ、後陽成《ごようぜい》天皇から発句《ほっく》を賜《たまわ》っている。また、山形領内においては寺社の建立や立石寺《りゅうじやくじ》、羽黒山《はぐろさん》、慈恩寺《じおんじ》などの保護を行った。一方で伊達政宗を産んだ妹の義姫を溺愛する人情家でもあった。

天下人の信長から出羽守を賜り出羽を統一して、斯波《しば》一族の最上義光は五十七万石の大大名にのし上がって行くが、秀吉《ひでよし》から関白秀次《かんぱくひでつぐ》に近いと疑われ、秀次事件では愛する娘駒姫《こまひめ》を殺される。

その時、娘の後を追った妻をも失う。

以来、義光は秀吉から離れ徳川家康と親しくしてきた。

出羽では一揆《いっき》が起きないといわれるほど、義光は領内の治世に力を入れた名将でもあった。

その義光が病になり大御所家康と、将軍秀忠に暇乞《いとまご》いをすると山形城に戻ってくる。

慶長十九年（一六一四）正月に帰国してすぐ山形城で亡くなった。六年前のことだ。義光は六十九歳だった。

この山形城は東国一といわれる大きな城で義光が築いたものだ。

大阪城や姫路城《ひめじじょう》より大きく、江戸城の内郭よりはるかに大きかったという。山形城は外郭の十一ケ所に門があったという巨城である。徳川幕府になると外様《とざま》大名が、このような大きな城を持つことは危険であった。

権威を重んじる幕府はこのような大きな城を嫌うようになる。

家康と義光の信頼関係があるうちはいいが、このような城は周辺の大名にも脅威となり幕府も困るのだ。義光が亡くなり、元和二年（一六一六）に家康が亡くなると大きな山形城は無用の長物になる。豪傑最上義光がいればこその山形城であった。

帰国した時、義光はかなりの重病で江戸の将軍と、駿府の大御所に挨拶に行くのもようやくだったという。その義光が城に帰還して間もなく、死去すると以前から燻《くす》ぶっていた後継者問題が起きた。

既に、長男義康《よしやす》は家臣の謀略《ぼうりやく》によって亡くなっている。

そこで次男の家親《いえちか》が家督を相続するが、三年後の元和三年（一六一七）に三十六歳で急死してしまう。すぐ家親の子義俊《よしとし》が後を継いだが十三歳と若い領主だった。この時、悲しいかな最上家には五十七万石の巨大な領地と、若い領主を支えられる人材がいなかった。このことが最上家の致命傷になってしまう。石高《こくだか》の大小にかかわらず、優秀な家臣のいない大名家は必ずお家騒動を引き起こす。それは人には欲得と権力への誘惑があるからだ。

最上義光には氏家守棟《うじいえもりむね》という謀略の天才が軍師として傍にいた。だが、既にその守棟はこの世にはいなかった。一族の中でにわかに権力をめぐる争いが起こってしまう。こういう骨肉の争いというのは誰も止められないことが多い。新領主が十三歳と幼いのだから結束して支えなければならないが、そんな力を結集できる人物が五十七万石の領地の中にいなかった。

最上家は一気に大混乱に陥《おちい》る。

弱冠《じゃっかん》十三歳の義俊は凡庸《ぼんよう》で五十七万石を支配する力はない。よって、義光の四男で義俊の叔父《おじ》の山野辺義忠《やまのべよしただ》を擁立《ようりつ》するという一派と、正当な血筋の義俊を擁《よう》護《ご》するという一派とに大分裂、五十七万石を真っ二つにする激しい内紛《ないふん》に発展した。

清和《せいわ》源氏の名門斯波家の分家である最上家が二つに割れた。

こういう分裂を起こすとどんな大きな大名家も一気に危機に陥る。一族の大分裂だけに権力だけでなく意地もあって引くに引けない。こういう分裂の仕方は最悪で、誰も仲介できないし妥協案も作れなくなった。どちらか一方が降参するか共倒れになるまで戦うことになる。

最上家はそういう最悪の状況になってしまう。

後継に担がれた山野辺義忠は聡明な男で、後に徳川御三家の水戸《みと》家に一万石で光圀《みつくに》の教育係として招かれ、水戸家の家老となり水戸光圀を育てることになる。

だが、その義忠の母親は義光が村山の大石田深堀《おおいしだふかぼり》に美女がいると聞き、美女狩りに出かけて行って手に入れた女だった。その美女がただ一人産んだのが義忠である。だが、優秀でも義忠は義光の四男だった。その男をいきなり五十七万石の当主に据えるのは問題がある。

家中がまとまらないのは眼に見えていた。

それでも、新領主の義俊が凡庸で酒色に溺《おぼ》れているというので、この義忠を山形五十七万石の領主にしたい家臣は多かったという。

結局、お家が滅びることになる騒動を、その義忠でさえも止められなかった。

この一族の争いは義俊派と義忠派に分かれ、双方が一歩も譲らない騒動になってしまう。義俊を担いだのが義光の甥の松根光広《まつねみつひろ》、義忠を担いだのが義光の弟の楯岡光直《たておかみつなお》だった。こんな分裂騒ぎが幕府の耳に入らないわけがない。それが最も危険だとわかっていながら双方が引くに引けない。

やがてこの翌年に、最上家のお家騒動は表面化し幕府の知るところとなる。

この時、山形領内には幕府が喉《のど》から手が出るほど欲しい延沢《のべさわ》銀山があった。後にその延沢銀山は石見《いわみ》銀山、生野《いくの》銀山と並んで日本の三大銀山といわれる。良質な銀を産出していた。

この頃、勘兵衛はこの出羽の最上家が、家督相続で大混乱していることを知らなかった。最上家では外に漏れないようにしていたのである。だが、そんなことがいつまでも隠しおおせるわけがない。

松根城《まつねじょう》、白岩城《しろいわじょう》の領主松根光広と、楯岡城《たておかじょう》の領主楯岡光直の激突となった。

江戸は寝正月が過ぎ二月に入っていつもの江戸が戻ってきた。

そんな時、お豊はお香に案内されて、北町奉行所と関係のある人たちと会うため、江戸中をあちこち歩き回っていた。そういう人々を知っていれば、なにかあった時に逃げ込んだり、助けを求めたり休憩することもできる。お香はお豊を何とか一人前の密偵にしたい。美人の二人がいつもつるんでいる。

品川宿から浅草まで二人が歩いた。いい女の二人歩きというのも絵になるものだ。

その江戸に上方から小五郎《こごろう》という盗賊が姿を現した。

　この頃、吉原では歌舞伎踊《かぶきおど》りというものが流行《はや》り遊女歌舞伎などといった。

　その初めは、慶長十二年（一六〇七）に出雲《いずも》の阿国《おくに》が江戸城に招かれ、勧進《かんじん》歌舞伎を演じその直後にいずこともなく姿を消した時に始まる。幕府がなぜ阿国一行を江戸に招いたのか、はっきりしないが武田信玄《たけだしんげん》の猿楽師《さるがくし》だった、総代官の大《おお》久保長安《くぼながやす》が呼んだともいわれる。

　阿国が慶長十七年（一六一二）には京の禁裏《きんり》で巫女舞《みこまい》を演じるなど、女歌舞伎が庶民の娯楽として流行していた。

　そんな風流踊りや念仏踊りを演じる女たちがいる。

　この阿国の女歌舞伎が出てくる前は、古くから歩き巫女などという遊女を兼ねた旅芸人がいて、甲斐《かい》の武田信玄などはこの歩き巫女四、五百人を組織して、諸国を回らせて情報を集めていたともいう。

　そのため、信長は信玄を足長坊主と呼んでいたほどだ。

　信長や信玄はそういう集めた情報の、使い方を知っている数少ない武将である。上杉謙信《うえすぎけんしん》には軒猿《のきざる》、北条氏政《ほうじょううじまさ》には風魔《ふうま》、毛利元就《もうりもとなり》には世鬼《せき》、徳川家康には伊《い》賀《が》などの情報収集する忍びがいた。戦いに勝つため忍びたちは探索に奔走《ほんそう》した。

そういう歩き巫女も色々な神社の巫女たちで祈禱《きとう》や勧進を行っていた。阿国も出雲の杵築《きつき》大社の巫女だった。

それが勧進で京に出て人気を博したのである。

阿国が慶長十二年に姿を消してから色々な女歌舞伎が諸国を回った。

江戸では吉原の遊女歌舞伎踊りや、色々な神社で粗末な小屋掛けで女歌舞伎踊りが演じられている。

そんな女歌舞伎の一座の中に紛《まぎ》れ込んで小五郎は江戸に入ってきた。

紛れ込んだというより女歌舞伎を、盗賊たちの隠れ蓑《みの》にしたということだ。

八年後の寛永六年（一六二九）に、女歌舞伎が幕府によって禁止されると、女は一切舞台に立つことができなくなる。

小五郎の一座には芝居小屋を維持するための男衆が何人もいた。

それはすべてといえるほど盗賊の小五郎の子分たちだった。つまり女歌舞伎の小屋は盗賊たちの都合のいい隠れ蓑ということになる。やがてこういう諸国を廻《めぐ》り歩く芝居小屋が増えて、しばしば悪党たちに利用されることとなった。

その小屋の女たちは小五郎の正体を知らない。

女でそれを知っているのは小清《こせい》という小五郎の女だけだった。

粗末な筵《むしろが》掛けの小五郎の小屋は浅草の浅草寺《せんそうじ》の裏にあった。浅草寺の裏の一帯は、浅草寺本堂の奥という意味から奥山《おくやま》と呼ぶようになる。

やがて、日本橋の吉原が浅草田んぼの日本堤《にほんづつみ》に移転し、奥山には見世物が集まり出して江戸一番の盛り場となり、昼千両の芝居見物に夜千両の吉原遊郭が隣接し、江戸の繁栄を牽引《けんいん》する二大歓楽となっていく。

この頃はまだそんな騒々《そうぞう》しい様子はなかった。

昼は奥山の小屋に人々が集まったが、吉原はまだ城に近い日本橋だから夜になると薄暗く静かだった。江戸城の軒下ともいえる日本橋で、吉原といえどもどんちゃん騒ぎは禁物である。それでなくても風紀の乱れを問題にされそうなのだ。

この女歌舞伎の小屋に目をつけたのが、隠密《おんみつ》廻りの黒川六之助《くろかわろくのすけ》とご用聞きの益蔵と鬼七の三人である。何だか胡散臭《うさんくさ》いと思ったのが始まりだった。

「親分、寺の裏に女踊りの小屋がかかりましたぜ……」

「おめえ、見てきたのか？」

「覗《のぞ》こうと思ったんだが客が混んでいて……」

「あんなもの、おめえはまだ見るんじゃねえぞ」

「どうして？」

近頃、留吉が義兄の鬼七に反発するようになった。

品川宿のお勢《せい》を抱いてから留吉が強気に変化してきた。男も女を知るとグンと垢抜《あかぬ》けしてくる。大人に一段昇格する。鬼七に口答えなどしない素直な子どもだったのに。

「どうしてもだ」

「それじゃわからねえよ親分……」

「いいからあんなもの見に行くんじゃねえ!」

「色っぽい女たちの踊りだからかい、おいらはもう十六だぜ。いつまでも子ども扱いしないでくんな……」

などと生意気な口を利くようになる。留吉は品川宿の寿々屋のお勢とできてからもう大人だと思っているのだ。十六にもなれば岡場所通いをする餓鬼がいるくらいで仕方がない。

確かに留吉は大磯の事件では鬼七がいなくてもいい働きをした。姉のお国《くに》より背丈《せたけ》も大きくなってきたし、お国が子ども扱いして叱ると留吉は反発する。そんな留吉は時々お勢のことを思い出すと、もう子どもじゃねえと思う。自信をつけている。

「姉ちゃん、おいら立派に働いたぜ！」

などと姉の豆観音《まめかんのん》のお国に自慢するのだった。

「それはよかったね」

やさしいお国は自慢する弟を褒《ほ》める。だがそんな一方で親分で義兄の鬼七と、姉で女房のお国が留吉を子ども扱いすることがあるので、留吉は大いに不満なのだ。

今日も子ども扱いされて口ごたえした。

「女も知っているんだ……」

「なんだって？」

「なんでもねえ、親分はいつまでも子ども扱いするから、おいらはもう子どもじゃねえっていいたいんだ……」

「そうか、おめえが女を抱いたか、だから子どもじゃねえか？」

鬼七が留吉の訴えを聞き、そこで大人として認めることにする。義兄弟は親分子分で仲がいい。

「鶏太の兄いが小屋の中から出てきたんだ」

「何かいっていたか？」

「小屋の中の見廻りだって……」

「小屋の見廻りか、いいな。行くか？」

「いいのかい親分？」

「見廻りをするんだから仕事だろ、違うか？」

「うん……」

そんな理屈で二人は奥山の芝居小屋に出かけた。

小屋の中はひどい熱気で笛や太鼓《たいこ》が鳴り響き、脛《すね》から太ももまでちらちら見せながら男を挑発するように踊る色っぽさに、やいのやいのと騒ぎながら見物の野郎たちが悩殺《のうさつ》される。煽《あお》れば煽るほど女もその気になるのだ。

「いいぞ日本一ッ！」

「もっと見せろッ！」

「裾を太ももまで上げろッ！」

「馬鹿野郎、そこは膝じゃねえか、もう少し上だ！」

あちこちから野次声が飛んで騒然《そうぜん》としている。

「くそッ、脱いじまえッ！」

そんな小屋から岡場所に直行する好き者が少なくない。

こういう風紀の乱れを幕府は一番嫌う。だが、男と女が寄り集まれば風紀が乱れるのは当たり前だから、それをどのように取り締まるかは非常に難しい。吉原や女歌舞伎などは風紀を乱すためにあるともいえる。風紀の乱れといえばそれはそうだが、一方で江戸は女不足だから女踊りなどは貴重でもある。

北町奉行の勘兵衛はこういうものを厳しく取り締まると、犯罪が増えるかもしれないと考えているから多少のお目こぼしはあっていいと思う。人はあれが駄目これも駄目と母親や女房のようにうるさくいわれると息が詰まる。それは男女を問わず、誰でも拘束されたくないし自由でいたいと思うからだ。

そのあたりの塩梅というか匙《さじ》加減が勘兵衛の考えどころである。

厳し過ぎても駄目だが温《ぬる》すぎても大問題になりかねない。江戸は産声《うぶごえ》をあげてようやくよちよちと歩き始めた。それを後ろから押してしまうと前のめりに倒れてしまう。脅かしたら後ろに尻餅《しりもち》をついてしまうのだ。勘兵衛はそんなことを考えながら江戸の人々を見ている。

江戸を預かる北町奉行として最も難しいところだ。

野郎ばかりの江戸はまだ正常ではなく喧嘩の絶えない落ち着かない城下だ。火事と喧嘩は江戸の華《はな》などと洒落《しゃれ》ている暇はない。勘兵衛が油断すれば江戸はたちまち風紀が乱れて、城下が大きいだけに盗賊や悪党の巣窟《そうくつ》になりかねなかった。従って幕府内には厳しく取り締まらないと、犯罪が増えると考える者も少なくない。

それは当然で、だからこそ南北の奉行所が取り締まっている。だが、巨大な江戸城下がどうなっているか、本当のところは誰にもわからない。どこに誰が住んでいるのか人別もわからないのである。

江戸に出てきて好き勝手に住んでいるといえた。

この状況は勘兵衛の頭の痛い問題なのだ。全国の人別改《にんべつあらた》めが行われるのは百年も後のことになる。従ってどこに誰が住んでいるか曖昧《あいまい》なのだ。

こういう奥山の女歌舞伎のようなもので、息抜きし殺伐《さつばつ》さが緩和されているのも事実である。人はこういう娯楽がないとやり切れない面もあった。だが、娯楽ばかりがはびこるのも、幕府の重臣たちが考えるように困ったことになりかねない。

よちよち歩きの幕府は兎に角怖がり屋だった。

ちなみに幕府が人別調べを命ずるのは、寛文五年（一六六五）の宗門改め帳の作成からという。

やがて戸籍や租税なども厳しく管理され、人別が寺を中心に機能することになる。これは幕府の嫌いなキリシタンがはびこらないための対策でもあった。全国的に正式な人別改めは享保《きょうほう》十一年（一七二六）からで、以後、子《ね》と午《うま》の年ごと六年間隔で人別調査された。だが、公家《くげ》や武家は除外され、身分の低い賤民《せんみん》も除外され、十五歳以下の子の記載は各地でバラバラだった。正確とはいえないがないよりは大いにましである。

女歌舞伎のような流行り物は、上方から来ることがほとんどだった。

その上方から初めて江戸に現れた頃の女歌舞伎は、念仏踊りや巫女舞などで充分に満足できる色っぽさだったが、徐々にそれでは満足できなくなるのが世の常である。

ところが客足が減るとどうしても、より強烈な女の色香で客を呼ぼうとする。手っ取り早く客を集めるのはいつの世も色香ということだろう。

そういうことを幕府は風紀紊乱《びんらん》といって危険視している。

だが、より強い刺激を欲しくなる客の要望に、女たちも応えようと着物の丈を上げてふくらはぎを見せたり、徐々に一寸、二寸と丈が上がって膝が丸見えになる。その色っぽさがたまらないのが江戸の人々だ。可愛い膝小僧に痺れてしまう。

そのうち、踊りの裾裁きの時に、わざと白い太ももがちら見えするように、工夫するなど女たちも客を喜ばせようと苦心する。

お足を握って小屋にくる客と、色香を売る女たちの虚々実々の駆け引きなのだ。

その膝上二寸の色香にお足が集まるから不思議だ。ちら見え一回に木戸銭が箱一杯になるからいい商売だ。

高価な吉原に行けない者は岡場所に行き、岡場所にも行けない貧乏人は銭を握って湯屋に行く。そんな男たちは安価な女歌舞伎の見物は大好きだった。

何んといっても江戸は女不足で、男五、六人に女が一人では女にあぶれている男がゴロゴロしていた。女房を持てない野郎ばかりだから、女歌舞伎の可愛い子はたちまち超売れっ子になる。この頃の芸人は春を売ると同じ意味もあった。売れっ子の芸人になると吉原の遊女より高値である。

幕末になってようやく男二人に女が一人という。

江戸の二百五十年間はどんなに女が貴重だったかということだ。そこから女を取り上げる女歌舞伎禁止は重大な政策になる。

だが、人々は賢く必ずそれに代わるものを発明する。それが湯女《ゆな》であり、阿呆鳥《あほうがらす》であり、夜鷹《よたか》であり、矢場の女などとの遊びだった。

江戸の活力の源泉はそんな飽《あ》くなき、生きようとするしつこさにあったのかもしれない。新しい城下にはそんな熱気が満ち溢《あふ》れている。それこそが家康が望んだ大江戸の出現に繋《つな》がって行く。

やがてその活力が武家の城下だった江戸を、町人がひっくり返し町人の江戸を作り出す。そんな燃え上がるような熱気が、百万人を超える巨大城下町を作り、それでも止《とど》まることを知らない大江戸は、数百年にわたって拡大し続けることになった。

そんなことは大権現さまになった家康でも想像できなかっただろう。その城下作りの走りにいたのが町奉行の米津勘兵衛であり島田平四郎だった。その苦労は並大抵《なみたいてい》のものではなかった。

女歌舞伎に変わるために生まれた若衆《わかしゅ》歌舞伎が、わずか二十三年間であえなく姿を消したのは、そんな江戸の人々が受け入れなかったからである。江戸の人々は好きなものは好き、嫌いなものは嫌いとはっきりしている。それは貴重なお足を散財するのだから当然であった。従って一旦受け入れられると爆発的な流行になった。

湯女は湯屋にいる遊び女、阿呆烏はもぐりの売春宿に客引きする男、夜鷹は辻に立って男を誘う女、矢場は女がいて弓で的を射る遊び場で色も売る。

急激な江戸の発展は、人、物、銭が集まって支えたが、肝心要《かなめ》の女がいつも不足していて、それを集める手立てが見つからない。

そんな中での女歌舞伎は人気になり、いち早く吉原に遊女歌舞伎として、取り入れられるのは当たり前のこと。幕府にはその対応策がなかったため禁止に走るしかなくなる。

「ひどい混雑だな？」

「親分、見えねえよ……」

大男の鬼七は人より首一つ大きいからすべて見えるが、豆観音の弟は背が低く鬼七の脇の下ほどまでしかない。

親分の鬼七が留吉の両脇を抱えて軽々と持ち上げる。

「見えたか？」

「見えた！」

途端にトンと下ろされる。

「親分ッ？」

「お前、重いな。なに食っててんだ？」

「飯だよ……」

「人の間から前に出ろよ」

立ち見の客もいっぱいで小屋の木戸口では、見えても見えなくても銭になるから兎に角客を入れる。銭をもらって小屋に入れてしまえばいいということだ。稼げるときに稼がないとこういう流行り物はたちまち下火になる。幕府の高札一本で閑古鳥《かんこどり》が鳴いてしまう。

「長七《ちょうしち》、客の入りはどうだ？」

「へい、上々に吉がつきやすようで……」

「ほう、そんなに入っているか？」

「親方、入っているかなんてもんじゃねえです。客の野郎たちは身動きができねえほどで、ぎゅうぎゅういっておりやす。そのうち小屋が倒れるのではと……」

「馬鹿野郎の助六《すけろく》が。あまりあこぎに客を入れるなと木戸の助六にいっておけ、あいつはおもしろがって客を入れるからいかん、明日に取っておくのも大切なことだと教えておけ……」

「へい、そうしやす」

「満員札止めが大切なんだぜ、見たいのに見られないというのが人気を煽《あお》るんだ。助六にはいつもいい聞かせているのにわからねえ野郎だ」

「早速に札止めを？」

そういった長七と助六は年の離れた兄弟なのだ。

助六はやさしい男なのだが、短気で荒っぽく少し気の利かないところがある。

「おい、助六、親方が札止めにしろといっているよ」

「兄い、まだ入るぜ……」

「いいから、満員札止めにしろ、親方に叱られるぞ！」

「わかった。札止めにするよ。あと五人で満員札止めだッ、あと五人だぞッ！」

助六が大声で客を誘う。するとあと五人ではおさまらずに、ドドッと十人ほどが入って札止めになった。人はあと五人とか特別になどという言葉に弱い。入るか帰るか迷っていた数人が引きずられる。

「小清、江戸の弥平《やへい》とはつなぎが取れたのか？」

「それがまだなんだ……」

「亥助《いすけ》も見つからねえのか？」

「そう、もう五日ばかり探しているんだが、どこにいるんだか見つからないのさ、江戸にはいないんじゃないかね、お前さん……」

「まだ江戸の外か？」

「うん、好きな温泉とか？」

「弥平の女の八重垣《やえがき》はなんていったかな？」

「お歌《うた》さんかい？」

「そうだ。そのお歌は温泉が好きだったな、確か……」

「ええ、有馬《ありま》温泉で磨《みが》いたから、色が白くていい女になったっていう。お前さん、羨ましいんじゃないかい？」

「小清、馬鹿なことをいうんじゃねえ、お前は少し色黒だが味は天下一品だ。お歌なんかに焼きもちを焼くんじゃねえぞ」

「本当かい？」

「ああ、お前はおれが仕込んだ女だ。お歌なんかに負けるもんじゃねえ……」

「うれしいことをいってくれるじゃないかお前さん、また、あの大川の景色のいい茶屋に行こうよ。いいでしょ？」

「小清、あの逢引茶屋は気に入らねえな。あの女将《おかみ》の目はおれの素性を探っていやがった。気に入らねえ、それより早いとこ弥平を探すのが先だぜ。いくらでもお前を抱いてやるからよ……」

親方があの女将といったのはお昌のことだ。

「本当だね？」

「ああ、おれが嘘をいったことがあるか？」

「ないからうれしいんじゃないか……」

親方の小五郎がいう弥平というのは、江戸とその周辺で仕事をしている盗賊の頭だ。その女のお歌は京の島原大門で八重垣といった。その女をひどく気に入って身を引かせ、弥平はそのお歌を連れて関東に下ってきた。

美人のいい女で「出雲立つ出雲八重垣妻ごみに八重垣作るその八重垣を」と、作者が須佐之男命《すさのおのみこと》というなんともいい歌から取った名を島原では名乗っていた。その八重垣に小清は焼きもちを焼くのだった。

「何んとか探すよ」

「そうしてくれ、この小屋も一ケ月ぐらいだろう。長居はできねえから……」

「また上方かい？」

「そんなところだ。江戸には北町の鬼というのがいて、何度も仕事のできるところじゃねえんだ。一度っきりにするから……」

小五郎が小清の耳につぶやいた。他には誰にも聞こえない。

「わかったよ、お前さん……」

小五郎が小清の腕をつかんでグイッと引くと、色っぽく腰から崩れて小五郎に抱きしめられる。柳腰《やなぎごし》でほっそりと小股の切れ上がったいい女だ。小五郎の口を吸おうとする首筋があだっぽく、年増《としま》を感じさせない初々《ういうい》しさがあった。こういう女は魔性を秘めているのかもしれない。

「おめえはいい女だ。肌が吸いついてくる」

小五郎が小清の胸に手を突っ込んだ。

「お前さん……」

「今夜抱いてやるから……」

「うん……」

しばらくすると満足そうに小清が着物の襟を整えてから楽屋を出て行った。そんな二人を次の出番の女たちが見て見ぬふりをしている。小屋は狭いから隠し事のできないところだ。

「親方……」

女が小五郎にしな垂れてくる。

「お前、そんなことをすると小清に殺されるぞ」

「殺されてもいいもの……」

小五郎の手を引っ張って胸に入れる。

「いい塩梅だな」

「うん……」

「薫《かおる》ちゃんッ、いい加減にしなさいよ！」

「いいじゃないの、葵《あおい》ちゃんも親方にしてもらえば、気持ちいいんだから……」

「小清さんにいうからね！」

「それはだけは勘弁、小清姐さんは怖いんだもの、ね？」

「なら、あたしを抱いてくれる？」

「うん、いいよ……」

何がどうなってんだかこんがらがってしまう。

そんな気ままな娘たちを親方の小五郎は、何も知らないのだから仕方ないというように笑って見ている。この陽気な女たちは盗賊の凶悪さを隠してくれるから、小五郎の仕事にはなくてはならない隠れ蓑だ。

この女たちには小五郎の子分は、誰も手を出してはならないことになっている。

一味の正体を隠して命を守ってくれているからだ。女にだらしなくなると一味の中で混乱が起きかねない。それを小五郎は恐れていた。そのため、女に手を出して小五郎に消された子分がいるくらいだ。こういう用心深さがないと、盗賊はつい尻尾をつかまれて役人に追われかねない。

小清は暇な子分たちを手分けして、江戸の心当たりを回らせて弥平を探した。小五郎は小清を始め子分たちを使うのがうまい。ことに小清はいい女というだけでなく、盗賊の女房にしておくのは勿体ないほど賢かった。小清も子分たちを使うのが実にうまい。

すると日をおかずにその弥平が深川村で見つかった。

「親方、長七と行ってきます」

まず小清が弥平に会って話を通してくる。

小五郎の代わりにそういう交渉のできる女が小清なのだ。盗賊の親分を恐れない度胸を持っていた。色好みの男が小清に手を出すと軽くあしらう。そういう手練手管も知っている。

「助っ人を五人ばかり頼んでこい。弥平が了解ならおれが行ってまとめる」

「わかった」

小五郎と弥平は上方で飛鳥《あすか》の武兵衛《ぶへえ》という頭の子分だった。

その武兵衛が亡くなると弥平は江戸に下り、小五郎は上方に残って木曽川《きそがわ》を境に仕事場を東と西に分けた。東海道のほとんどを弥平に譲ったが、小五郎には上方と西国と九州が残った。それだけあれば仕事場としては充分である。

その頃、小清はお歌と同じ島原大門の遊女で、小清こと五条局《ごじょうのつぼね》が小五郎に身請けされると、弥平は張り合うように八重垣を身請けしたのだ。

五条局と八重垣は島原でも一、二といわれた遊女だった。

可憐《かれん》な山百合《やまゆり》が五条局なら、一重の山芍薬《やましゃくやく》が八重垣だといわれた。

つまり甲乙《こうおつ》つけがたいということだろう。小五郎と弥平は仲が良かったが、粋がって女のことでは張り合うことが多かった。着るものとか持ち物や女のことでは互《たが》いに譲らず粋がっている。

「島原では五条局が一番だな？」

「なにをッ、島原の一番は八重垣で決まりだろう」

「弥平よ、おめえ、女のことを知らねえな。五条局の声は嵐山《あらしやま》まで響くんだぜ……」

「小五郎よ、八重垣の声は出雲まで響くんだよ。だから八重垣っていうんだ」

ああいえばこういうでお互いに一歩も譲らない。ことに女の品定めになると互いに意地を張った。この二人にとってどっちがいい女を持っているかは譲れないのだ。

「よし、そういうことをいうなら、一遍《いっぺん》とっかえっこしてみようじゃねえか？」

「おう、上等だね。今夜行こう」

「決まった！」

馬鹿な粋がりで五条局と八重垣は大迷惑《だいめいわく》だ。と思いきや女二人もおもしろがっているのだから馬鹿もいいところだ。意地になっている二人は悪くいわれたくないから、互いに五条局と八重垣に三十両を包むと約束する。

馬鹿も休み休みいえで女二人は大儲けのご祝儀《しゅうぎ》だ。そんなことまでして二人は張り合った。互いに「いい女だった」といって戻ってくる。「嵐山どころではねえ、天竺《てんじく》、南蛮《なんばん》まで聞こえそうだぜ……」などと、馬鹿なことをいって譲らないのだった。

そんな小清とお歌という美女二人の久々の再会だ。

小清は長七を連れて舟で大川を下って行った。

「長七のとっつぁん、まだ舟は寒いね？」

「姐《あね》さん、体に悪いですぜ……」

「体に？」

「親方の子ができているんじゃねえんですかい？」

「とっつぁん……」

「早いとこ親方にいった方がようござんすよ。めでたいことなんだから……」

「子ができちゃって親方に捨てられないかね？」

「大丈夫ですよ。親方は姐さんに惚れていなさるから、そんな心配はしなくてようござんすよ」

「そう？」

小清は小五郎の気持ちが他の女に移って捨てられるのが一番怖い。

子ができたことを長七に見破られて小五郎に話すことを覚悟する。もし捨てられた時は子どもと生きていけばいいと思う。母親になれると思うと小清はうれしかった。

「姐さんの子ならきっといい子だから……」

「うん……」

「親方の跡取りにしちゃ駄目でござんすよ」

「とっつぁん……」

「ようござんすね。この家業は親方一代で終《しま》いにしないと……」

「できるかね？」

「あっしが説得しやすから……」

「お願い……」

小清も深刻な状況なのだ。小五郎がわからず屋なら小清は逃げるしかない。

長七とっつぁんのいうように子どもは盗賊にはしたくないと思う。生まれてくるのが男でも女でも日向《ひなた》にいられるようにしたいのだ。闇夜《やみよ》に忍んで歩くような盗賊にはしたくなかった。

「大丈夫、あっしに任せておくんなさい」

二人が深川村に着くと弥平とお歌がいて、小五郎の奥山の小屋をすでに見つけた子分によって伝えられている。もちろん仕事のこともわかっていた。弥平は鬼の北町奉行を警戒して大川を挟んで深川村に引っ込んでいる。木曽川までの縄張りを持っている弥平だが、さすがに勘兵衛が怖くて江戸で仕事はしていなかった。

「小清ちゃん！」

「お歌さん、元気かい？」

「うん、見ての通り、少し太っちゃったの……」

「そんなには見えないよ」

「本当に？」

お歌は島原にいた時より少し太って面変わりしていたが、山芍薬と謳《うた》われた美《び》貌《ぼう》は健在だった。弥平が片時もお歌を手放さない。京で生まれたお歌は江戸にはいない女だった。はんなりとしていてなんとも上品なのだ。そんなところを鉄火な小清は羨ましく思っている。

「小五郎は達者か？」

「弥平さん、お久しぶりでございます」

「小清は相変わらず綺麗だな。小五郎にずいぶん可愛がられていい女っぷりだ。まずは上がれや……」

「はい……」

「長七、おめえも上がって一杯《いっぱい》飲め……」

「ありがとうござんす」

「奥山での小屋の入りはどうだ？」

「へい、今のところ上々でして、江戸はいい商売になるようでござんす」

「そうか、だが、本業の方はそう易々とはいかないぞ。北町奉行所の米津勘兵衛という奉行は手強《てごわ》い。これまで何人もの頭が捕まっている。この正月には大磯の杢太郎という頭が捕縛されたと聞いた。南町の島田平四郎という奉行も抜け目がないらしいからな……」

「ええ、そんな噂《うわさ》を聞いておりやす」

「小清、助っ人の話だな？」

「はい、親方は五人欲しいといっていますが？」

「五人か、みんなで十人ぐらいの仕事になるのか？」

「十三人です」

「ほう、大仕事だな。わかった。他でもねえ小五郎の頼みだ。都合しよう」

「ありがとうございます。近々、親方がこちらにお邪魔するそうですから……」

「そうか、小五郎が来るか？」

弥平は小五郎の荒っぽい仕事を気に入っていないが、飛鳥の武兵衛の子分としての絆《きずな》と義理を大切に考えている。江戸で仕事をしたいというのは小五郎の念願だった。それをいいだろうといったのも弥平だ。江戸には鬼がいるからやめた方がいいといっても、わかったといって引き下がるような小五郎ではないとわかっている。

どうしてもやりたいといわれればいいだろうというしかない。

というのは弥平も子分を十人以上抱える頭なのだが、勘兵衛を恐れて江戸の中ではまったく仕事をしていなかった。兎に角、江戸の北町奉行の米津勘兵衛は盗賊には鬼門《きもん》なのだ。なにをどう探索するのか知らないが、迂闊《うかつ》に手を出すと一網打尽にされる。勘兵衛にやられた頭の話はあちこちで聞いている。

そういう危ない鬼門には近づかないことだ。

粋がってその鬼門に手をかけると命取りになる。そう思っているから弥平は手を出さないが、小五郎がやりたいというなら止めたりはしない。そんなことだから小五郎が上方から江戸に出てきて、仕事をしても縄張りを荒らしたことにはならない。

弥平はこれからも江戸で仕事をする気はなかった。勘兵衛がいる限り江戸の仕事は危な過ぎると思っている。

江戸の怖さを上方の小五郎は知らないと思う。

勘兵衛のことは盗賊仲間から噂で聞いているだけだ。だから江戸で仕事をしようという気になったのだろう。小五郎の仕事をやめさせることができるのは、小五郎が最も信頼している長七しかいないはずだ。

その長七に何もいわず弥平は子分を貸すという。

当然、子分を都合すれば小五郎からの分け前があるはずだ。

盗賊仲間では子分の貸し借りは結構ある話なのだ。ことに小五郎と弥平はそれだけ仲が良かった。

第九章　定吉《さだきち》と葵《あおい》

小清が深川村から戻った二日後、小五郎が長七と大川を舟で下った。

小五郎は小清から子ができたようだと聞かされて驚いたばかりだった。子どもの親になるなど考えられないし実感もない。

「あれに餓鬼ができたようだ。知っていたか？」

「そうじゃないかと思っておりやした。めでたいことで……」

「めでたいかどうか、おれの子じゃ幸せにはなれないだろう」

「親方、そんなことはないと思いますよ」

「そうか、小清を京に帰すか？」

「親方、それはどんなもんでしょう。姐《あね》さんがいないと親方の身の回りをするのにも困るんじゃござんせんか？」

「薫も葵も、他にもいるだろうよ。駄目か？」

「表向きはいいですが、あの娘たちでは裏のことを、何もわかっていねえので気が利かねえ、姐さんの代わりは寝床《ねどこ》だけで他のことは……」

「まずいか？」

「まずいもなにも、親方、あんな小娘では使いものになりやせん。姐さんなら弥平さんとも五分ですが、他の子ではそうはいきやせんので……」

「なるほどな、だが……」

「夜のことなら心配ないのでは、かえって具合がいいというじゃござんせんか？」

「流れるかもしれんぞ」

「そこはなんとかうまい具合に、姐さんを泣かせねえでおくんなさい……」

「そんな器用なことができるか？」

「姐さんは親方だけが頼りなんですから……」

長七は小清が小五郎に捨てられるのを怖がっていることを知っている。京の島原大門を出てから小五郎だけを頼りに生きてきたのだから当然だ。その小五郎に小清を捨てさせることはできない。

二人は似合いの夫婦だ。盗賊でなければなおいいのだがと思う。

長七は小五郎が小清を上方に帰せば、子どもと一緒に捨てるかもしれないと思った。だが、そういうことをすれば小五郎一味に、ひびが入りかねないと長七は思っているのだ。小清がいることは一味に大きな影響があった。どんな荒くれでも小清に「お願いね……」といわれると、借りてきた猫のように「へい、承知しやした」とおとなしくなる。

ということで小清と長七が力を合わせて若い者たちに、不満が出ても表沙汰にしないで押さえてきた。どんな時でも小清に説得されると若い者は納得して黙った。

小五郎は強引なところがあったから反発する子分もいる。

そんなことで長七は小清を信頼していた。その小清に子ができたからといって京に帰すのは少々考えものだ。小清に代われるような娘は一座の中にはいない。盗賊の頭の女として小清はできすぎているともいえた。そんなだから小五郎も頼り切っているところがある。だが、長七は小五郎が小清を京に帰したがっているように感じた。

その長七に案内されて深川村の弥平の百姓家に小五郎が入る。

弥平とお歌の他に子分が三人炉端《ろばた》に座っていたが、小五郎を見るとサッと立って部屋の隅《すみ》に移った。

そこに小五郎が座る。

「弥平、助っ人をありがとうよ」

「小五郎、お前さんの頼みだからだ。ほかには貸さねえ……」

「うむ、礼はする」

「そんなものはいいが、それより江戸では気をつけてやれよ」

「北町奉行か？」

「ああ、あんな厄介《やっかい》な男は聞いたことがねえ。江戸で仕事をして逃げ切った頭はほんの数人だ。しつこいのなんのって喰《く》いついたら蛭《ひる》のように離れねえ。それにみんなまいっちまうんだな」

「聞いているが、そんなにか？」

「うむ、この男の頭は切れる上に勘が鋭《するど》い。それにだ。配下の与力、同心にもいいのが揃《そろ》っていて、これがまた輪をかけてしつこい。どこまでも追ってきやがるということだ」

「なるほど……」

「おれが小屋に顔を出さなかったのは、もう見張りがついていると思ったからだ。与力、同心だけじゃねえ、得体の知れねえご用聞きというのがいて、姿を見せずにしつこく付け回すようだ」

「なんだ。そのご用聞きというのは？」

「北町の奉行が使っている町人の密偵だ」

「町人の密偵？」

「ああ、どこにいるかわからねえ厄介な連中だ。与力、同心なら見ればわかるがご用聞きは町人だからわからねえのよ」

「始末が悪いな？」

「そんな生易《なまやさ》しいものじゃないんだ。奴《やつ》らがどこから見ているかわからねえ……」

「すると小屋にも来ているか？」

「おそらく間違いないだろう。気をつけろ……」

「南町は？」

「島田平四郎か、あれも切れ者という噂《うわさ》だが、北町ほどじゃねえ。兎《と》に角《かく》、米津勘兵衛というのは鬼だ。どこからか必ず見ている」

弥平は北町奉行所の力を怖がっていた。

何しろ、ご用聞きというのがどこから見ているかわからないというのが怖い。どうも薄気味悪くて出足が鈍るのだ。見られているかもしれないところで盗みの仕事などできやしない。それを強引に突破《とっぱ》しようと仕事をし、盗賊たちが次々に捕まったと弥平は考えている。

北町奉行をなめたらやられると思う。そんな奉行に吠《ほ》え面《づら》をかかせてやりたいが、その前に追い詰められて御用《ごよう》になってしまいそうなのだ。弥平はそんな首の寒い恐怖を感じていた。どこで嗅ぎつけるのか盗賊の動きをよく知っているのだという。どんな網を張っているのか弥平には皆目《かいもく》見当がつかないのだ。

それがわからない以上、江戸で仕事をするのは危ない。

深川村から江戸という大きな獲物《えもの》を目の前にしても、弥平が動かないのはそんな危険を感じ、盗賊たちが次々と捕縛されるのを見てきたからだ。つい先ごろも付き合いはなかったが大磯の李太郎や、深川村にいた新吉たちが捕まったと聞いて震え上がったばかりだ。噂を聞いて弥平はいきなり腰が浮いた。

弥平は新吉とは付き合いも面識もなかったが、同じ深川村のことで新吉のことはそこそこ聞いてはいた。深川村から逃げなければまずいかと考えたほどだ。怯《おび》えているから腰は浮くし首筋は寒くなるし、弥平は大川を江戸に渡るのさえ嫌だと思う。

北町奉行の鬼勘《おにかん》は油断も隙もない男なのだ。

「そうか、密偵のご用聞きがいるのか、いいことを聞いた。これは少し考え直さないとまずいかもしれぬな?」

「小屋の周辺をよく見ることだ」

「そうだな……」

「知らせがあれば助っ人の五人は、お前さんの指図したところに行かせる。兎に角、江戸での仕事は慎重にやってくれ、上方とは違うから……」

「わかった。仕事が終わったら一杯やろう」

「江戸ではまずいぞ」

「うむ、京に来るか、お歌の好きな有馬温泉に入りながら……」

「それもいいな」

「それじゃ……」

「何も愛想がなくてすまんな」

「仕事の話だ。愛想がないのはお互いさまだ」

「長七、ここに来る時は必ず舟を使え、後をつけられないようにな?」

「へい……」

弥平がひどく北町奉行を警戒していると小五郎は知った。

これまで小屋を隠れ蓑《みの》にして無警戒だったのは、かなりまずかったと思うが江戸での仕事をあきらめる気はない。その北町奉行の米津勘兵衛というのは聞きしに勝る男のように思う。ここでさっさと逃げるようなら小五郎もなかなかの盗賊だが、飛鳥の武兵衛の子分として逃げられねえと意地を張った。こういうところが小五郎はまだ青いというしかない。上方では通用しても江戸では通用しないということを弥平はいいたい。

長七もご用聞きのことは知らなかった。

帰りの舟で小五郎は一言も喋《しゃべ》らず、腕を組んでいつまでも考え込んでいる。長七も沈黙して話しかけなかった。弥平の北町奉行に気をつけろという警告が小五郎には重いのだ。

二人は仕事をするには少々厄介なことになったと思い始めている。

町人のご用聞きでは隠密《おんみつ》と同じで、どこに潜んでいるか見当がつかない。迂闊《うかつ》に動くとその網に引っ掛かる。どんな網が張られているのかわからないから、弥平は気をつけろと警告したのだろう。その弥平は江戸の実情をよく知っているが、上方から初めて出てきた小五郎はまったくといっていいほど知らない。

小屋は間違いなく監視されていると小五郎と長七は思った。

派手に小屋を開けたことで目立ち過ぎた。隠れ蓑どころかそのご用聞きという密偵に、いち早く目をつけられた可能性が高いのだ。そう思っても小五郎は逃げようと考えなかった。

「長七、仕事を早めてさっさと京へ帰ろうか？」

「へい、長居は無用かと……」

「弥平がずいぶん怖がっていた。臆病《おくびょう》な奴だ」

「親分、その北町の鬼は噂以上かもしれませんぜ……」

「長七、お前らしくもない。弥平の話で臆病風に吹かれたか？」

臆病風といわれて長七はむっとしたが、あの弥平の怯えようは尋常ではないように思えた。

飛鳥の武兵衛の下で怖いもの知らずの弥平だった。

それが怯えるのだから米津勘兵衛はかなり恐ろしい男なのだとわかる。だが、小五郎は相変わらずの強気だ。その分右腕の長七が冷静に考えるしかない。あの弥平が小五郎を脅かそうと誇張しているとは思えなかった。

この頃、その長七の動きに目を留めていたのが隠密廻《まわ》りの黒川六之助だった。女の小清と出かけたり小五郎と出かけたり、その時は必ず舟を使うのだから、そんな長七を六之助は気に入らない。

追跡されないように警戒しているとしか思えなかった。

京から来たという触れ込みの連中が、舟を使って江戸のあちこちに何の用事で出歩くのだと思う。それだけで充分に疑う余地があると六之助は見た。

その六之助がお千代《ちよ》の茶屋に顔を出した。

「黒川の旦那？」

お信《のぶ》が浪人姿の六之助に驚いている。

小屋を監視するため六之助は草臥《くたび》れた浪人に変装していた。それがなかなか似《に》合っている。隠密廻りは変装の名人でもあった。乞食《こじき》から浪人まで何んにでも化《ば》けることができた。隠密廻りにはそういう器用さが必要だ。

「益蔵はいるか？」

「ええ、出かける支度をしていたようですが？」

「そうか、茶をくれるか？」

「はい……」

お信が引っ込んだ。暮れなずむ浅草寺参道にまだ人が出ている。

この浅草寺は家康が関東に移った時、寺領五百石を与え祈願所としたことで、幕府の保護下に入り後に家光が五重塔や本堂を再建する。浅草寺は古くから何度となく焼失したが、そのたびごとに復活して信仰を集めてきた。享保《きようほう》の頃になると参道に仲見世というのが整備される。

それ以前は境内の参道を清掃するという約束で、地元の人々に特別に参道での茶屋などの商売が認められていた。商売が主ではなく参道を掃《は》き清めておくということが大切なことだった。

その約束のため浅草寺境内や参道はいつもきれいである。

お千代やお信やお国は僧侶《そうりよ》や参詣人が通るから、朝早くからせっせと境内や参道を掃き清める。

そうしないと浅草寺の一日が始まらない。

やがて境内に通じるあちこちの道に、役店《やくだな》とか二十軒茶屋、平店《ひらみせ》の玩具《がんぐ》や菓子《かし》を売る店などが出現する。人、物、銭が集まるところでは何んでも商売になった。やがて煎餅《せんべい》焼きから下駄《げた》の鼻緒《はなお》挿《す》げ、高価なべっ甲《こう》や珊瑚《さんご》などを扱う店まで現れる。

「黒川さま、ご苦労さまでです。どうぞ……」

お千代が挨拶するとそっと六之助を茶屋の小座敷に上げた。

益蔵と鶏太が夕飯を食って夜廻りに出かける支度をしている。ご用聞きのもっとも大切な見廻りだ。この夜廻りで異変に気付くことが少なくない。闇夜には何が潜んでいるかわからないから油断しない。

「益蔵、浅草寺裏の小屋のことだが、長七という男の動きが怪しい。ここ数日で二度も舟で大川を下って行った。おかしいと思わないか？」

「長七でございますか……」

「一回目は三十がらみの女と、二回目は四十ぐらいの男と出かけたが、どこに行って来たかわからない。何かあるとわしはにらんでいる。匂うのだ」

「長七というのは五十くらいの男で？」

「そうだ。小屋の男たちが長七兄《あに》いと呼んでいる」

「はい、その男でしたらわかっております。木戸口にいる男は助六といいます」

「わかっているなら好都合だ。その長七を見張りたいと思う。正蔵《しようぞう》と定吉《さだきち》に話して舟で追跡できるようにしてもらいたい。奴らがどこに行くのかつきとめてみたい」

「承知しました。これから二代目と会ってきます」

「長七はこっちの見張りに気づいて、警戒しているのかもしれない。それならこっちも手を打たないとな。鬼七にも話をしておけ……」

「鬼七にも見張りを？」

「そうだ。あの動きにはきっと何かある。怪しいというのがわしの勘だ」

黒川六之助が五日ほど見張ってきた結論だ。何かがおかしいと匂うのだ。実はこういう勘が大切なのである。第六感ともいうが理屈では説明できないことで、嫌な予感などともいう。

六之助はその嫌な予感を抱えている。

そんな怪しさを見過ごすことはできない。隠密廻りの勘が長七を追ってみろとささやいていた。こういう怪しさを嗅ぎ分けるのが隠密廻りともいえる。

「わかりました。すぐ手配いたします。鶏太、鬼七を探してこい！」

「へい！」

お信が六之助に茶を出した。

「お信、浅草寺裏の小屋の噂を聞かないか？」

「そりゃ、色々聞きますよ。ずいぶん色っぽい踊りだそうで……」

「どんなことを聞いた？」

「旦那にお聞かせする噂ですか？」

「何んでもいいぞ」

六之助はどんな手掛かりでも欲しいところだ。

怪しいとにらんだら喰《く》らいついて決して放すな、というのが北町奉行所の決まりのようなものだ。その先に必ず怪しいとにらんだ影が浮かび上がってくる。それがはっきりするまで追い回してみる。何も出てこなければそれで引けばいいまでのこと。

「あの一座を率いてきたのは小五郎という親方で京の人だそうです」

「京の小五郎？」

「ええ、女衆が十二、三人、男衆が十人ぐらいの一座で、若い娘がはしたなく腰を振るそうですから、毎日札止めの人気だということです。ちらっと太ももが見えるそうで……」

「娘の太ももか？」

「ええ、その太もものお陰で午前と午後、相当な売り上げだろうと噂しています」

「なるほど……」

「裏では色々あるようですけど……」

お信がニッと笑って思わせぶりにいう。

「ほう、その話を聞きたいな？」

「どこでさ？」

時々茶店に顔を見せる六之助を大年増《おおどしま》のお信は可愛《かわい》いと思っている。

「ん？」

「お昌さんのお茶屋で？」

平然とお信が六之助を誘う素振《そぶ》りだ。

「お昌の……」

六之助がお信にお昌の逢引茶屋《あいびきぢゃや》に誘われて怒った顔でにらんだ。

そんなことをしたらお奉行に首を刎《は》ねられるかもしれないといいたい顔だ。

「旦那は本気にするんだから……」

「お信、お前はわしが逃げる男だと思うのか？」

若い六之助は強気でお信に胸を張った。

「そんなことといってていいの旦那、本気にしちゃうからね。いざとなったら逃げ出したりして……」

「ふん、お信、その裏の話を聞かせろ！」

「いいですよ。それは小判次第ということ。黒川さまは貧乏浪人だから茶屋に行くお足もないだろうけど、あたしよりお昌さんに聞けば、おもしろい話が聞けると思うけどね。二人で……」

「そういうことか、なるほどな……」

六之助がお信の話に納得した。小屋の女が小判次第ではお昌の茶屋に行くとお信は言っている。その小屋の女を口説《くど》けばおもしろい話が聞けるということだろう。

「そのうち、お昌に聞いてみるか？」

お信がニッと微笑《ほほえ》んで六之助を見るが、可愛い六之助を誘う気持ちは半分冗談で半分本気だ。そのお信は時々お千代の茶屋に顔を見せ、茶を飲んでいく真面目な隠密廻りの黒川六之助を大いに気に入っている。

その夜、六之助は小屋の傍《そば》で見張り、益蔵は正蔵と定吉のところへ相談に行った。

「ほう、黒川さまがあの小屋が怪しいというのか？」

「はい、黒川の旦那が何かあると……」

「隠密廻りの旦那の勘か？」

「二代目、あの芝居小屋は初めてですが、怪しいところというのはいささか……」

定吉は勘ぐり過ぎだろうと信じられないという顔だが、正蔵はそういうことはあり得ると思う。盗賊の隠れ蓑としては女踊りの一座は好都合だ。隠密廻りの勘がいいところをつかんだのかもしれないと思う。

「なるほど、黒川の旦那はいいところをついているのかもしれないぞ。何か不審を感じたのだろう。あの大所帯で上方から下ってきたのだ。女歌舞伎だけとは思えない何かを嗅ぎ取った。それに舟で大川を下った長七という男だ。船頭はうちのものじゃないようだが……」

「それでは二代目……」

「うむ、定吉、その長七という男の動きは見逃せないぜ。舟を支度していつでも追えるようにしておけ、うちの若い者はあの小屋に出入りしているんだろう？」

「好きな野郎が何人もいまして、とっかえひっかえ暇さえあれば入り浸《びた》っているようで、岡場所より太もものちらちらがいいとか、馬鹿なことを……」

「そうか、中には長七を知っている奴もいるかもしれないな？」

「はい、木戸口の助六という男とは何人か知り合ったようです」

実は定吉もちら見せの話を聞いてこっそり小屋に入ったのだ。そのことは正蔵に内緒にしている。男というのはそういう誘惑に勝てないようである。

「二代目、小屋の女は小判次第だそうで？」

「うむ、それは誰かに聞いた。だが、わしはそんな気はないぞ！」

そんなことをすれば悋気《りんき》の強い小梢《こずえ》に殺される。何んといっても小梢は大盗鮎《あゆ》吉《きち》の娘なのだ。正蔵の浮気は決して許さない。それでなくても上野《うえの》にお民《たみ》がいるのだ。

「二代目じゃなくて、定吉の兄いでは？」

「何んだと、益蔵ッ、いい加減にしねえか！」

「兄い、兄いなら何か聞き出せるんじゃねえかと思うんで、あの一座のことを……」

「馬鹿野郎、何をいい出すんだ。駄目だ、駄目だ。何んでおれがそんな女を抱かなきゃならねえんだよ。馬鹿も休み休みいえ！」

「こういうことを頼めるのは兄いしかいないじゃないですか？」

「てめえ、いい加減にしねえか！」

「定吉、何んとかしてやれ……」

「二代目！」

「いいじゃねえか、たまには若い娘も」

「二代目、そういうことじゃねえですよ。これは……」

実は、定吉はお信を気に入っていたのだ。

年恰好《としかっこう》からお信ならいつでも抱けるが、他の若い女となると気が引ける。

だいぶ前から何んとかお信を口説いて女房にしようと考えていた。そのことを正蔵も益蔵も知らない。話が少々こんがらかってきた。定吉が芝居小屋の女を抱いたなどと、お信に聞こえたら嫌らしい定吉さんなどといわれて、口説くどころの騒ぎではない。すべておじゃんになる。

老いらくというほどではないが、定吉の密《ひそ》かな思い人が大年増のお信なのだ。

そんなお信の耳に入ったら、女房にする話などできないし、定吉は見向きもされず密かな思いなど、跡形《あとかた》もなく吹き飛んで悲惨なことになってしまう。

「へえ、あの定吉さんがね……」

などと他人事《ひとごと》のようにお信がいい、間違いなく嫌われるだろう。

それは定吉にとってこの上なく残酷、無惨なことで大袈裟《おおげさ》にいえば人生の絶望だ。これまでも女では何度も絶望してきた。岡場所の女にあれこれと入れ込んだこともあるが、お信はそういう女ではないと大真面目に思うのだ。誰が見ても定吉とお信なら似合いの夫婦だと思うだろう。益蔵のお陰で恐ろしいことになりそうだ。

「これはお奉行所の手伝いだと思えばいいじゃねえですか。兄い、頼みますよ……」

「お奉行所の？」

「うむ、お奉行さまの……」

「てめえ、誰にもいわないと約束するか？」

「するよ……」

「お千代にもお信にもだぞ？」

「心配ねえ、あっしは口が堅いんだから……」

するとと正蔵が黙って懐から三両を出して益蔵に渡した。簡単に話が決まってしまう。実は口が堅いという人ほど、当てにならないものはない。まず正蔵が小梢に話してしまいそうだ。

「それで間に合うか？」

「へい、充分だろうと思います」

「うむ、それで支度をしろ。定吉、お奉行さまの仕事だ。いいな？」

定吉が小さくうなずいたがなんとも不満そうだ。こういうことで女を抱いてもおもしろくもないと思う。

このところ足が遠退《とおの》いている岡場所に行った方がよほど楽しく遊べる。

黒川六之助が小五郎の一座に不審を感じて、そのとばっちりが独り者の定吉に飛んで行った。定吉はお信のことを考えると嫌な予感がする。お信は美人だし気性もさっぱりだし何んとか女房にしたいのだ。最後の女だと定吉は決めていたのだが。

このことは三人の秘密にされた。

お昌の茶屋を使うのであれば、問題はお喋りなお昌と金太《きんた》の夫婦をどうやって黙らせるかだ。そのことは正蔵も感じていた。あの二人の口からは駄々《だだ》漏《も》れになる可能性が高い。

「二代目、お昌さんと金太をお願いします」

「うむ、わかった。お昌と金太は必ず黙らせる。心配するな」

正蔵がお喋りな二人の口に蓋《ふた》をすると約束した。何んとも厄介なことになってしまった。二人を黙らせる方法はただ一つしかない。それは北町奉行米津勘兵衛さまのご命令だと、「喋ったら首が飛ぶぞ！」と脅すことだ。それをいえるのは二代目の正蔵しかいない。

翌日、益蔵が小屋の木戸口で助六に声をかけた。

「助六さんというそうだな？」

「へい、お前さんは？」

「ここの浅草寺の門前で茶屋をしている者だが……」

「茶屋の旦那さんかい？」

「うむ、繁盛しているようで結構だ。お前さんに頼みがあるんだが、聞いてくれるか？」

益蔵は助六の手に一分金を握らせた。

「こんなにもらって……」

「いいんだ。さっきの娘踊りで赤い着物を着て出てきた娘だが？」

「葵かい？」

「葵というのか、あの子を気に入った旦那がいてな、わかるだろ？」

「へい、葵は高いですよ旦那？」

「わかっている。世話してくれるか？」

「ようござんすが二両ですよ、旦那……」

助六が目いっぱい吹っ掛けた。二両というのはちょいと高い。

「二両か、それでいい……」

定吉が見て気に入った娘だから少々高くても仕方ない。三両のうちだから充分だ。

「わかりやした。世話しましょう」

「明日の夜、大川の逢引茶屋に酉《とり》の刻（午後五時～七時頃）でどうだ？」

「承知しました。あっしが間違いなく連れて行きやすので……」

定吉と葵の逢引が簡単に決まったが、それにしても二両は高いと益蔵は思った。

いくら売れっ子の女芸人でも二両というのはかなり足元を見過ぎだ。華の吉原でも二両となれば相当なものだ。この策は自分が定吉兄いに押し付けたのだから、益蔵はあまり銭のことはいいたくない。なんなら自腹を切っても一、二両ぐらいは出すつもりでいた。

　上方から下ってきた女歌舞伎だから高い値を吹っ掛けられるのは仕方ない。

　その頃、黒川六之助と鬼七と鶏太と留吉の四人は、昼夜の別なく仮眠を取りながら厳重に小屋の傍で見張りを始めている。

　六之助の怪しいという勘は変わっていなかった。

　小屋の中ではそんな見張りの気配を感じながら、小五郎と長七は江戸での仕事を考え直していた。何んとしても奉行所の網から逃げ切って見せる。そう思うと何んともいえない快感が沸《わ》き上がってきた。北町の鬼といわれる奉行との勝負だ。だが、得体の知れないご用聞きというものに、見張られたまま江戸で仕事をするのは薄気味悪い。捕まえてくれといっているようなものだ。

　上方から捕まるために江戸に出てきたのではない。

　弥平が江戸は危険だといい、その危険なわけを教えてくれた。それは至極納得だ。江戸まで出て来て一網打尽にされてはお笑い種《ぐさ》になるだろう。

「親方、何もしないで一旦江戸から出ましょう……」

「それで戻ってくるのか？」

「東海道であれば川を越えた川崎あたりから、中山道であれば戸田《とだ》あたりから、どっちも舟を使えます。念のために一日江戸を出て……」

「うむ、川を使うか海を使うかだな。どっちがいい？」

「深川村の助っ人を使うなら海、使わないなら川ということでしょうか……」

「なるほど、どっちが安全だと思う？」

「小田原か駿府で小屋を掛けると噂を流して、東海道に目を向けさせ中山道を使うということもできます」

「川か？」

「細工をし過ぎでしょうか？」

「うむ、おれなら東海道を行って一座を二手に分ける。お前が小判を持って戸塚宿から八王子に出して、甲州街道を行くというのはどうだ？」

「いいと思います。身延《みのぶ》の温泉辺りで北と南から合流して一座を解散してしまいましょう。二、三人ずつで好き勝手に京へ戻るというふうにしては。追われても女歌舞伎の一座はもうどこにもいない」

「それはおもしろい……」

「追ってきても身延の山の中で一座は姿を消している」

「仕事をする時は京でまた集まればいいということだ」

「神出鬼没？」

「うむ……」

小五郎が満足そうに笑った。いつもながらいい策だと思う。

「そのためにも小清と助六に誰かをつけて、三人を一足先に京へ帰した方がいいと思うのだ。急ぎ旅になるかもしれないからな。足手まといにならないように……」

「そういうことならよろしいかと思います。姐さんも納得するでしょう」

二人の話し合いで早めに小屋掛けを切り上げ、仕事をする前に一旦江戸から出ることを決めた。それが弥平の忠告に対する二人の答えだ。慎重に仕事の出直しをしようということである。なかなか賢い考え方だ。

見張っているだろう北町奉行所のご用聞きを、はぐらかして手を引かせてから仕事にかかる。つまり目くらましの小細工を使おうということだ。

江戸から出てしまえばまだ何もしていないのだから追われない。

それを確認してから急遽《きゅうきょ》江戸に取って返して仕事をして身延まで逃げる。東海道や甲州街道の上にいたら万一追われた時に危ない。街道から外れて身延山に入り温泉に入って骨休めをし、東海道と中山道に旅人を装って散らばってしまい、女歌舞伎の痕跡《こんせき》を消してしまうというのである。

こういう長七の機転で小五郎は生き延びてきた。

これまでもこういう細工と誤魔化《ごまか》しを使い、役人に追われたことも怪しまれたこともなかった。素早く仕事をして霧《きり》か霞《かすみ》のように、消えてしまうのだから見つけられないはずだ。長七はなかなかの策士だった。

見張られているかもしれないままで仕事はできない。

「怪しまれないようにして江戸を出よう」

「へい……」

仕事の段取りは長七が考え直すことになった。

そんなこととは思いもよらない黒川六之助は、半左衛門に状況を報告して同じ隠密廻りの小栗七兵衛《おぐりしちべえ》の支援を受けた。まだ事件にはなっていないから多くの人数を使うことはできない。

お昌と金太は正蔵から定吉のことには一切かかわるなと厳しく命じられる。勘兵衛の直々のお達しだから口に出すな。定吉は嫌だと辞退したが、お奉行の名指しでは泣く泣くやるしかない。二人の出る幕はないのだから神妙にしていろ、と正蔵は大嘘《うそ》でお昌と金太を黙らせた。まるっきりでたらめでもないがかなりの大嘘だ。いざとなれば正蔵もなかなかやる。

「金太、隠し部屋に入ることは駄目だからな。勝手な真似《まね》をしたらお昌と一緒にわしの一家から追放する。これはお奉行所の仕事なんだ。わかったな？」

「へい、わかりました」

正蔵の厳命だ。

その日、定吉と益蔵がお昌の逢引茶屋に入って、しばらく待つと助六が葵を連れて現れた。小屋にいる時のような派手な衣装ではなく、京の町娘のような作りで何んともいえない色香がある。

「葵太夫《だゆう》にございます」

助六と葵が定吉に頭を下げる。定吉は体が震えそうになるほど緊張していた。

可愛らしい葵を見て定吉がこれは駄目だと思う。最も苦手な初心《うぶ》で壊れそうな娘ではないか。こういう娘とは口もきいたことがない。どうしろというのだ。

「あっしは一刻半（約三時間）後に迎えにまいりやす」

「それでは旦那、わしもこれで失礼いたします。行こうか助六……」

「へい……」

益蔵と助六が二人で部屋を出た。

「助六さん、約束の二両をお渡しいたします」

「これはどうも……」

益蔵は二両の他に一分金を助六に渡した。

「少しゆっくりさせてもらうよ」

「へい、わかりやした。たっぷりと楽しんでいただきやす。明け方近くまで……」

「うむ、そう頼む……」

益蔵は定吉が色々なことを聞き出せるだろうと思った。

問題は定吉だ。益蔵と助六は肩を並べて浅草寺門前から参道を歩き、お千代の茶屋の前で立ち止まった。既に雨戸は閉められている。

「ここがわしの茶屋だ。また頼むことがあるかもしれないが、小屋掛けはいつまでだね？」

「あと十日ほどで上方へ帰ることになりやした。途中の小田原や駿府で小屋掛けするかもしれないので……」

「あと十日か、早いな。毎日満員札止めだと聞いたが？」

「そうなんですが、あちこちを回りますので長くはいられないのでござんす」

「なるほど……」

益蔵はその十日の間に動きがあるとわかった。

一味が仕事をするなら最後の夜あたりだろう。仕事をしたら一座と一緒に江戸を出て東海道へ逃げるつもりだと思う。女たちを囮《おとり》にして盗賊たちは逃げるつもりだ。こうなるとどこで一網打尽にするかだ。どんな仕事をするかわからないのだから、捕縛するのは犠牲が出ない仕事の前がいいに決まっている。

それはお奉行が決めることだ。

助六が小屋に帰るのを見送ってから益蔵が家に入った。

その頃、お昌の逢引茶屋では定吉と葵が酒も飲まずに寝所に入っていた。その部屋には金太はもちろんお昌も使用人の女たちも誰も近づけない。定吉の緊張が逢引茶屋を包み込んでいる。正蔵の命令で他の客は取っていなかった。

「ずいぶん静かですね……」

などと葵が定吉の緊張を察知していう。

「静かなのは嫌か?」

「好きです」

二人は二言三言喋っただけで床《とこ》入りをしてしまう。

それからがとんでもなく一大事だった。定吉は若い葵に翻弄《ほんろう》され地獄と極楽を行ったり来たりする。たちまち定吉は年甲斐《としがい》もなく葵に夢中になってしまった。何を聞き出すかなど吹っ飛んでしまって使命を忘れてしまう。その上、益蔵が助六にたっぷり小遣《こづか》いをはずんでいるから、いい加減な刻限になっても葵を迎えに来ない。

こうなると定吉は討死《うちじに》するまで戦うしかない。

だが、葵は初々しい若さで定吉に襲い掛かるから、討死する前にいきなり頓死《とんし》しそうになる。その定吉はお信のことなど吹き飛んで、若い葵に生気を吸い取られて、二人はすっかりできあがってしまった。男は実にもろい。

不甲斐《ふがい》ないほど定吉は葵にもろく半死半生の態《てい》だ。

葵に惚《ほ》れ込んでしまってお信など目じゃねえと思い込んでしまう。そりゃそうだ。大年増のお信と蕾《つぼみ》の葵では勝負にならない。葵の花を咲かせてみたいではないか。

第十章　六之助《ろくのすけ》の勘

定吉は三日後に再び葵をお昌の逢引茶屋に呼んだ。

最初の夜は定吉の方が若い娘に初心すぎて大失敗だった。正蔵に問い質《ただ》されて自分の不甲斐なさを渋々《しぶしぶ》白状した。肝心なことを何一つ葵から聞き出していない。それを聞いた正蔵が大笑いする。

「二代目、笑わないでおくんなさいよ。必死なんだから……」

「うむ、仕方ない。やり直しだな？」

「や、やり直しって葵と？」

「嫌か。気に入ったんだろ？」

「そうなんですが、ちょいと……」

「ちょいとなんだ？」

「それがその……」

「はっきりしねえか、定吉、また同じことになっちゃいそうか?」

「そうなんで、なにしろいい女なもんで……」

「いい加減にしねえか、いい年して。小娘ひとり何とかしろ!」

「二代目……」

叱ってはみたが正蔵は定吉が、葵という女に夢中になるならそれもいいことだと思う。

これまでは配下の荒くれの差配をするため、定吉の周りに女っ気があったことはないし聞いたこともない。岡場所に行くのもこそこそだった。それが若い女に本気で惚れたのならめでたいことだ。

「いい女のところに行ってこい」

そういって正蔵が気前よく定吉に十両を渡した。

「二代目、こんなに……」

「いいってことよ。それだけ値打ちのある女なんだろ、少ないぐらいだ」

親分の正蔵がそういって定吉を戦《いくさ》に送り出した。こうなると定吉もなかなかの貫禄《かんろく》である。

「おい、益蔵、もういっぺん葵に段取りをつけろ!」

「じ、十両で？」

「少ないがお前と助六の手間賃も入っている。あまりピンハネするな！」

「承知しました」

その日のうちに益蔵と助六の話がまとまった。

「旦那さーん……」

葵も小判を何枚も懐に入れて定吉旦那にべた惚れになる。

こうなるとどっちが先に討死するか頓死するかだ。定吉も昔取った杵柄《きねづか》でなかなかである。最初っからこう落ち着いてやれば上手く行ったのだ。それをちょいと慌ててしまって大失敗。なにも聞き出せずに正蔵に笑われた。情けないし不面目だし配下には聞かせられない失態だ。

今度は二度目で定吉に馴染《なじ》んだ葵が一座のことをよく話した。

最初の時は葵も緊張してほとんど何も喋らなかった。定吉を討死させようと葵も夢中になっただけだ。だが今度は違う。定吉も葵に馴染んでむっつりだったが戦いながら二人は間を取って良く喋った。

「お前たちはもうすぐ上方に帰るそうだな？」

「ええ、京に戻るの……」

「京か、いいな？」

「はい、東海道を上れば半月ほどですから……」

「お前の親方は京の人か？」

「ええ、芝居小屋は六条《ろくじょう》ですけど、親方は東山南禅寺《ひがしやまなんぜんじ》の門前に家があるの、泊まるのは六条と東山とで半々ぐらいかな……」

「そうか、京はいいところか？」

「都ですから……」

「なるほど、天子さまがおられるところだからな」

「そう、旦那さまも京においでくださいな。あちこち案内しますから……」

「そうだな。行ってみたい……」

豪勢《ごうせい》な寝具にくるまれて葵は機嫌がいい。二度も茶屋に呼んでくれたのは定吉だけだった。それがたまらなくうれしい。それにたっぷりとお足をはずんでくれたのだからいい旦那だ。葵の巾着《きんちゃく》には九両がとこ入った。益蔵は助六に一両渡して自分は取らずに、残り全部を葵に渡したのである。

これまでこんなにいい旦那と出会ったことがない。

葵は江戸にいい贔屓《ひいき》ができたと他の女たちに自慢できる。鼻が高いのだ。

「京に戻らないで旦那さまのお傍にいたい。駄目？」

　そんな可愛いことをいって定吉の首にすがりついた。

「江戸に住むか？」

「いいの？」

「本気にするぞ」

「うん、いいよ」

　葵がうれしそうに定吉に覆いかぶさってくる。

　贔屓ができたと上機嫌の葵は定吉の聞くことにすべて答えた。

　その時、定吉はなんでも喋る葵が、一座の正体を知らないのだと気づいた。そう思うとなんとも愛《いと》おしい気持ちになる。何んとか助けてやりたいとも思った。盗賊の一味に間違えられて捕縛されたら哀《あわ》れだ。

　だが、定吉は自分が何者かを明かすことはできない。

「葵、京に戻ったら、いい人と一緒になって幸せになれ……」

「そんな、江戸に出て来ちゃ駄目？」

「わしのところにか？」

「駄目なの？」

「駄目じゃないが、わしと葵では親子だぞ」

「いいじゃないのさ。好きになったんだもの、江戸の人って好きだから、旦那さんは誰よりも好きだもの……」

情が移るとはこういうことだ。葵はこの人はいい人だ、信頼できる人だと思い込んでしまった。こんな頼りになる人と二度と巡《めぐ》り合うことはない。ここで手放したら堅気《かたぎ》にも幸せにもなれない気がする。女歌舞伎の芸人などいつやめてもいいと思う。葵はずっと探していたいい人とようやく出会ったと信じた。

若い娘が一途《いちず》になると恐ろしいことが起きる。

その無分別に火が付くともう誰も止められなくなる。そんな炎が葵の胸の中で燃え始めたからただでは済まなくなりそうな気配。定吉は鈍感だからそんな葵の本気に気づいていなかった。

「本気にするぞ！」

「うん、約束！」

二人が思いっきり抱き合った。

なんだか話がねじれておかしくなってきた。

こういうことになるから男と女というのはわけがわからない。定吉もいい加減おかしな男だ。いや、若い娘の前では男はみなおかしくなるのかもしれなかった。

「ここに来て定吉といえばわかるから……」

「本当、浅草の定吉さんだ！」

無邪気《むじゃき》な葵がいきなり素《す》っ裸《ぱだか》で定吉に襲いかかった。

定吉も負けてはいられないから、頓死覚悟で元気のいいところを見せる。

助六が迎えに来ても二人は寝所から出なかった。呼びに来た茶屋の女に、「今夜は帰りません」などとわがままをいって葵が助六を追い返した。助六も鼻薬がしっかり効いているからニヤニヤしながら、「葵の野郎、いいのをつかまえやがったぜ……」とブツブツと小屋へ戻る。

小屋の女に良い客がつけば、仲介する助六たちにもおこぼれがあるという寸法だ。

何んだかとんでもない方向に話がこんがらがった。だが、女が一人で京から江戸に出てくるのは容易なことではない。残念ながらほとんどの場合、こういうことは十のうち十が口約束で終わることが多いのである。

京から江戸までの百二十四里八町は、葵が思う以上に遠く、その間には危険なことも少なくない。胡麻《ごま》の蠅《はえ》や邯鄲師《かんたんし》などに身ぐるみ剝《は》がされることもある。運が悪いと藪《やぶ》に引きずり込まれて殺されることすらあった。

二度目にしてやさしい定吉と蕾の葵はすっかり馴染んでしまった。

定吉の女になった葵が聞かれるまま、知っていることをすべて喋ったが、大きな手掛かりは親方の小五郎が、京の東山南禅寺の門前に家を持っていることだ。

この手掛かりは小五郎を捕らえたに等しいほどの手柄《てがら》だ。

定吉が葵に信頼された証《あかし》でもある。

おそらく小五郎の家の場所は、一座でも秘密にされていることではないのか。

そんな探索が進んでいる頃、長七は最も信頼する配下の京八《きようはち》と民蔵《たみぞう》を、小屋が跳《は》ねた後の客に紛らわせて小屋の外に出した。

そのことに黒川六之助と小栗七兵衛も鬼七も気づいていなかった。

長七は京八と民蔵に今度の仕事の仕掛けを事細かに伝え、一晩で決着をつけられるよう二人で支度を整えろと命じたのである。兎に角、仕事をしたら素早く江戸から姿をくらますしかない。もたもたしていれば役人に追われる。長七はすでに目をつけられ一座は奉行所の監視下にあるだろうと思っていた。

そんな危険の中で仕事をするのだから抜かりなく支度をすることだ。

すでに仕事をする店は一座が江戸に入った時、忍びの名人である京八がいち早く目星をつけていた。

軽業師《かるわざし》の京八はとんぼ返りの名人で身軽にどこへでも忍び込める。

小五郎一味の仕事はその京八に頼っていた。まだ年も若く機転も利いて京八は長七の右腕ともいえる存在なのだ。民蔵もそんな京八に似ている。この二人は長七の考えたことを間違いなくやりこなす。こういう男が一味にいるから仕事ができる。

二人が小屋を離れた翌日、小清と助六ともう一人が旅姿で小屋を去った。この三人を益蔵と鶏太が追って行ったが、六郷橋を渡ったことで追跡を止めて浅草に戻ってきた。怪しいこともなく三人が江戸から出たからである。

小清と助六が江戸を去ったことで、小屋掛けも終わるのだろうと思わせた。

六之助は当てが外れたかと思うが、こういうことは最後の一日が勝負だ。一座が何ごともなく江戸を出るまで安心はできない。六之助は小五郎が必ず仕事をすると考えている。だが、一味の動きは二度だけ大川を船で下っただけだ。昼は満員の客で賑《にぎ》やかだが小屋が跳ねると、急に静かになって客に呼ばれた女が出歩くぐらいだ。

見張りを悟られたかと不安にもなった。

六之助が怪しいとにらんでから、益蔵たちと小屋を見張ってきたが、動きがないまま小屋掛けが終わって取り壊されるようだ。

「黒川の旦那、やはり動きがないようですが？」

「益蔵、今夜だ。今夜こそ奴らは動くはずだ。油断するな！」

「へい……」

小屋をにらんでいる小栗七兵衛は、すでに見張りを悟られたと思っている。

だが、それは六之助の気持ちを考えて口には出さない。こういう見張りの仕事は長くなると失敗することもある。盗賊の方も命懸《いのちが》けの仕事だから危険だと思えば、徹底して身辺や動きには気をつける。七兵衛は一味が危険を感じ、仕事をしないで江戸から消えるのではないかと思う。

どう考えても仕事をするような気配がない。

奴らが仕事を考えているなら、もう少し緊張感があっていいと思うが、そんな気配も素振りもまったくないのだ。

こんな連中が本当に盗賊かと思わせる。七兵衛は六之助の勘違いだったのかと思う。

その夜、村上金之助《むらかみきんのすけ》や大場雪之丞が浅草に集まってきた。動きがあれば追って行って仕事をする前に一網打尽にする手はずだ。益蔵、鬼七の他に幾松も駆けつけて厳重な警戒に入った。奴らが仕事をするなら今夜しかない。どんな手を使うのか見張りの同心や御用聞きの緊張が高まる。

夜半を過ぎても静かで動きはない。

大川に用意した舟も無駄になったかと思われたが、夜明け前のまだ暗いうちから小屋掛けの取り壊しが始まった。こういう芝居小屋の解体は作りが筵《むしろ》で囲ってあるだけだから安直だ。男たちがバタバタと一刻（約二時間）もかからないで終わってしまう。

寝起きで寝ぼけの女たちも芝居が成功して、一座がめでたく跳ねたという風情で、その旅姿の女たちの騒々しいこと夥《おびただ》しい。下卑《げび》た冗談などを飛ばしながら京に帰るのがうれしいという顔だ。

こうなってはさすがの六之助も、当てが外れたと思い見張りを解くしかない。

悔しいが仕方ない。狙いに間違いはなかったと思うが、一味が仕事をしないで江戸から出るのならそれもいいことだ。疲れ切って小栗七兵衛や村上金之助たちが帰って行く。こういう失敗はがっくりでいつもの倍も疲れる。

その時だった。解体される小屋から長七が出てくると大川に向かった。

「益蔵、これが最後だ。長七を追ってくれ！」

「承知。鶏太、行くぞッ！」

益蔵は当てが外れてがっかりしていたが、鶏太と二人で最後の望みをかけて追跡に出た。一味の要《かなめ》だろうと思われる長七の動きには特に眼を離さないできた。それがついに動くのか。

その長七は舟に乗ると大川を下って行った。

益蔵と鶏太は用意された舟に飛び乗って長七の舟を追う。警戒して一町ほど離れて追ったが川から上がった深川村で二人は長七を見失ってしまった。

慌てて長七が消えたあたりを探したが見当たらない。

何んともドジな話でここまできて、どこの家に入ったかわからないようでは追ってきた意味がない。大川の舟を使われてしまうと、迂闊に接近できないからこういうことが起こりがちだ。長七が追跡を知っていたとしか思えない動きの速さだ。

二人は北と南に分かれてあたりを探し回った。

四半刻ほど過ぎて鶏太があきらめかけ、海辺に出ようと歩いて行くと目の前にひょっこり長七が出てきた。

鶏太は知らんふりで長七とすれ違う。

どの家から出てきたか鶏太ははっきり見た。もう長七を追う必要がないと思う。

いや、追うのは危険だと思った。顔を互いにはっきり見たのだ。長七は鶏太を追手だと見破ったはずだ。顔を見られてもつけ回して追うことも考えたがあまりに危険だ。

鶏太はついに一味の尻尾をつかんだと飛び上がった。

長七がわざわざ一人で出向くほどだから、一味と深いかかわりのある家だということはわかるが、そこが誰の家なのかはわからなかった。それにしても偶然に鶏太が大きな手掛かりをつかんだことには間違いない。前に二度、大川を下った長七はここに来たとしか思えなかった。ということは一味にとって大切な家だとわかる。

大川からその百姓家までの道順と景色を頭に入れて鶏太は益蔵を探した。

「親分はどこへ行っちまったんだよ？」

ウロウロ探しても仕方ないと思い、舟に戻って益蔵が戻ってくるのを待った。

「追ってきた舟はどこに行ったか見ましたか？」

鶏太が船頭に聞いた。

「ああ、あの男を乗せて戻って行った。きっと浅草だろう」

「うん、もう見えないな……」

「鶏太、ご用聞きの仕事は面白いか？」

「ああ、色んなことがあるから面白いなんていうもんじゃねえですよ。痺《しび》れちまうこともあるぐらいで……」

「へえ、いいな。益蔵兄いはあっしを使ってくれねえかな？」

「親分一人に子分は一人じゃねえですか？」

「そんなことはないだろう」

正蔵の配下の船頭たちは益蔵のご用聞きに憧《あこが》れがある。

海や川の荷運びよりご用聞きの方が面白そうだと思う。なによりもご用聞きになると女房を持てる。船頭のままでは岡場所に行くのが精々だ。

「お奉行所が許すかな？」

「そうか、お奉行所のお許しがいるか？」

「北町には長野半左衛門さまという恐ろしく怖い与力の爺《じい》さんがいるんだ」

「長野半左衛門？」

「うん、その人がいいといわないと無理だな」

「どうして、北町のお奉行さまじゃねえのか？」

「ご用聞きはその長野さまの配下なんだ」

「そうか……」

船頭は鶏太の仕事を面白そうだと思う。

何んとか兄貴分の益蔵の配下になりたい。二人が話しているところにその益蔵が戻ってきた。

「親分！」

鶏太が舟に立ち上がった。

「どうした。舟がいなくなったな？」

「浅草に戻ったようだと……」

「そうか、それで長七がどの家に行ったかわかったか？」

「わかりました。海辺の百姓家です」

「連れて行け……」

「へい！」

鶏太が益蔵を海辺に連れて行ったが、二人は怪しまれるのを警戒して、家の前を歩いただけですぐ舟に戻ってきた。

「よし、あの家も怪しいが、取り敢《あ》えず浅草に戻ろう」

益蔵も長七の尻尾をつかんだと思った。

ところが浅草に戻ると芝居小屋は消え、黒川六之助も消えている。鬼七と留吉もいない。引き上げる一座を執念深く追って行ったと思う。ここまで見張ってきて逃げられるようであきらめきれないのだ。そんな六之助にいち早く深川村の例の家の発見を知らせたい。どんなによろこぶか。

益蔵と鶏太がお千代の茶屋に走ってきた。

「黒川の旦那は？」

「一座を追って行ったよ」

お信がお城の方を指さした。

「どこ？」

「あっちは南だから品川じゃないか？」

「東海道か？」

お信が曖昧にうなずいた。

そんな一座と隠密廻りの行く先などお信は知らない。

「鶏太、追うぞ」

「がってん！」

自慢の足で鶏太が駆け出した。

その頃、一座は日本橋を越えて品川宿に向かっている。

それを追うように後ろを行く黒川六之助はがっくりと肩を落としている。その六之助に速足の鶏太が品川宿のだいぶ手前で追いついた。足が速いというのはご用聞きにはうってつけなのだ。腹が減った時の腰兵糧《こしひょうろう》と水があれば、鶏太は休まず五里でも十里でも楽に走り切る。

「益蔵は？」

「親分も追ってきます」

「うむ、それで長七はどこに行った？」

「深川村の百姓家です。海辺でしたが漁師ではないようです」

「そうか、長七は前を行く一座の中にいる」

「何んのために深川村へ？」

「わからないな。益蔵は何かいっていたか？」

「いいえ、何も……」

二人は話しながら一座を追った。品川宿に入って一座が一休みすると、益蔵がゼイゼイいいながら追いついてきた。浅草から品川まで走るのは益蔵には命懸けだ。どこかの軒下に倒れてもおかしくない。もう若くはないのだ。

「親分！」

鶏太がフラフラの益蔵を物陰に呼び入れた。

「親分、この先で一座が一休みしています。旅籠《はたご》に上がる様子はないので、このまま江戸を出るのだろうと思います」

「なんだと、奴らが江戸を出るというのか？」

「うん、何ごともなく奴らが江戸を出れば……」

「追えなくなる」

「そう思います」

鶏太にうなずいて益蔵が六之助の傍に寄って行った。

「黒川の旦那、鶏太から長七のことを聞いていただきましたか？」

「聞いた。深川村だそうだな？」

「はい、あの百姓家を見張りましょうか？」

「そんな怪しい家か？」

「まだ、わかりませんが、長七が行った家ですから……」

益蔵はあきらめきれない六之助の気持ちがわかる。だが、ご用聞きの益蔵を勝手に見張りに使うことはできない。緊急時は別として事情を半左衛門に話して、深川村の見張りの許しをもらわなければならない。

「このまま一座が江戸を出れば問題はなかろう。残念だがわしが見損じたということだ」

「旦那……」

「厄介をかけたな」

六之助は気落ちしている。

「そんなことはありません。これが仕事です。確かに怪しい一座でしたから……」

「見張りを悟られたと思うか？」

「はい、そうじゃないかと思います。そのため奴らは何もしないで江戸から退散する」

「うむ、そうかもしれないが……」

黒川六之助は長年の勘からまだ何かおかしいと思っている。

京から大所帯を率いて江戸まで来た女歌舞伎の一座が、本当におとなしく何もしないで上方に帰るのか。六之助にはどうしても納得がいかない。いくら大入りだったとはいえ一座の経費を考えればその実入りは百両もないだろう。それで小五郎が納得するとは思えなかった。

どう見てもそんなおとなしい一座には見えないのだ。

それが六之助の眼をつけた理由でもある。

だが、これ以上一座を追うことは、勝手な振る舞いになってしまう。お奉行か半左衛門の指図を仰《あお》がなければならない。隠密廻りとはいえ江戸から出て、一味を追跡するには手順というものがある。

一旦、長野半左衛門にすべてを報告する必要があった。

「わしはここから奉行所に戻る。そなたは一座が六郷橋を渡るのを確認して、奉行所に戻り長野さまに深川村のことなどお知らせしてくれ……」

「承知しました」

何んとも後味の良くない終わり方になった。

だが、この時、黒川六之助は気落ちして重大なことを見逃していた。

一座の親方である小五郎が、三人の子分を率いて旅籠に上がっている。小五郎は追手の眼をかすめるように江戸に残ったのだ。そのことに六之助も益蔵も鬼七も気づかなかった。この事件では六之助に最後までつきがなかった。気づいていれば喰いついて離れないのだがどん詰まりにきて眼を離した。

何んとも大きな見落としだった。

長七の率いる一座が品川宿を出て六郷橋を渡ると、益蔵と鶏太も踵《きびす》を返して奉行所に戻り始めた。何んとも後味が良くない。甘酒ろくごうに立ち寄ると三五郎《さんごろう》親分がいた。

「ごくろうさまです」

そういって三五郎が益蔵と大男の鬼七を迎える。

「あれが例の一座で？」

「うむ、浅草から追ってきたが江戸を出て行った」

「なかなかの人数でしたが？」

「うむ、これで何ごともなく終わりか……」

「親分……」

鶏太は悔しそうだ。だが、この事件はまだ終わっていなかったのである。

むしろ事件の幕はこれから開こうとしていた。

黒川六之助の勘は的中していたのだが、弥平に忠告されてからの小五郎の警戒心が強かった。盗賊は誰だって役人に捕まりたくない。ことに人を殺《あや》めてきた盗賊は間違いなく磔《はりつけ》獄門《ごくもん》である。

その警戒心があったからこそ、小五郎はここまで生き延びてきたともいえるのだ。

長七の率いる一座は旅の初日だから無理をせず、浅草から川崎宿まで歩いて旅籠に上がった。一行の女たちと長七たち男の旅籠は別である。そこに京八が二人の浪人を連れて現れた。

「ご苦労だった。支度は？」

長七が京八に聞いた。

「すべて整っています」

「うむ、中島《なかじま》さまと小山《こやま》さまもご苦労さまにございます」

顔なじみの浪人に長七が挨拶する。これまで何度も小五郎の仕事を手伝ってきた浪人で、二人はブラブラ遊びながら東海道を下ってきた。この二人は助っ人をするだけが仕事である。人を斬り殺すことしか仕事がない薄気味悪い浪人だ。この二人に小五郎はたっぷり小判を渡して使ってきた。

「長七、今度の仕事はいつだ？」

「今夜でございます」

「そうか、今夜とは忙しいな……」

「明日からは一気に東海道を行きますので、お二人には身延の温泉へ一足先に行っていただきます。ゆっくり湯に浸かっていただいて……」

「そういうことか、相分かった。少々遊び過ぎて懐が寂しくなった。わかっているな？」

「はい、暗くなる前に川崎湊《みなと》に行っていただきます」

「承知！」

二人の浪人が太刀《たち》を握って立ち上がった。

長七は浪人二人と京八と民蔵の五人で、川崎湊から江戸は日本橋に向かう。品川湊から小五郎が三人の子分と出て、長七たちと海上で合流するという段取りなのだ。

二隻は海で深川村から来る弥平の小頭《こがしら》亥《い》助《すけ》と四人の子分を待ち、総勢十四人で日本橋川の道三河岸に上がって、仕事を済ませて素早く川崎湊に戻る手はずになっている。この策は長七が考えて京八と民蔵が手配した。

長七は川崎湊から二隻揃って出るのはまずいと考えた。吉原に行く船を装うのだからバラバラの方がいい。たとえ海の上とはいえ詰めを甘くしたくない。弥平の忠告を信じて奉行を徹底して警戒する。江戸の勝手を知らないのだから油断したらやられる。北町奉行の米津勘兵衛を長七は評判以上だと思っていた。弥平の忠告はそういうことだと思う。

長七は痕跡を残したくない。

ベタベタと足跡を残すようでは、盗賊としては二流、三流といわれる。

役人は被害を見て何人ぐらいの仕事かを見抜くだろう。その人数を探すだろうがどこにも十数人の痕跡は残されてない。綺麗《きれい》さっぱりにして風のように逃げ去るのが長七の理想とするところだ。

そのための策であり仕掛けなのだ。

当然、役人は各湊も探索するだろう。船頭たちも調べられるだろうが、「へい、吉原へ客を乗せました」といえばそこまでだ。そこから先のどこにも役人の探す痕跡は残っていない。

十数人の盗賊は海の上に出てどこかに消えたことになる。

それが長七の狙いだった。役人が船頭に眼をつけた時には、小五郎一味は東海道上からも姿を消している。好き勝手にバラバラになって逃げているということになる。長七の考えた一味が東海道で溶けてしまう巧妙な逃亡策だった。

川崎宿に女衆と男衆を残して長七は湊に向かった。

船頭は腕っぷしの強い五郎吉ではなかった。二隻の船が四、五町の間隔をあけて次々と海に出た。吉原に遊びに行って泊まらずに戻ってくる。船頭にとってこんないい客は滅多にいない。行きと帰りだから駄賃《だちん》がぐんと跳ね上がる。

品川湊から出た船の船頭も銀次《ぎんじ》ではない。五郎吉も銀次も不審な臭《にお》いのする仕事には手を出さない。

知人友人や知り合いなどの紹介を大切にしている船頭だ。

うっかり変な仕事をつかむとひどい目にあう。高額な駄賃や酒代は特に危険で気をつけなければ大火傷《おおやけど》をする。

長七の船が品川沖まで来ると小五郎の船が半町ほど後ろについた。

日本橋川の沖まで行くと、深川村から来た亥助の船が灯りもつけず、いつの間にか小五郎の船の半町ほど後ろについている。四隻の船が並んで順に道三河岸に着けて客を下ろした。ずいぶん怪しげな船だが、船頭はたっぷり駄賃をもらっているから口なしになっている。

京八が狙いを定めたのは日本橋の薬種問屋越中屋《えっちゅうや》嘉右衛門《かえもん》だった。使用人が十人ほどいる店で漢方薬などを手広く商って繁盛している。漢方薬には高価なものが多く小判をため込んでいるとにらんだ。

第十一章　深川村《ふかがわむら》

その夜、薬種問屋越中屋嘉右衛門で、家族六人に奉公人十一人が皆殺しになった。

夜見廻りをしていた松野喜平次と池田三郎太《いけださぶろうた》が、越中屋の前で立ち止まり「この匂いは血の匂いではないか?」と、まだ怪我《けが》の治っていない喜平次がいう。

「裏だ!」

三郎太が裏口に走って木戸から飛び込むと、ムッとした血の匂いに足が前に出なくなった。呼子《よびこ》を出してピーッと闇を裂《さ》いて吹いた。

喜平次がその呼子に走ってきて木戸口から顔を出す。

「なんだこの匂いはッ!」

二人が家の中に入るとあちこちに死骸が転がり、座敷から廊下や店まで血の海になっている。盗賊が侵入して手当たり次第に越中屋の者を皆殺し、何んともむごたらしい斬殺の仕方で、ほとんどの死体がとどめを刺されている。

「こ、これはッ！」

「二人ではどうにもならんな？」

「これはひどすぎる。戦場でもこれほどではないだろう」

「池田殿、奉行所に走ってくれッ！」

「承知！」

三郎太が裏木戸から飛び出すと、早暁《そうぎょう》の白くなり始めた道を奉行所に走った。

泣きそうな顔で三郎太が走る。これほどまでにむごい殺しの現場を見たことがない。許せない凶賊《きょうぞく》だと怒りで拳《こぶし》が震えた。悪党を全員捕まえて磔獄門にしたい。

「野郎、捕まえてやる……」

すでに奉行所の門扉が開いていた。

朝のつむじ風のように駆け込むと門番が驚いて見ている。

走り過ぎて足がもつれ息が切れている。「大変だッ！」と三郎太が砂利敷きに飛び込んで泣きそうな大声で叫んだ。

いつも朝早く、まだ暗いのに八丁堀から出てくる早起きの、半左衛門が公事場《くじば》に飛び出してきた。

「な、長野さま……」

「三郎太ッ、何ごとだ！」

「や、薬種問屋の越中屋が全滅だ……」

「何んだとッ！」

「盗賊にみな斬り殺された！」

「くそッ、誰かいるかッ？」

半左衛門の大声に夜の見廻りから戻ったばかりの、朝比奈市兵衛と大場雪之丞の二人が顔を出す。八丁堀に帰ろうとしていたがそうはいかなくなった。早朝から北町奉行所の緊急事態だ。

朝の早い本宮長兵衛も何ごとかと砂利敷きに出てくる。

三郎太から皆殺しと聞いて、半左衛門はのっぴきならない事件だと思った。このところなかった凶悪な事件だ。朝の早い同心たちが数人集まってきた。

「みんなッ、三郎太と行ってくれッ、薬種問屋の越中屋が皆殺しのようだッ！」

「皆殺しッ！」

奉行所が一気に大騒ぎになる。

同心四人が血相を変えて奉行所から飛び出すと、門前で八丁堀から出てきたばかりの林倉之助と木村惣兵衛《きむらそうべえ》が引きずられて走った。

騒ぎを聞きつけて藤九郎が奉行所に現れる。

出仕した与力の倉田甚四郎が、驚いた顔で半左衛門の部屋に入ってきて座った。

「みんな慌てていましたが？」

「日本橋の薬種問屋、越中屋が皆殺しだそうだ」

「なんと、皆殺し？」

藤九郎も部屋に入ってきた。

「皆殺しと聞こえたが？」

「うむ、三郎太がそう知らせた。まだ様子がまったくわからないのだが、越中屋は大店《おおだな》だから殺されたのは十人を下るまい。行ってくれるか？」

「承知、わしが行こう！」

与力の倉田甚四郎が太刀を握って立ち上がると部屋から出て行った。

「お奉行にお話ししないと……」

半左衛門と藤九郎が勘兵衛の部屋に向かう。勘兵衛は喜与と宇三郎を相手に話しながら朝餉《あさげ》を取っている。奉行所の騒ぎは聞こえていた。

「越中屋だそうだな？」

「はい、まだ状況は何もわかっておりません」

「うむ、何か手掛かりがあるといいが、二人で見てきてくれるか。状況をすぐ知らせろ！」

「はッ！」

宇三郎と藤九郎が奉行所を出ると日本橋の越中屋に急いだ。

二人は勘兵衛がお城で老中に聞かれるかもしれないと思う。その時、事件の全容だけでも話をしないとまずい。大店の皆殺しとなれば大事件である。勘兵衛が登城する頃には老中の耳にも達しているだろう。

宇三郎は第一報を急ぐべきだと思う。

奉行所がこういう事件を阻止《そし》できなかったのは痛恨だ。

勘兵衛は朝餉を取りながらフッと、黒川六之助が拾ってきた浅草奥山の芝居小屋のことを思い出した。こんな大仕事をする盗賊がポッと出てきたとは思えない。六之助が怪しいとにらんだあの女歌舞伎の一座でなければ、奉行所は何か予兆を見逃したということになる。

昨日、一座は江戸から出たと聞いたばかりだ。

こういう時の勘兵衛の勘は鋭い。今考えられる不審な者たちといえば、その六之助の拾った小五郎という一座だけだ。勘兵衛は何人が犠牲になったのか気がかりだ。越中屋ほどの大店になると、家族と住み込みの者で相当な人数になる。襲ったのも四人や五人ではないだろう。

やったのは江戸から出たという女歌舞伎の一座ではないのか。

それも江戸を出たその日の夜というのが気に入らない。盗賊の小細工に六之助たちがまんまと騙《だま》されたということになる。朝餉が終わると勘兵衛は銀煙管《ぎんギセル》で一服つけてから、いつものように登城の支度を始めた。着物を着替えながら手掛りの女歌舞伎を追えば、尻尾をつかめるかもしれないと思う。

奉行所をあざ笑っている犯行のようにも思えた。

だが、勘兵衛はそれをまだ口にしなかった。確証が欲しい。誰かこざかしい策を考える男が一座の中にいるような気がする。そうでなければこれほど鮮やかに六之助たちを欺《あざむ》くことは難しい。

そのあたりがこの事件の肝《きも》ではないかと、勘兵衛は早くも小五郎に眼をつけている。

もちろん小五郎以外の一味がいることも考えられた。もしそうなら小五郎を追っている間に他の一味がいると気づくはずだ。何んとも嫌な事件だと思うが兎に角、今は手掛かりになるだろう小五郎を追ってみることだと思う。そうすれば事件の真相がなにか見えてくるのではないか。

怪しいとにらんだものからまず追い詰めてみる。何も出てこないかもしれないが、策士策に溺《おぼ》れるということも充分にありえるだろう。こういう残虐《ざんぎゃく》な事件を起こす奴らは地獄の淵《ふち》から叩き落とさなければならない。

追って追って必ず追い詰めてやる。

こういう事件を決して成功させてはならない。

何がなんでも捕縛しなければ、奉行所が盗賊になめられるだけだ。

その頃、宇三郎と藤九郎の二人が越中屋に行くと、同心と捕り方などが一つ一つの死骸を丁寧に調べている。

「ご苦労さまです」

倉田甚四郎が二人に近づいてきた。

「これはひどいな？」

「はい、殺された者は十七人です。一家はみな殺しです。探しましたが生き残った者はいないようです」

気持ち悪くなるような血の匂いが充満《じゆうまん》している。

「刀傷が多いようだな？」

「おそらく浪人でしょう。斬られてからとどめを刺されています」

「得物は刀と匕首《あいくち》か？」

「傷から見てその二種類です。おそらくこの手口から盗賊は十人以上と思われます」

「これだけの人数を殺すのは容易ではないはずだが？」

「手練《てだ》れの者が何人か……」

「それも殺し慣れている連中だ。この先、生かしておけない奴らだ」

「まだまだ何人でも殺す！」

いつも冷静な望月宇三郎があまりの惨状《さんじよう》にさすがに怒っている。こういうことをする奴らはこれまでも何人殺したかしれないし、これからもどれだけの犠牲を出すかしれないと思う。生かしておけないとはそういうことだ。

追い詰めて必ず殺すのが北町奉行所の流儀《りゆうぎ》である。

宇三郎だけでなく藤九郎も怒っていた。何の罪もない一家を皆殺しにするとは許せない。こういうことをする奴らはこの世から消えてしまうしかないのだ。

「盗《と》られたのは小判だな？」

「今、帳簿を見て調べていますが、家財を見ると裕福だったようで、盗られたものも相当な金子《きんす》ではないかと考えています」

藤九郎が屋敷の中を歩き回って、死骸を一つ一つ見て詳しく傷を見ている。

その刀傷にはそれぞれ微妙な癖《くせ》がある。生きている人を斬るというのはなかなか容易ではないのだ。なまくらという鈍刀《どんとう》では一太刀《ひとたち》で殺せるものではない。それなりに斬れる刀で刃《は》を真っ直《す》ぐに入れないと何人も斬ることはできない。なまくらだと刀は折れたり曲がったりするし刃《やいば》に脂《あぶら》がついて斬れなくなる。何人も斬り殺すにはそれなりの腕がないと無理なのだ。

どれも見事といえる斬り傷で、それなりの腕の武士の仕業であることに間違いない。

おそらく刀を振るった浪人は二人ではないのか、その二人が九人を斬ったとほぼわかった。他の八人は匕首で刺されて絶命していると藤九郎は見た。それも匕首で刺してからえぐっている傷が多い。息の根を止める殺しに慣れていないとできない手口だ。

何んとも凄惨《せいさん》な事件である。

この事件の噂はパッと早朝の江戸中に広がった。

「日本橋で皆殺しだと！」

「おう、大店の越中屋だそうだな？」

「何人殺されたんだ？」

「わからねえ、大店だから五人や六人ではあるまいよ」

「うん、十人以上だろう」

「そんなもんじゃねえと思うけど……」

「二十人か、えれえこったぜ、これは。盗られた小判も半端《はんぱ》じゃなかろう？」

「うん……」

こういう大事件が起きると江戸は数日この話でもちきりになる。

「どっちの奉行所だ。北か南か？」

「今月は北らしいよ」

「そうか、北の勘兵衛さんか。すぐ捕まえるんじゃねえか？」

江戸の人々は町奉行というものを信頼している。それは確実に実績を積み重ねてきたからにほかならない。ことに初代である北町奉行の米津勘兵衛に対する信頼と期待があった。この頃は南の二代目奉行島田平四郎もなかなかの活躍である。

事件を聞いて与力、同心、ご用聞きが続々と北町奉行所に集まってきた。皆殺しとなれば容易ならざる事態だと誰にでもわかる。顔が引きつりそうなほど緊張していた。

宇三郎と藤九郎が日本橋から戻ってきて、知り得た事件のあらましを勘兵衛に報告する。それを勘兵衛は黙って聞いていた。登城の支度が整っていつでも出かけられるが、その前に報告を聞いておかなければならない。間違いなく老中から事件のことを聞かれるだろう。

場合によっては不首尾《ふしゅび》だと叱られるかもしれない。

その勘兵衛が登城すると老中の土井利勝、酒井忠世《ただよ》、青山忠俊《あおやまただとし》、井上正就《いのうえまさなり》の四人が現れた。

事件を聞いて驚いているとわかる。

この老中の中で酒井忠世や井上正就などは、越中屋嘉右衛門から色々な漢方薬を購入している。家康が漢方好きだから家臣の中にも、漢方を使うものが少なくなかった。早朝から皆殺しの事件を知って激怒していた。

「越中屋の件だが、皆殺しと聞いたがどうなのだ？」

酒井忠世はいつになく不機嫌な顔だ。雅楽頭《うたのかみ》忠世は五十歳になりよくぜいぜいと咳《せき》をした。そういう症状を漢方では哮喘《こうぜん》などともいう。その薬を越中屋嘉右衛門に納めさせていた。その薬を切らしたくない。

「何分、昨夜の事件であり、ただいま奉行所を上げて調べております」

「犯人の目途《めど》は立っているのか？」

「まだでございますが、心当たりがないこともなく……」

「歯に物が挟まったような言い方だな。いつもの奉行らしくないではないか？」

「もう少し心当たりを調べましてから、書類にして提出いたしますので、少々お待ち願いたく存じまする」

勘兵衛は慎重な返答をする。

「一日も早く、このような極悪非道な者たちを捕まえてもらいたい」

「はッ、畏《かしこ》まりました」

その場はそれで収まったが、下城しようとすると土井利勝の部屋に呼ばれた。老中は珍しく一人で待っていた。人を遠ざけて二人だけの密談になる。それだけ老中はこの事件を気にしていた。土井利勝は筆頭老中として幕閣に重きをなしている。まだ未熟な幕府を家康の落胤《らくいん》と噂される利勝が支えている。噂が本当なら土井利勝は将軍秀忠の兄上なのだ。

「犯人の目途とは何んだ？」

「はい、浅草寺の裏に小屋掛けしていた者たちにございます」

「あれか？」

「ご存じでございましたか？」

「うむ、聞いていた。その小屋は連日札止めだったそうだな？」

「はい、その一座を率いていたのが、京の小五郎という男だそうでございます」

「そいつが怪しいのか？」

さすがに土井利勝は浅草奥山の女歌舞伎のことまで知っている。

勘兵衛は老中が家臣を密偵として市井に放って、江戸の様子を見ているのだとわかっていた。土井利勝は油断のできない人なのだ。

「その者が江戸を出た夜の事件です。小五郎の犯行だという確たる証拠はございませんが、怪しいとにらんだ手掛かりを追うしかないと考えます。強引ですが見つかりしだい捕縛《ほばく》いたします」

「なるほど、だが、上方へ逃げられるのではないのか？」

「逃げればどこまでも追いまする」

「京までもか？」

「はい、京の所司代《しょしだい》さまに協力をお願いし、必ず追い詰めます」

「うむ、所司代にわしが書状を書いてもいいぞ？」

「はッ、有り難く存じまする」

老中土井利勝の書状があれば鬼に金棒、悪党どもがこの国に住むことはできない。

上方であれ、西国であれどこまでも追って処分する。勘兵衛のこの執念から逃れることはできない。この勘兵衛のしつこさを小五郎と長七は見損じている。安易に逃げ切れると考えたのは大間違いだ。それこそ勘兵衛をなめていたことになる。

半刻ほど老中と勘兵衛の話があって、一献盃《いっこんさかずき》をもらって土井部屋から退出した。

その勘兵衛は六之助が浅草の一座に目をつけていると聞いて、盗賊が隠れ蓑に使う可能性は充分にあると思っていた。ここにきて十中八九は小五郎の犯行だと思うが、だとすれば追い切れなかった勘兵衛の油断でもある。

同心や御用聞きの探索が進んでいたはずなのだ。

だが、何も起きずに一座が江戸を出たと聞き、勘兵衛はおかしいと思っていたところだった。おかしいと思ったのだからそこからなお追わせるべきだったと思う。そこで手が緩《ゆる》んだのは痛恨だと、勘兵衛の胸の中にわだかまりがある。すべては後の祭りだが勘兵衛は大失敗だと思う。

勘兵衛が昼過ぎ奉行所に戻ると、宇三郎、藤九郎、半左衛門の三人が待っていた。ほぼ事件の全貌《ぜんぼう》がわかっていた。

「よし、聞こう……」

「殺されましたのは越中屋の家族と使用人の十七人です。奪われた小判が帳簿から見て六千両あまりと判明、近頃ない多さでございます。この犯人は何んとしても捕らえなければなりません」

「うむ、十七人か？」

「はい……」

「六千両とは多いが、それを持って逃げるのも容易ではなかろう」

「はい、もしこの犯人に逃げられれば、奉行所の面目と幕府の威信に傷がつくことになります」

そうはいうが半左衛門には犯人の目途はついていない。

勘兵衛と同じように薄々例の女歌舞伎一座ではと思うが口にしない。痛恨の油断だったと半左衛門も思っている。こうなったらこれからどうするか勘兵衛の判断と指図を待つしかない。

「それで盗賊は何人ぐらいだ？」

「殺した人数と奪った金子から見て少なくとも十人以上と思われます」

藤九郎が答える。

「そんな人数で六千両を持って東海道筋を行くと思うか？」

「確かに目立ち過ぎるかと……」

「半左衛門、怪しまれないで東海道を行く方法はあるか？」

「それは……」

「お奉行、例の一座であれば？」

「気づいたか？」

宇三郎が勘兵衛のいいたいことを見抜いた。

京から来た小五郎一座はまだ東海道にいると勘兵衛はいいたいのだ。その考えに半左衛門も納得である。今ある手掛かりは小五郎だけだ。その女歌舞伎を追うしか今やれることはない。東海道なら追いやすいと半左衛門は思った。三、四日もあれば追いつけるはずだと思う。

「だが、その証拠がない。小五郎を追っていた六之助はどこだ？」

「今朝、事件のことを聞いたといって顔を出しましたが、慌ててどこかに行ってしまいましたが？」

　隠密廻りだから神出鬼没である。

「六之助が何か握っているかもしれないな」

「それではすぐ呼び戻して……」

「どこにいるかわかるまい。宇三郎、六之助と一緒に小屋を見張っていた益蔵と鬼七を探せ、あの二人も何か知っているかもしれない。急いでくれ！」

「承知いたしました」

　勘兵衛の手配が始まった。

　小五郎を追い詰めれば何かつかめると思う。

　なんの痕跡も残さない盗賊など考えられない。ごみのような小さな手掛かりでもよいのだ。そこを押し広げて行くのが北町奉行所のやり方だ。

「半左衛門、宇三郎と一緒に同心や捕り方を浅草方面に走らせろ！」

「はい！」

宇三郎と半左衛門が部屋から出て行った。

「お澄、茶をくれるか？」

「はい……」

勘兵衛が煙管を抜いて煙草《たばこ》を詰める。

「藤九郎、あの女一座を隠れ蓑にした盗賊ならどんな手を使う。あのように越中屋を皆殺しにして姿を消す手口だ。その後？」

「お奉行、そこだが奴らが本当に江戸を出たと聞きましたが？」

「一旦、出たが戻ってきたのではないかと？」

「うむ、仕事をするためにな。その可能性が高い……」

「一座が見張られていることに、気づいたということもあるかと思います」

「そうだな。それぐらいの警戒はしていたはずだ」

勘兵衛がうまそうに煙草を一服やった。

「やはり江戸を出たふりをして、男たちが戻ってきたのだと思います」

「すると船か？」

「はい、おそらくそういうことではないでしょうか、川崎湊あたりから……」

その川崎湊にはお葉がいる。お葉のことは勘兵衛以外誰も知らないことだ。

「うむ、六之助はいいところまで追い詰めていたことになるな？」

「はい、もう一歩のところまで……」

勘兵衛と藤九郎が事件の全貌をほぼ想像した。その考えは間違っていなかった。勘兵衛と奉行所一の剣客は冷静だった。盗賊たちがどう動いたかを考えて、次にどう動くかを見極める必要がある。

だが、その証拠がまだ何もない。勘兵衛がまた一服つけた。

「勝負は東海道だな？」

「はい、ただ、東海道から道を変えることもあるかと思います」

「甲州街道と中山道か？」

「はい……」

二人の勘は冴《さ》えていた。小五郎たちの動きを読み切っている。

だが、東海道、甲州街道、中山道までとなると、探索の範囲が途方もなく広がってしまう。そこを探し回るのは容易なことではない。それに街道の周辺には隠れるところなど数えきれないほどあった。

どのような人数でどのように追うかである。

その頃、黒川六之助は越中屋の事件を聞いて、八丁堀の役宅に戻って浪人の姿に変装すると、浅草に行き鶏太と舟に乗って深川村に向かった。六之助には最初に怪しいと睨んだ時の勘がある。この事件には納得のいかないことが多過ぎるのだ。その一つが深川村だった。

こうなったら残された手掛かりは益蔵から聞いた深川村の百姓家だと思う。

その家を知っているのは益蔵と鶏太だけだ。長七がその百姓家を訪ねたのはなぜか、その百姓家には誰がいるのか、それがわかればこの事件の手がかりになり解決すると六之助は考えて浅草に急いだ。

六之助も勘兵衛と同じように手を緩めて大失敗したと思っている。

品川宿まで追って行きながら追跡をあきらめた。怪しいと眼をつけたのだから、六郷橋を渡っても追ってみるべきだった。その油断が六之助は悔しくてたまらない。自分が眼を離したばかりに越中屋の十七人が殺された。

あの品川宿で追うのをあきらめなかったら、この事件は防げたと思うと怒りよりも情けなくなる。何年隠密廻りをやっているのだ。怪しい匂いを嗅ぎつけたらその匂いが消えるまで追わなければならない。それが鉄則ではないか。六之助が地団駄《じだんだ》を踏んでももう遅い。いち早く鶏太を捕まえて六之助は密かに深川村に入った。

浅草では益蔵と鬼七が呼び出され奉行所に向かっていた。

事態は急展開を見せようとしている。北町奉行所の内勤以外の与力や同心やご
用聞きが総出なのだ。吟味方の秋本彦三郎までが探索に出ようとしている。十七
人も殺されたのだから奉行所の誰もが怒り狂っていた。

益蔵と鬼七が奉行所に現れた。

この二人も六之助と一緒に女歌舞伎の一座が怪しいとにらんで見張っていた。

その二人が奉行所の奥の庭に回って勘兵衛と会った。

勘兵衛の傍には喜与、宇三郎、藤九郎、文左衛門、半左衛門、お澄たちが集ま
って来ている。どの顔も深刻な顔でかつてない緊張感に包まれていた。益蔵と鬼
七が庭に屈《かが》み込んで頭を下げる。

「益蔵、六之助がどこに行ったか心当たりはないか？」

「黒川の旦那とは昨日、品川宿で分かれてから会っておりません」

益蔵はそう答えたが今朝方、お千代の茶屋の前でチラッと見かけていた。

「日本橋の越中屋の事件は聞いているな？」

「はい、むごい皆殺しだと……」

「その越中屋の事件で、浅草の女一座と何か引っかかることはないか？」

「皆殺しとあの一座の繋《つな》がりでございますか？」

「鬼七、お前も考えてみろ……」

「はい……」

益蔵と鬼七が考え込んだ。怪しいと思って見張っていたのだが、急に何か引っかかることといわれても思い当たらない。二人は珍しく勘兵衛に呼ばれて緊張している。

浅草の女一座といわれても奴らは既に江戸にはいない。昨日、六郷橋まで追って行ったが何ごともなかった。そこで追跡をあきらめて浅草に戻ってきた。

「お奉行さま、昨日、一座が六郷橋を渡って行くのを見届けました。格別に変わったことはありませんでしたが……」

「そうか、越中屋のことはどこで聞いた？」

「はい、それは今朝早く鶏太が噂を聞き込んできて、その時、チラッと黒川の旦那を見かけたのですが。鶏太と話をしていましたから、あれ、そういえば鶏太の野郎どこに行ったものか？」

「鶏太がいないのか？」

「はい……」

「六之助と一緒ということはないか？」

「あッ！」

益蔵が重大なことに思い当たった。鬼七も驚いて益蔵をにらんだ。

「兄い、どうした？」

「鬼七よ、深川村だぜ！」

「深川？」

「お、お奉行さまッ、黒川の旦那と鶏太は深川村だと思います！」

「深川村がどうした？」

「昨日、浅草の一座が小屋掛けを取り壊している時、長七という男が舟で大川を下って深川村に行きました。黒川の旦那の命令であっしと鶏太がその舟を追いました」

「それだ。六之助はその深川村に眼をつけたのだ」

「お奉行さま！」

「益蔵、その深川村に何かあるぞ」

「はい、その長七が入った深川村の百姓家をあっしと鶏太が知っておりますので……」

「そうか、六之助と鶏太はそこに行ったのだ。間違いなかろう。その百姓家にいる者を奉行所に連れてきてくれないか？」

「はい、承知しました」

「宇三郎と藤九郎も行け、小五郎の子分かもしれない。油断するな！」

「はッ！」

「お奉行、同心も一緒に……」

「うむ、いいだろう」

半左衛門が立って行って宇三郎たちに同行する同心三人を選んだ。

勘兵衛と半左衛門は小五郎一味の尻尾をつかんだかと思う。深川村が事件解決の突破口《とっぱこう》になるかもしれない。どんな小さなことでも手掛かりが欲しい。奉行所から益蔵と鬼七、宇三郎と藤九郎に同心の村上金之助、松野喜平次、大場雪之丞たちが続々と飛び出して行った。

ところが入れ違いに鶏太が奉行所に飛び込んできた。

「どうした鶏太ッ！」

砂利敷に鶏太が転がった。

深川村から奉行所まで吹っ飛んできたのだ。

「水ッ、誰か水を持ってこいッ！」

半左衛門が叫ぶとそれが聞こえたのか勘兵衛が公事場に出てきた。

「鶏太！」

「お、お奉行さま……」

「水だッ、鶏太、飲めッ！」

倉田甚四郎が鶏太を落ち着かせようと水を飲ませる。ガブガブ飲んで鶏太が一息ついた。足の早い鶏太が大川を舟で渡って奉行所まで一気に走ってきた。

「お奉行さま、黒川さまが百姓家の一味を船橋《ふなばし》の方に追って行きました！」

「船橋？」

「はいッ、子分らしき男を二人連れています。女が一人です！」

「逃げたな。これで小五郎とつながった。だが、船橋とは東海道とは逆だ」

勘兵衛が考え込んだ。小五郎と合流するなら逃げる方角が逆だ。小五郎たちは東海道を西に逃げるのに船橋は東だ。海から品川辺りに船を使うかもしれないと思う。こうなったら両方を追うしかない。

「甚四郎、長兵衛ッ、すぐ追え、深川村の百姓家に向かえば宇三郎たちにまだ追いつける！」

「はッ！」

「鶏太、疲れているだろうが二人を案内しろ。六之助の後を追え！」

「はい！」

鶏太がよろっと立ち上がった。

「倉之助、お前も行け！」

「はい！」

四人が奉行所を飛び出して深川村に向かう。事態が急展開だ。

「深川村から逃げたのは小五郎の一味かもしれぬな」

「はい、慌てて逃げ出したのではないかと……」

勘兵衛は鶏太の話を聞いてこの事件は、京から来た小五郎の女歌舞伎一座の仕業だと確信する。日本橋の越中屋の事件の後に、深川の子分たちが逃げる算段をしたのだろう。

こうなったら逃がすものではない。

「追っているのが六之助だけでは……」

「うむ、逃げ出した中に女もいるというから逃がすことはなかろう」

ついに一味の尻尾をつかんだと思う。後はどうやって一網打尽にするかだ。

十七人も殺した凶賊を一人たりとも逃がさない。殺された者たちの恨みだ。その首を獄門台《ごくもんだい》に晒《さら》すしか供養の方法はない。怒りの気持ちが湧いてきた。賊を追って行った六之助と宇三郎たちがうまく繋ぎがとれるかだ。頼りになるのは足の速い鶏太だ。尻尾を手繰《たぐ》り寄せる勘兵衛の勘が冴えてきた。

東に逃げた一味は追うだけだ。勘兵衛の考えは西に向いている。

その頃、小五郎が率いる一座は藤沢宿にいたが、途中の戸塚宿で長七は一座と分かれ、子分五人と奪った小判三千五百両を持って八王子に向かった。

仕事が終わった時、その場で千五百両は、弥平の子分の五人の助っ人料として、一人頭三百両の勘定で亥助に渡した。千五百両なら弥平も文句はないはずだと思う。その半分ぐらいは弥平の懐に入るだろう。残りの千両は五百両ずつ子分に背負わせ小五郎が持っていた。

ところがその弥平が深川村から六之助に追われている。

第十二章　お歌《うた》

深川村の弥平の家に益蔵の案内で宇三郎たちが到着、わずかに遅れて鶏太が倉田甚四郎たちを連れて現れた。

百姓家に踏み込んだが既に弥平の家には誰もいない。

「望月さまッ、黒川の旦那は船橋の方へ向かいましたので……」

鶏太がそういって六之助が弥平と子分たちを追って行ったことを話す。

「よし、松明《たいまつ》を用意しよう。急いで船橋に向かうぞ！」

宇三郎、藤九郎、甚四郎、金之助、喜平次、長兵衛、倉之助、雪之丞、益蔵、鬼七、鶏太の十一人が六之助を追った。小五郎とのつながりが判明した以上、どこまでも追うしかない。それに女連れであれば必ず追いつける。

急ぎに急いで一行は船橋宿に向かう。

弥平は亥助から千五百両を受け取ると、小五郎の越中屋での皆殺しの仕事ぶりを聞き、このまま深川村にいては危ないと直感した。その手口はあまりにも残忍、残酷である。間違いなく神仏の怒りを買うだろう。

危険を察知したら家を捨てて逃げるしかない。

鬼の勘兵衛の怖さを弥平は知っている。そこで江戸には入らず深川村に家を構えて、用心に用心をして江戸の周辺で仕事をしてきたのだ。そんな苦労がここで吹き飛んでしまう。小五郎の仕出かしたことだから仕方ないが、しばらくの間は深川村や江戸には近づけない。

北町奉行の鬼が総力を挙げて探索するに違いないのだ。

日本橋の薬種問屋越中屋嘉右衛門の皆殺しとは、小五郎の置きみやげとしてはあまりにも大き過ぎる。弥平はすぐ逃げる決断をして支度し、深川村から姿を消すことにしたのだが半刻（約一時間）ほど逃げるのが遅れた。

駆けつけた隠密廻りの黒川六之助と鶏太に捕捉されてしまった。

この事件ではつきに見放されていた六之助だが、そのつきが戻ってきたようで辛うじて弥平の尻尾をつかんだ。だが、そのことに弥平はまったく気づいていない。鬼の勘兵衛といわれる男の恐ろしさは、針の穴のような手掛かりをグイグイ押し広げ、縄でも棒でも大木までも強引に通してくるところにある。

そんな勘兵衛が皆殺しの犯人を逃がすはずがないのだ。

その片棒を弥平は担いでしまったのだから早々に尻尾を巻くしかない。弥平は勘兵衛の手配りを見てきたのだから臆病なほど恐れている。

これまでどれだけの盗賊たちが捕まり処刑されたかしれない。

米津勘兵衛という名前を聞いただけで首筋が寒くなる。日に日に大きくなる江戸はその勘兵衛に守られているともいえるのだ。そんな江戸のど真ん中であろうことか、皆殺しというとんでもなく荒っぽい仕事をしては、たとえ上方から来た小五郎でも無事に済むとは考えられなかった。必ず勘兵衛に追われるだろう。

こういう時、盗賊にとって一番大切なのは逃げ足の速さである。脇目も振らずにただただ逃げるしかない。風を食らって逃げるというがそれが命拾いの方法なのだ。

どんなに小判をつかんでも捕まったら仕舞《しま》いだ。兎に角、勘兵衛の手の届かないところへ逃げるしかない。

弥平は助《すけ》っ人《と》に行った五人に二百両ずつを渡し、自分は残りの五百両の小判を背負って、お歌や亥助たちを連れて深川村から逃げた。

亥助から聞いた殺しの話のむごさにお歌が気持ち悪くなり吐きそうになる。

「もうこんなところにいたくないから……」

「よし、逃げよう！」

怯えたお歌の一言で逃亡が決まった。

子どもまで斬り殺した手口はあまりに残忍で、弥平には鬼の勘兵衛の怒りが見えるようだった。弥平は江戸で下城してくる勘兵衛を一度見たことがある。盗賊にとってその米津勘兵衛は天敵なのだ。

必ず奉行所の手が回ってくると思う。

小五郎に手を貸したのは間違いだったと思っても後の祭りだ。深川村から姿を消して一、二年くらいは物騒《ぶっそう》なところに近寄らない。

そう決心すると弥平は素早かった。家を捨てた。

だが、一瞬早く黒川六之助が深川村に駆けつけてきている。まさか見張られていたとは夢にも思っていない。弥平は六之助に追われることになった。こうなったら六之助は死んでも喰いついて離さない。六之助は越中屋の皆殺しは、長七から眼を離した自分の責任だと思っている。

何がなんでも小五郎と長七を追い詰めなければならない。

そのための唯一の手がかりが深川村の百姓家だった。そう思いついていち早く駆けつけたのは、なかなかの機転で弥平一味を見つけた。

お歌が温泉好きなので、弥平は一旦草津《くさつ》温泉に逃げて身を隠そうと考えている。

深川村から江戸に出て中山道を高崎《たかさき》宿《しゅく》まで行き、草津街道に入れば数日で草津温泉に行ける。それが通常の草津温泉に行く道だった。

だが、弥平は江戸に入るのを極端に嫌い逆に船橋へ向かう。小判二百両をもらった子分の三人は勝手に姿を消した。これだけの銭が手に入れば、しばらくは仕事をしないで遊んで暮らせる。

弥平は江戸に近づかず大きく迂回《うかい》して草津温泉に行こうと思う。

宇三郎たち十一人が何本も松明《たいまつ》を上げて、夜半前に船橋宿に入ったが六之助は現れない。宿場を探してもどこにもいなかった。賊を追った六之助がどこに行ったかわからなくなった。

女連れであれば賊はこの辺りで旅籠に入ったはずだとの見当だった。

「おかしいな、六之助がいないぞ?」

「先の大和田宿《おおわだじゆく》か?」

宇三郎、藤九郎、甚四郎の三与力が額《ひたい》を寄せて六之助の行き先を考える。

「女連れだ。そう遠くまでは行けないだろう」

「そうだな。成田《なりた》に向かったか、それとも海に出て木更津《きさらづ》、品川に向かうことも考えられる?」

「東に向かったのだから成田の可能性が一番高いと思う。だが、八幡宿《やわたしゅく》に戻って水戸《みと》、宇都宮《うつのみや》方面、大きく迂回して中山道に出て、上方ということも考えられないことではない。女を連れて海というのは……」

藤九郎は今考えられる可能性を披露《ひろう》した。

「今夜のうちに六之助を探さないと行方がわからなくなる。六之助が寝ないでいるなら、一人で追い続けるのは難しくなるぞ?」

「うむ、一人で遠くまで追うのは二、三日が限界だろう」

そう考えると甚四郎は今夜が勝負だと思う。何んとしても六之助を探さないと、道端で倒れるようなことになりかねない。

「よし、倉之助と雪之丞は大和田宿に向かえ、益蔵と鶏太は八幡宿に向かえ、おそらく六之助はどっちかにいる。宿場の道端に立って六之助は援軍を待っているはずだ。まだそう遠くには行っていない。六之助は必ずこの近くにいる。探せ。知らせが戻るまで他の者はここで待機する」

宇三郎は何がなんでも今夜中に六之助を探すことだと決めた。

間違いなく六之助は眠いのを我慢して、奉行所の援軍が来るのを待っているはずなのだ。それを見つけてやらなければならない。今夜を逃すと六之助を探せなくなると気持ちが焦《あせ》る。

何んとしても六之助を助けたい。

一人で追っていては六之助が間違いなく路傍《ろぼう》で倒れる。賊を一人で追跡することはそれほど難しい。寝ずに食うや食わずになったら命さえ危ない。

それに追っている敵を見失ったら一人では見つけられなくなる。

追跡に気づかれたら間違いなく殺されるだろう。状況は良くない。いずれにしろ今夜中に六之助を探さないと危険だ。

「では行ってきます」

林倉之助と大場雪之丞が闇に消え、益蔵と鶏太も闇に溶け込んでいった。

「寒くないように火を焚《た》け、今夜は寝られないぞ。温かくしてそれぞれが好き勝手に仮眠を取ろう」

そういうと倉田甚四郎が腰の刀を鞘《さや》ごと抜いて焚火《たきび》の傍に座った。

海からの風がまだ冷たい。

その寒さを吹き飛ばすように焚火が燃えて、適当な場所で寒くないようにして仮眠を取り出した。四半刻でも仮眠を取ることが大切だ。寒さは容赦《ようしゃ》なく体力と気力を奪う。

それにこういう戦いは寝ないと、勘が鈍《にぶ》って考えがまとまらなくなる。どこに行くかわからない者たちを追い、捕らえるのだから、少しでも寝ないと歩いている体が重くなってしまう。宇三郎は六之助が近くにいると信じている。藤九郎も同じだった。こういう時はじたばたしても駄目だ。辛抱《しんぼう》して知らせを待つことも大切である。

与力や同心は日頃の経験でそれをわかっていた。疲れている者は大いびきですぐ寝てしまう。どこでも眠れる者となかなか眠れない者とでは疲れ方がまるで違う。

パチパチと火が弾《はじ》けて勢い良く燃えている。

このような時に知らせを待つのは長い。宇三郎たちは横にならず座って刀を抱えたまま寝ていた。わずかでも寝られる時に寝ておくことだ。

夜半過ぎ、藤九郎が太刀を握って立ち上がった。

かすかに足音が聞こえたと思った。音のした方をにらんでいると、闇の中からヌッと鶏太が現れた。

「いたのか？」

「はい、黒川の旦那が八幡宿にいました」

「そうか、やはり道を戻って八幡宿だったか？」

「旅籠に入らず道に立っておりました。旦那はずいぶんお疲れのようで……」

二人の気配に宇三郎が目を覚まし甚四郎も目を覚ました。同心たちも続々と目を覚まして無言で出かける支度を始める。六之助を助けないと危ないとわかっていた。その六之助が見つかったと聞いて一安心だ。

「わしがここに残る」

「そうか、奴らが旅籠から出てきたところを捕らえることにしよう。踏み込んで暗いところで戦うと逃げられる。間違いも起きかねない」

「うむ、間もなく戻ってくるだろうから、夜明けに間に合うよう行けるだろう」

藤九郎は焚火の傍に残って、倉之助と雪之丞が大和田宿から戻ってくるのを待つことにした。宇三郎たちが松明を持って出立すると、藤九郎は足で土をかけて焚火を消してしまう。白い煙が霧のように立ち昇る。

早朝は冷えるが火は危ない。近くの百姓家にでも燃え移っては迷惑をかける。

煙の傍に立っていると四半刻ほどで倉之助と雪之丞が戻ってきた。

「ご苦労、六之助は八幡宿だった」

「やはり八幡宿ですか？」

「そうだ。みんな先に行った。急ごう！」

三人が小走りで八幡宿に向かった。おそらく夜明け前に戦いが始まりそうだ。

江戸から少しでも遠くに離れたい弥平は、早立ちでまだ暗いうちに八幡宿の旅籠から出てきた。だが弥平の逃亡はここまでだった。

「北町奉行所の者だ。神妙にいたせッ！」

黒川六之助が旅籠から出てきた弥平に道端で声をかける。

その後ろに宇三郎と甚四郎が立っている。弥平は短めの脇差《わきざし》を差していた。

この頃、幕府は一尺八寸（約五四センチ）以内の短い刃物であれば、匕首や小脇差、中脇差などまでなら護身用として携帯を認めている。まだ戦国乱世の名残りが色濃く残っていた。

「それを抜けばうぬを斬るぞ。北町奉行所をなめるんじゃねえ！」

追ってきた六之助が弥平に凄《すご》んだ。北町奉行所と聞いてはいかんともしがたい。弥平は脇差の柄を握ったまま手が震えて抜けない。六之助と弥平がにらみ合うと、お歌が旅籠の軒下に逃げた。そこに遅れて子分が出てきた。

「お、お頭！」

「騒ぐな！」

六之助が叱りつける。

亥助は草鞋《わらじ》を履きながら外の騒ぎに気づいて、旅籠の裏口からこっそり抜け出すと林の中に逃げて身を隠した。

こういう逃げ足の速い男がいるものだ。それに六之助も宇三郎も気づいていない。

弥平の子分が匕首を抜いて暴れたが、同心に囲まれていてどんなに暴れても逃げられない。

「斬るなッ！」

甚四郎が斬らずに捕縛するよう命じた。

本宮長兵衛が刀を抜くと峰《みね》に返して詰め寄る。

「斬らないが峰打ちでも相当に痛いぞ。歩けなくなるから足は折らないが、腕や肩、あばらは遠慮なく折るからな、覚悟しろ！」

匕首を抜いた子分が軒下まで追い詰められた。

「どうした。怯えたか、それとも痛いのが嫌か臆病者、うぬらに殺された者の無念を知れ！」

長兵衛がニヤリと顔を引きつらせて笑い挑発する。

叩き斬りたいぐらい相当腹が立っていた。十七人を皆殺しにした盗賊の一味だ。

「その匕首はなまくらか、突いてこないかい。腰抜け！」

剣客《けんかく》は匕首の二本や三本は刃物のうちに入らない。本宮長兵衛はこんな連中なら五人や十人は一瞬で倒す力を持っている。軒下に追い詰められて子分が匕首をポイと投げ捨てた。長兵衛の威嚇《いかく》が子分を震え上がらせた。

「おい、腰の物をもらおうか？」

甚四郎がおとなしい弥平から脇差を取り上げる。

「神妙だな。名は？」

弥平は甚四郎をにらんで答えない。

「そこの女から聞いてもいいんだぜ……」

「汚ねえ！」

「ほう、そういうお前はきれいなのか。北町奉行所は悪党には汚いことでも何んでもするんだぞ。いいたくなければそれでもいいが、拷問にかければお前の女も子分も全部喋るだろうよ。キリキリ縛り上げろッ！」

大男の鬼七が弥平をにらみつけて縛り上げた。

「女、お前の亭主か？」

「あたしゃ何も知りませんよ。悪いこともしていないんだから……」

「そんなことは奉行所で調べればわかる。亭主かと聞いているのだ。答えろ！」

「知らないよ。あたしゃ京の島原大門から買われて来たんだ。何んにも知らないんだから縛らないでおくれよ、お願いだからさ……」

「逃げないか？」

「うん、逃げない」

「名は？」

「歌《うた》……」

「神妙だな。この男の名は？」

「弥平……」

「夫婦か？」

お歌が首を振って夫婦ではないという。

「この尼《あま》が！」

「だってそうじゃないか、お前さんは女房にしてくれたのかい？」

「うるせいッ！」

「ふん……」

お歌が鼻を振って弥平とは別だという態度に出た。夫婦喧嘩《げんか》をしても助かりたいようだ。この女ならなんでも喋ると宇三郎は思う。

「縛らなくてもいいだろう？」

「わかりました……」

甚四郎が同意してお歌は縛られないことになった。宇三郎の温情だ。

「旦那、いい人だね？」

お歌が宇三郎にすり寄ってくる。

「お歌、奉行所をなめるんじゃないよ。いつも女に甘くすると思うな」

「そんな怖いことといわないで、あたしがなんとか京に戻れるようにしてくださいな。お願いだからさ、ね？」

「それはお奉行が決めることだ。わしではない！」

「そんなことといって薄情なんだもの……」

宇三郎はお歌に絡《から》みつかれて厄介だ。そのお歌も生き延びるために必死だ。宇三郎が冷たくすると甚四郎にすり寄って行く。何んとも困った女だ。京に戻りたい。助かるためなら何んでもするつもりなのだろう。

三人を捕縛して藤九郎たちが追いつくのを待っている。

その頃、六之助は弥平の子分が逃げたことに気づいて、慌てて旅籠の周辺を探し始めていた。三人の捕縛では一人足りないのだ。

「益蔵、ここから新宿《にいじゅく》へ行って千住《せんじゅ》に出た方が近いか？」

「はい、大川の渡しがないので早いかと思いますが、もっと近いのは駒形《こまがた》の渡《わた》しに出て浅草というのがいいかと？」

「浅草か、それはいいな……」

「鶏太、駒形の渡しだ。先に行って舟を待たせておけ！」

「へい！」

まだ薄暗い道を鶏太が走って行った。そこに藤九郎たちが追いついてきた。海の方から夜が明け始めている。

「三人を捕らえたが、六之助の話だと子分が一人逃げたようだ」

「子分が？」

「道で見かけなかったか？」

「見なかった。船橋方面に逃げたのか？」

「いや、それはわからない」

「何人か残ってこの辺りを探した方がいいのではないか？」

「見つかると思うか？」

「それはわからないが逃げたとわかっているなら探そう。このあたりをウロウロしているとは思えないが……」

「よし！」

逃げてしまったとは思うが宇三郎が決心すると、藤九郎は逃げた男の顔を知っている六之助と益蔵、金之助、倉之助、雪之丞、の五人を八幡宿に残した。逃げられた者を探すのは難しいが、探さないで放置することはできない。

探索して見つけられなければそれは仕方のないことだ。

藤九郎たちは陽《ひ》が落ちるまでの約束で一斉に散り、宇三郎たちは弥平一味を連れて奉行所に向かった。お歌が宇三郎に甘えてだらだらと歩く。

その頃、旅籠から逃げた亥助は隠れていた林を抜けると、来た道を船橋宿に戻るため一目散に海へ向かって逃げていた。こういう時は後ろを振り返らずに、危機から脱するまで逃げることだと思う。弥平とお歌と仲間一人が捕まったことは仕方がない。なぜ追われたかも見当がつかない。

役人が北町奉行所と名乗ったのを聞いたと思う。

弥平が恐れていた勘兵衛の配下が追ってきたことになる。

逃げながら亥助は小五郎一座を追うことを考えていた。弥平が捕らえられてしまい亥助が逃げ込むところはそこしかない。京まで小五郎を追って行くしかない。小五郎たちと合流するのは危険なように思うが、いくら鬼の北町奉行でも京まで追ってくることはないだろうと思う。いざとなれば西国へ逃げてもいい。不自由しないだけの小判はズシッと背中にある。

亥助は走って船橋宿まで戻ると浜に出て品川宿まで行ってくれる船を探す。

「おい、品川宿まで行ってくれないか？」

「品川だと、これから木更津に行くんだ。向こうの船に頼んでみろ……」

朝の船はみな忙しい。行き場所が決まっている。

「おい、急ぎの仕事なんだ。品川宿まで酒代をはずむから行ってくれるか？」

「品川か、これからだと帰りは夜だな。一日仕事になる」

「行ってくれるならこれでどうだ」

「金か？」

「うむ、一両小判だ。行ってくれ頼む……」

「一両、よし、行こう」

酒飲みの船頭は酒代をはずまれると弱い。

ましてや小判を拝まされては二つ返事で船を出すことになった。

船頭は亥助の弾んだ酒代を気に入って、急いで船に亥助を乗せると勢いよく品川湊に向かう。その亥助が追いつこうという小五郎の一座は、早立ちで藤沢宿から小田原宿に向かっていた。

海に出てしまえば追われる心配はないと、亥助の緊張が一気に解けてしまう。二百両も背負っているのだから、上方に逃げて派手に遊んでも銭の心配はない。気の毒だが捕まった頭の弥平は不運だと思う。

その頃、一座を率いた小五郎は仕事がうまく行って気分は上々、まさか北町奉行所の探索が弥平に迫り、自分にまで迫ってくるとは夢にも考えていない。

手掛かりは残していないのだから、どんなに奉行所が急いでも越中屋の事件で、自分に捕縛の手が伸びてくるのはまだ先のことだと思う。その間にドロンして姿を消せるはずだ。

それほど小五郎は長七の策を信頼していた。

万一のことを考えて東海道から離れ、身延山の温泉で一座を解散し、てんでんばらばらに京へ戻ることにいくら北町の鬼でも気づくまい。逃げて逃げてその鬼から逃げ切って見せる。

まさか、いくら江戸の北町奉行所でも京や西国まで追ってくるとは思えない。浅草の小屋掛けが怪しいと奉行所が気づいた時には、さっさと逃げて京にいるという寸法だ。小五郎は上方が駄目なら西国でも九州までも逃げるつもりだ。

だが、そこが小五郎の甘いところだった。

北町奉行所は着々と手掛かりをつかんで、小五郎たちを確実に追い詰めるつもりなのだ。越中屋を皆殺しにした犯人の姿が勘兵衛にはもう見えている。女歌舞伎を隠れ蓑にした小五郎の手口がはっきり浮かんできていた。その勘兵衛の怖さをよく知らない小五郎はなめていたともいえる。

八幡宿で捕らえられた弥平は早々に奉行所の牢《ろう》に入れられた。

お歌はポツンと一人だけ女牢に入れられ、宇三郎を呼んでくれといって牢番を困らせる。そんなお歌に好かれた宇三郎は大いに迷惑だ。

結局、藤九郎たちは亥助に逃げられた。

その藤九郎たちは夜半に疲れ切って奉行所に戻ってきた。八面六臂《はちめんろっぴ》の活躍をした黒川六之助は、同心部屋に転がってそのまま寝てしまう。すっかり浪人姿が板についたようだ。北町奉行所に薄汚い浪人が一人いるという風情だ。兎に角疲れた。何がどうなっているのか頭が働かない。

倉之助も雪之丞も八丁堀の役宅に帰る元気が出ない。二日間休みなく走っていたように思う。走ったといえば鶏太だ。足の速い鶏太は使い勝手がいいのである。それに鶏太は根っから走るのが好きだ。世の中にはそういう吹っ飛んで走るのが大好きという人がいる。その鶏太は浅草のお千代の茶屋でひっくり返っていた。東奔西走《とうほんせいそう》とは鶏太のことだ。

翌朝から弥平と子分の拷問が始まった。

お歌は拷問にかけるまでもなく、半左衛門に取り調べられるとペラペラ喋る。時々、宇三郎に会いたいという。宇三郎にすがりついてなんとか助かりたい。何んとしても無事に京へ戻りたい。死罪や遠島は嫌だ。

「お歌、お前は京の島原大門から連れて来られたといったそうだな？」

「はい、望月さまにそのように申し上げました」

「奉行所に力を貸せばお奉行にはお慈悲がある。わかっているか？」

「はい、わかっておりますから何んでもお答えいたします」

「うむ、なかなか神妙である。それでは聞こう。女歌舞伎の長七はなんで弥平に会いに行ったんだ？」

「それは、助っ人を頼みにきたのです」

「ほう、それで弥平が子分を貸したのか？」

「はい、五人……」

「八幡宿から逃げたのは誰だ？」

「小五郎の仕事に助っ人に行った亥助という小頭です」

「その亥助から越中屋の皆殺しを聞いたのだな？」

「はい、それがとんでもなくひどい殺しだったそうで、それを聞いて気持ちが悪くなり逃げることにしたのです」

「どこに？」

「草津温泉です……」

お歌は半左衛門に聞かれたことにすべて答える。

「望月さまに会えませんか？」

などというが半左衛門は取り合わない。

　時々、牢屋から拷問の悲鳴が聞こえてきた。吟味方の彦三郎が早くも弥平に拷問を始めたのだ。その声を聴いてお歌は手が震え怯えている。

「旦那、あたしは殺されないですよね？」

　拷問の悲鳴にお歌は震え上がった。拷問されるのは嫌だし殺されるのはもっと嫌だ。何んとしても京に帰りたい。

「あたしは悪いことなど何もしていないのだから……」

「死にたくないか？」

「はい、お慈悲をお願いいたします」

「わしはそうしてやりたいが、それはお奉行が決めることだ」

「そのお奉行さまって怖いんでしょ？」

「ああ、泣く子も黙る鬼といわれているな」

「そんなに？」

「お前は無罪だというのだな？」

「うん、あの泥棒からいくらか小判はもらったが、人のものは盗ったことがないんだから、磔や島流しになるのは嫌だよ。旦那、その鬼のお奉行さまに頼んでもらえないだろうかね。お歌は悪い女じゃないってさ？」

「殺さないでくれと頼むのか？」

「駄目かい。京に帰ったらおとなしく暮らすからさ、お願いだよ。殺されるような悪いことは何もしていないんだ。これっぽっちも……」

「そうか、神妙にすれば考えてもいいぞ」

「本当だね？」

「小五郎のことを聞きたい」

「知っていることなら何んでもお答えいたします」

すっかり観念したお歌は知る限りのことをすべて半左衛門に話した。そのお歌の話を拷問で弥平と子分が喋った内容と付け合わせる。

嘘だとわかると拷問がいっそう厳しくなるのだ。いつものことながら彦三郎の拷問は容赦しない。

その結果、日本橋越中屋嘉右衛門の事件は小五郎の犯行で固まった。

勘兵衛は取り調べの中身を半左衛門から詳細に聞きすべて納得する。これで凶賊の小五郎をどこまでも追うことができる。

勘兵衛の怒りは半端ではなかった。

江戸城の傍の日本橋で十七人も皆殺しにしたのだ。幕府の威信にかけてもそんな盗賊を生かしてはおけない。その凶賊を追う北町奉行所の仕事は手際よく早い。

その頃、小五郎一座は箱根山を越えてまだ三島宿《みしまじゅく》にいた。

第十三章　春の嵐

勘兵衛は凶賊小五郎一味を追うのに、いつものように藤九郎を選んだ。

北町奉行所一の剣客だ。

その藤九郎を援護するのが、与力の倉田甚四郎と同心の本宮長兵衛である。この三人を倒せるような剣の使い手はそういない。藤九郎は居合《いあい》の達人で倉田と本宮は柳生新陰流《やぎゅうしんかげりゅう》の剣士だ。

そこに隠密廻《おんみつまわ》りの黒川六之助が名乗り出た。

六之助は小五郎一味を最初に怪しいとにらんだが、長七の罠《わな》にかかって品川宿まで追い詰めておきながら、江戸での仕事を許してしまい越中屋が皆殺しにされた。痛恨の大失敗をしてしまったと思っている。

その悔しさを六之助は忘れられない。

「長野さま、なにとぞ、追手にそれがしを加えてくださるようお願い申し上げます」

「うむ、悔しいな。そなたの気持ちはわかる。お奉行に申し上げてみるから……」

何んとしても小五郎と長七を自分の手で捕縛したい。それで六之助は追跡隊に入れて欲しいと願い出た。このところ小五郎と長七のことを考えると夜も眠れない。弥平を捕まえたぐらいでは納得がいかない。

当然のことだ。首魁《しゅかい》の小五郎がどこかに生きていると思うだけで胸糞《むなくそ》が悪い。女歌舞伎とまだ東海道にいるはずだと思う。小五郎の顔もわかっているし、今からでも追えば逃げられることはないだろう。捕まえてあの首を獄門台に並べてやる。女たちを隠れ蓑《みの》にするなどふてえ野郎だ。

勘兵衛は六之助の願いを聞き入れて追手を四人で編成する。

「女歌舞伎の一座は必ず東海道にいるはずだ。女たちを連れているのだから京まで行くにはまだ十日ほどはかかる。必ず追いつける。一座の女芸人たちは隠れ蓑に使われただけだろうから構うな。小五郎と長七などの男は必ず捕らえて京の所司代に引き渡せ。大井川《おおいがわ》の手前で捕らえたら江戸まで引きずってこい。もし、一味に浪人がいたら切り捨ててよいぞ」

勘兵衛の命令が出てすぐ支度にかかり、翌朝、まだ暗いうちに藤九郎一行は奉行所を出て京に向かった。

追いつくのは尾張《おわり》か伊勢《いせ》のあたりかと思う。

女歌舞伎の大所帯が東海道上にいるのだから見逃すはずがない。

その頃、小五郎一座は三島宿から興津宿《おきつしゆく》に向かっていた。興津宿が身延山に向かう追分だった。この追分から身延の下部《しもべ》温泉に行くのが長七の考えた策だ。その温泉で女歌舞伎の一座は溶けてなくなる。

長七はなかなかの策士だった。一座が街道から消えることを考えている。

八幡宿から逃げた亥助は品川湊に上がって、夜昼なく駕籠《かご》に乗ったり馬に乗り換え急ぎに急いでいた。

その亥助が一座にかなり追いついてきていた。

一方の藤九郎たちは一日十里以上歩こうと急いでいる。だが、あまり無理をすると足を壊し歩けない者が出ることになりかねない。与力、同心は見廻りで歩くのには慣れているが、盗賊を追う長旅は見廻りとは違う。

急ぎ旅はそこが難しい。

馬で追うことも考えたが、自在に動くには徒歩の方がいい。

いざとなれば街道の駕籠や馬を乗り継げばいいのだ。急ぎ過ぎて一味の足跡を見落とさないことだ。小五郎が一座から離れてどこに隠れるかわからない。そういうことが充分にあり得ると思う。

歌舞伎一座のままであれば大勢の女を連れているのだから、小五郎たちは身軽には動けないはずだと思う。どこかで小屋掛けしているとも思えない。京に向かう女たちが物見遊山《ものみゆさん》のつもりで旅をしていれば、大井川を過ぎた遠江《とおとうみ》か三河あたりで追いつけるかもしれない。

藤九郎はそんな目算を立てている。

鈴鹿《すずか》の山や湖東のあたりで隠れたり、京に着いてしまうと厄介《やっかい》なことになりかねない。

その小五郎一座が吉原宿《よしわらしゅく》から蒲原宿《かんばらしゅく》に向かう途中で、駕籠に乗って急いできた亥助に追いつかれた。

それを見て小五郎は弥平の異変を感じ取った。

疲れている亥助は駕籠を止めずそのまま追い越すと、四、五町先の蒲原宿まで行って一座の到着を宿場の入り口で待った。

小五郎を始め一座の中には、何人も顔見知りの男がいたが、女たちを警戒して声をかけずに通り過ぎた。その亥助を見て小五郎は弥平が捕まったのではと直感する。それ以外に亥助が東海道を追ってくるとは考えにくい。ということは役人も追ってくるということだろう。そう思ったが小五郎は顔色を変えず平然としている。兎《と》に角《かく》、東海道からそれて早く身延に逃げ込むことだ。

亥助は女たちが一座の正体を知らないことを聞いていた。

賑《にぎ》やかな小五郎一座がぞろぞろと旅籠《はたご》に入ると、その騒ぎが収まるのを待ってから亥助が隣の旅籠に上がった。女たちは大きな旅籠だが入り切れずに、こぼれた男たちが亥助のいる隣の旅籠へ上がることになった。その中に小五郎がいる。

こういう時は細心の用心が必要だ。

夕餉《ゆうげ》を取ってから小五郎の部屋に挨拶に行くと、その小五郎は人払いをして一人で亥助が現れるのを待っていた。何が起きたのか他の者には聞かせたくない。

亥助は音もなく部屋に入ると小五郎の前に座った。

「急なことだな。なにかあったのか？」

「へい、お頭の弥平が北町奉行所に捕らえられました」

「なんだと？」

「日本橋の仕事の後、急いで深川村に戻ったのですが、頭はしばらく江戸を離れた方がいいだろうと、急遽《きゆうきょ》、草津温泉に逃げて一年ばかり姿を消すことにしたのですが、既に奉行所の手が回っていて途中で捕まりました」

「くそッ！」

「小五郎お頭も見張られているのではないかと急いで追ってきました」

「知らせてくれてありがとうよ。こっちはまだ見張られている気配はないが、油断なく警戒しないと駄目だな？」

「はい、長七さんがいないようですが？」

「うむ、二手に分かれた。身延山で合流するつもりだ。そこで一座を解散することにしているのだ」

小五郎が亥助に計画を簡単に話した。

「それはようございます。東海道から消えれば追手の目を晦《くら》ますことができますから……」

「どうだ。一緒に京まで行くか？」

「よろしいので？」

「構わない。行くところがないのだろう？」

「そうなんで、北町奉行所の役人に顔を見られましたから……」

「わしも浅草で顔を見られただろうな?」

「おそらくは……」

「仕方ない。今日はここ蒲原宿に泊まって、明日は興津宿から身延山に入る。しばらくどこかに身を潜めるのもいいし、中山道に道を変えて上方に向かうのもよかろう?」

「へい……」

「京まで一緒に行こう。こうなったらどこまでも逃げ切るしかないぞ」

亥助は小五郎と行動を共にすることになった。

その小五郎は北町奉行所の鬼の恐ろしさを知った。あまりにも手の回りが速すぎる。

弥平が捕縛されたということは、間違いなく越中屋の犯行が誰の仕事かわかったはずだ。小五郎は北町奉行米津勘兵衛の追跡の手から、何がなんでも逃げなければならない。捕まってたまるか。

こうなると身延山で一座を解散して逃げる、と考えた長七を小五郎はさすがだと思う。

亥助を仲間に入れて小五郎は男衆を集めると、旅籠の周辺を警戒するよう見廻りを決めた。どこかに怪しい動きでも見つかれば、即座に一座を捨てて小五郎は一人で逃亡する。あたりに不審な者がいないか、もしそんな気配があれば逃げるしかない。

そんな緊張した夜を過ごす小五郎は、江戸で仕事をしたことを少し後悔した。やはり弥平が恐れていたように、北町奉行というのは噂《うわさ》以上の鬼だ。その奉行の力を見損じたと思う。だが、やってしまったことだ。皆殺しの凶悪犯なのだからどこまでも逃げ切るしかない。必ず逃げ切れると思う。

翌早朝、まだ暗いうちに蒲原宿を出た小五郎と亥助一行は、警戒しながら由比《ゆい》宿《しゅく》、興津宿と三里十二町（約一三・三キロ）を歩いて、身延街道こと駿州往還《すんしゅうおうかん》に道を変えた。周辺にまだおかしな気配はなかった。予定通り身延の下部温泉で長七と合流する。そこで一座が溶けてしまえば役人は追うに追えないだろう。

東海道を離れても小五郎は追われていないか後ろを警戒する。

昨夜からの警戒では見張られている気配は感じられない。北町奉行所の手が身近に迫っているとはまだ思えなかった。弥平が捕縛され拷問ですべて白状しても、追手が来るのはまだ数日先だと思う。

身延街道に道を変えたことでまずはひと安心だ。

小五郎一座を追う藤九郎たち四人は、八幡宿から逃げた亥助が一座と合流しているとはまったく思っていない。東海道から道を変えたとも考えていなかった。藤九郎は一座が東海道上にまだいるものとばかり思っている。四人は歩き疲れると馬に乗ったり、山駕籠に乗ったり急ぎに急いで小五郎を追っていた。

勘兵衛も越中屋事件の全貌が判明したことで、老中土井利勝に事件の真相を説明して、場合によっては京都所司代にも協力を依頼する旨を報告する。老中は勘兵衛の話に納得である。さすがに勘兵衛の仕事は早い。凶悪な首魁の首にもう手が届きそうだ。

十七人も殺した一味は必ず追い詰める。

その正体がはっきり見えた。

土井利勝は女歌舞伎の一座が、凶悪な犯行の隠れ蓑になったと聞いて不快感をあらわにした。だが、今すぐどうこうすることはできない。江戸のことはまず勘兵衛と南町の平四郎が考えることだ。老中の決断はその後のこと。

「風紀の乱れは混乱を招きかねない」

「はッ！」

「このようなことが二度とないようにすることだ」

老中は事態を重く考えていて勘兵衛は珍しく叱られた。だが、すでにそれらの犯人を捕縛する藤九郎たちを放っている。そう遠くなく決着がつくはずだ。もう小五郎は勘兵衛の手の中にあると同じである。

「その凶悪犯を必ず捕らえてもらいたい」

「はい、承知いたしました」

このような犯人を取り逃がすと、幕府の威信に傷がつきかねないと、老中たちはそういうことを一番嫌うのだ。今この国を支えているのは権現《ごんげん》さまの権威だけなのだ。あえていうなら旗本八万騎《はたもとはちまんき》も権現さま亡き後どこまで当てになるか。土井利勝は自分たちの無力をよくわかっていた。

勘兵衛ももちろん幕府の脆弱《ぜいじゃく》さをわかっている。

この頃、京の所司代板倉勝重《いたくらかつしげ》は七十五歳の高齢になり、息子の板倉重宗《しげむね》へこの前年の元和六年（一六二〇）に交代している。勘兵衛はその板倉重宗に老中土井利勝の書いた、越中屋事件への協力を依頼する書状を発した。早馬《はやうま》が京に向かう。

この事件の根は京にある。

最終的な決着は京になるかもしれないと勘兵衛の勘が働いた。

そんな奉行所の手が身近に迫りつつあるとは知らず、小五郎たちは身延の下部温泉にいた。ここで一座は溶けてなくなる。

女たちと違い足早で先に来ている浪人たちとも合流した。

仕事の分け前をここでもらうのだから浪人たちも上機嫌だ。数日前から飲んだり食ったり温泉に入ったりで大騒ぎをしている。お足を使い果たしても心配ないということだからおもしろい。身も心も頭の髷《まげ》までも湯でふやけている。

ここは武田信玄《たけだしんげん》が川中島《かわなかじま》で上杉謙信《うえすぎけんしん》と戦い、作戦を誤って大激戦となり八幡原《はちまんばら》で両雄が激突、信玄が謙信の剣を肩に受けて負傷し、その傷をこの温泉で養生《ようじょう》したという伝説の温泉だった。

後に信玄の隠し湯などといわれるようになる。

小五郎が到着した翌日に小判を持った長七一行が合流してきた。

その頃、一足先に江戸を発《た》った身重《みおも》の小清と助六と子分は京に向かい、のんびり旅で尾張の宮宿にいて船で桑名《くわな》へ渡ろうとしていた。

身延の下部温泉では女たちが大喜びで湯に浸かって騒いでいる。

古くは日蓮上人《にちれんしょうにん》が湯治《とうじ》をし、武田信玄や徳川家康も湯治をした湯で、開湯は承和《じょうわ》三年（八三六）というから遥か昔になる。温《ぬる》めの湯でじっくり長く入れば効能抜群《ばつぐん》という。

「長七、亥助から話を聞いたか？」

「聞きました。弥平さんとお歌さんが捕らえられたと……」

「うむ、さすが北町だ。手回しが早い。噂以上だ」

「はい、油断のできない奉行です。今頃は追手が箱根山を越えているかもしれません」

「うむ、そこで今夜、みんなに金を配る。男たちには半金だけにして京で残りを渡すことにする。派手に散財されては足がつくからな」

「はい、半金でも多いくらいでは？」

「半金ぐらいは渡さないと不満が出る。それで長七、わしは今夜中にここを発って甲府《こうふ》に向かうことにする」

「中山道へ？」

「そうだ。下諏訪《しもすわ》に出る。亥助の他に何人か連れて先に上松宿《あげまつしゆく》へ行って待っている。お前は明日、一座を解散して残りの小判を持って追ってこい……」

「わかりました」

早速、小五郎は女たちから一人ずつ部屋に呼び入れて、金を配りながらこの温泉で一座を解散すること、遊びながらでいいから男衆と二、三人ずつで京に戻ること、お互いにつなぎを取って京の小屋に集まることなどを約束させた。女たちはみな早く京に帰りたがっている。

「いいか、その小判は京に行ってから使え。旅の旅籠では出すな。見せびらかして小判を持っているとわかると胡麻《ご ま》の蠅《はえ》に狙われる。京へ帰る道は東海道もいいがのんびり中山道を行くのもいいだろう。少し遠回りだが楽しみながら行けば、いい旅になる。東海道のように川止めはないからな」

「親方、ありがとう……」

「好き勝手にしていいが、京に戻ったらすってんてんというのは困るぞ」

「それは男衆で、女はしっかり者だから心配ないですよ」

「そうか……」

小判をもらえば誰もが上機嫌だ。男衆にも配られた。

「ここではまず半金を渡す。女たちを守って京に戻れ、残りは京に戻ってからだ。小判を手にすると使わないでいられない者がいるからな。お前もそうだろう?」

「親方、あっしは京に女房と子がいますんで、使いたくても派手には使えないのでござんすよ」

「おう、お前はそうだったな。それなら少しだが女房と子どもの分を、気持ちだけ上乗せしておくから……」

十七人を皆殺しにした凶賊の頭《かしら》とは思えないやさしさだ。

「ありがとうござんす」

「京にいくまで酒は飲むな、女は買うな、絶対に羽目を外さないようにしろ、油断すると旅籠には枕探しが出るぞ」

「へい、あっしは酒さえ飲まなければ心配ねえです」

「そうだな。間違いなく女房に小判を持って行け、首を長くして待っているだろうよ」

小五郎は血も涙もない極悪非道な凶悪犯だが、なぜか自分の身うちにだけはこのようにやさしかった。盗賊にはこのような二面性を持っている者が少なくない。人殺しをする時だけは興奮して人が変わるのだ。小五郎も仕事の時は残忍さがむき出しになる。わかっているが本人はそれを止められない。血が逆流するのは不治の病だと思っている。

次々と部屋に呼び入れて小判を渡した。

男衆も女衆も大満足で気の合う者同士が呼び合って、仲間を作り早い者は翌早朝から宿を出るための支度を始めた。

そんな中で小五郎は浪人一人と、亥助と子分一人を連れて四人で宿を出た。

小判を配ってしまえば長居は無用だ。弥平が捕縛されたとわかっているのだから、江戸の北町奉行所の役人に追われていることは確実だ。こういう時は何も考えず一目散に逃げるだけだ。

小判をもらうと一味は素早く温泉宿から姿を消し始める。

そのすぐ後、小判を懐に入れた小僧が一人、頬かぶりをして尻っぱしょりで密《ひそ》かに宿を出て闇の中に消えた。小僧は小五郎たちとは逆に来た道を戻り始めた。

東海道に出ようというのだ。

小五郎と合流した長七は忙しい。最後まで残って女歌舞伎一座が溶けたのを確認する。

寝ることもできずに一座の世話をして、散り散りになって決して一塊《ひとかたまり》にならないように指図する。連れだったもの以外は他人のふりでそれぞれが京に向かう。街道上にそういう女連れの旅人は多くはないが毎日何組かいる。その中に紛れ込むのだ。男たちは盗賊なのだから充分に警戒している。

身延街道を戻ってきた小僧が興津宿で足を東に向けた。

迷うことなく江戸に行こうと歩き出した。その懐には親方から分け前としてもらった小判五十五両が巾着に入って首から吊《つ》るされていた。それが結構重い。五十五両というのはこれまでで最も多い。それだけ江戸の小屋は儲《もう》かったということだと思う。

命の次に大切な虎《とら》の子の小判だ。

温泉から来たにしては小僧の顔も手足もひどく汚れている。

夜の道を小走りに興津宿まで来て東に向かい、ぶらぶら東に歩き始めると由比宿まで来て海を眺《なが》めている。暢気《のんき》なものだ。懐が温かいと気持ちものんびりしてくる。親方がずいぶん奮発してくれたと思う。

寝ずに歩いたおかげで歩きながら眠くなってきた。

由比宿から一里をふらふら歩いて、蒲原宿に着くと早々と旅籠に上がった。薄汚れた小僧の一人旅で断られないように旅籠賃を前金で払う。

銭さえ払えば待遇は悪くない。

夕餉の前にひと眠りする。何んとも気ままな一人旅になった。

虎の子の五十五両は巾着に入れて首から吊るし、布で巻いて腹に縛りつけ誰にも盗られないように用心している。風呂にも入らない。

三日、四日風呂に入らない方が適当に汚れてかえって都合がいい。誰も近づかないぐらいが五十五両を守れる。乞食のようになってしまうと、どこも泊めてくれなくなるからほどほどがいいのだ。なかなか賢い小僧である。

翌日はぶらぶら六里半を歩いて沼津宿《ぬまづしゆく》に泊まった。

魚の本場で美味い魚が食えるところだが贅沢《ぜいたく》は禁物《きんもつ》、誰かにそんなところを見られて懐を狙われたら、江戸につく前に餓死《がし》してしまう。兎に角、江戸に着くまでは用心することだ。

江戸に着いたら少し贅沢しようと思う。なかなか良い心掛けである。

そのころ下部温泉からは、何組かが温泉疲れの顔で上方に向かって出立。中には一人で女二人を連れた男もいた。

長七はまだ宿にいて残った者の面倒を見ている。

道を急ぐ小五郎たちは甲州街道を北上、下諏訪まで行って中山道に出ようとしていた。

翌朝、暢気な小僧は沼津宿を出立、一里半を歩いて三島宿に入ると三島神社にお詣《まい》りする。何んともとぼけた小僧だ。

「神さま、無事に江戸まで行けますように、悪い人に会わないように、大事な五十五両を盗られないように、それから江戸で幸せになれますように……」

願い事はあれこれと多い。こういう願いを神さまはほとんど聞いていないのだ。願い事は一つにしてもらいたい。せめて二つぐらいまでにしてもらいたい。頼みごとが多いと神さまも困る。

神社から門前に出てくると小僧は茶屋で縁台に腰を下ろした。

「いらっしゃい……」

お君《きみ》が挨拶する。

「茶と団子をくれるかい？」

「はい、ありがとうございます」

茶屋の前に駕籠を置いて、富松《とみまつ》と権平《ごんべえ》が一服つけていた。

今朝一番で客を乗せて山から下りてきたばかりで、逆に客を乗せて山に戻れば一日の仕事が終わる。空駕籠で山へ戻るのはつらい。箱根八里は三島宿から箱根宿まで三里二十八町、箱根宿から小田原宿まで四里八町でちょうど八里である。

その八里が富松と権平の仕事場なのだ。

箱根八里は馬でも越すが越すに越されぬ大井川と馬子《まご》が唄《うた》う。

旅人が難儀する東海道の二大難所だ。

「姐《ねえ》さん、お代《だい》だよ……」

「ありがとう、お前さん女じゃないのかい？」

お君がいうと小僧がニッと笑って、着物の裾を後ろにからげて、帯に挟んだ尻っぱしょりをキュキュッと振って見せた。

「あッ、お前さん……」

小僧がコクッとうなずいた。男色の若衆《わかしゅ》だといっているような顔だ。

だが、お君は間違いなく女だと見破った。思わず口を押さえてお君が苦笑する。

「おじさん、乗せてくれるかい？」

「おめえ、駕籠に乗るような身分じゃねえだろ、若い者は箱根の山ぐらい歩け！」

富松が叱るようにいった。それをお君が立って見ている。

「お前、いい尻しているな？」

権平がからかうようにいう。

「こうかい？」

ニッと笑って小僧がまたキュキュッと尻を振った。

「高いよ……」

「いくらだ？」

権平がからかって聞くと、小僧が権平の耳に「おじさんなら二両でいいよ……」とつぶやいた。

「ば、馬鹿野郎、二両はおれの一ケ月の稼ぎ以上だ。てめえ、駕籠かきをからかうんじゃねえぞ！」

「おじさん、怒らないで乗せてくれよ。酒代は弾むからさ、もう疲れているんだから……」

「てめえ、この木札が目に入らねえか。この駕籠はな、江戸は北町奉行さま御用のお駕籠さまなんだぜ！」

小僧を抱くのが二両といわれて権平が怒っている。

「へえ、そりゃ安心だ。箱根山の登りだけでいいから乗せておくれよ。身延山から下りてきたんだ……」

「身延山？」

「うん……」

「若いのに信心深いな」

富松がそういって気に入ったようだ。身延山といえば法華宗《ほっけしゅう》だが、法華宗には天台《てんだい》法華宗と日蓮法華宗がある。富松の家は身延の日蓮法華宗だった。

「小僧は法華だと。権平、行くか？」

「おう、尻振り小僧、転げ落ちないようにしっかり乗っていろよ」

「お君さん、明日また来るよ」

「ご苦労さま……」

お君が駕籠を見送るといきなり藤九郎が現れた。

「お君！」

「と、と、藤九郎さま……」

「喉が渇《かわ》いている、みんなに茶と酒をくれ！」

「は、はいッ！」

「お房《ふさ》ッ、お茶と酒と草鞋《わらじ》だ！」

「はい！」

小さな茶屋を急に春の嵐が襲った。

「お房、みんなに履き替えの草鞋を五足ずつあるか。急ぐのだ！」

藤九郎の腰に履き替えの草鞋がもうなかった。急ぎ旅ではすぐ草鞋を履きつぶす。

「はい、ございます」

「小腹も空《す》いたぞ」

「団子で？」

「おう、上等だ。出してくれ！」

「はい……」

お君とお房がてんてこ舞いになった。

「姉ちゃん、藤次郎《とうじろう》のこと旦那にいったら？」

「うん……」

藤九郎とお君の間にいつの間にか藤次郎という男の子が生まれている。

「お茶でございます」

お君が茶と酒を一緒に出した。

気付けの酒を飲んで一息つくと、茶をガブガブと馬のように飲み、竹筒《たけづつ》や小《こ》瓢簞《ひょうたん》に水を入れ、替え草鞋を履き替え、腰に五足ずつ草鞋をぶら下げる。ゆっくり休んでいる暇はない。

兎に角、女歌舞伎一座を追わなければならない。

凶賊の小五郎を追い詰めるのが目的の旅だ。かなり追いついてきていると思うが、小五郎がどのあたりにいるか見当がつかない。ただ、東海道上にいるだろうと思うが、それは大外れで小五郎はすでに甲州街道から中山道に道を変えている。そのことが藤九郎の頭にはなかった。

「お君、茶代だ」

藤九郎が一両を置いた。

「なんだ?」

「あのう……」

藤九郎がお君をにらんだ。怖い顔だ。

「な、何んでもありません……」

「うむ、急ぐ旅だ。帰りにまた立ち寄るかもしれない」

「はい、お待ちしております!」

四人が次々と縁台から立って太刀を腰に戻す。先を急いで小五郎の尻尾をつかまなければ話にならない。宿場ごとに女歌舞伎一座を見なかったかと聞きながら先に進む旅だ。

「行くぞ！」

「お、お帰りは……」

「帰りなどいつになるかわからん！」

藤九郎一行は凶悪犯を追っていて殺気立っている。ドドッと嵐が来てドドッとたちまち去って行った。春の嵐は海からではなく箱根山から下りてきたのだ。

「いった？」

「何を？」

「藤次郎のことじゃないの？」

「そんなこという間がないじゃないのさ、あの人、怖いんだもの……」

藤九郎一行はもう一町も先を急いでいる。茶店には四半刻もいなかった。どんな仕事なのか、どこまで行くのかもいわなかった。いつもはお君にやさしい藤九郎なのだ。久々に会ったのに何の話もできなかった。

江戸は北町奉行所の内与力なのだから忙しいに決まっている。

お君はそう自分にいい聞かせるしかない。思いっきり藤九郎に惚《ほ》れて子まで産んでしまったのだから。いつも会いたい会いたいと三島神社の神さまに祈ってきた。それが叶《かな》って春の嵐がいきなり吹いてきた。

朝から富松と権平が現れ、妙な小僧が飛び込んできたり、突然、藤九郎が現れてお君は驚いた。それもあっという間に風のように立ち去ったのだから、何がどうなっているのか見当もつかない。

お君は店の前に藤九郎が見えなくなるまで立っていた。何も話せず何んとも恨めしいが、帰りに寄るといってくれたからそれだけが妙にうれしい。

「どうしたんだろうね？」

「すっごく怖い藤九郎さまだった……」

「誰かを追っているみたいだったけど？」

「うん、そういえば。いつ帰れるかわからないって怖い目でにらまれちゃった」

「姉ちゃん、痺《しび》れたでしょ？」

「そう、どうしていいのか言葉が出ないんだもの……」

「姉ちゃんの顔が引きつっていたよ」

「本当？」

お君はまだドキドキしている。

第十四章　相思相愛

藤九郎は府中《ふちゆう》宿《しゆく》を過ぎ島田宿《しまだしゆく》まで来て何かおかしいことに気づいた。

どこにも女歌舞伎一座の痕跡がない。

三島宿にも府中宿にも一座がきた痕跡がなかった。この道にもういないのか。大井川を渡る島田宿まで来て何んの気配も感じられない。手分けして旅籠を聞いて回ったが、そんな一行は見ていないという。

どこかで追い越してしまったのかと、藤九郎の足が島田宿で止まってしまった。

だが、そんな見落としをしたとは思えない。このまま大井川を渡るのはまずいと躊躇《ちゆうちよ》する。小五郎がこの街道の先にいるとは思えなかった。二十人を超える派手な一行なのだから目立たないはずがないと思う。追われていると悟ってどこかに隠れたのか。

この大井川を渡れば駿河から遠江に入る。先に行ったのなら誰かが必ず見ているはずなのだ。大人数が街道から消えるはずがない。やはりどこかに隠れて息を潜めているのか。大井川を渡るのはまずいと思う。この先にあの一行はいない。どこに行った。

「何か見落としたか?」

「六之助、なにか匂うか。おかしなことになったぞ」

「はい、府中宿を過ぎ鞠子宿《まりこじゅく》のあたりから、街道の様子が変わったように思ったのですが……」

「鞠子宿から岡部《おかべ》、藤枝《ふじえだ》、島田とずいぶん来てしまったな、長兵衛……」

「確かに、何も気づきませんでしたが、奴《やつ》らを追い越してしまったのでしょうか?」

追手の四人は額を寄せて話し合った。六之助がいうように府中宿のあたりで痕跡が消えたように思う。だが、勢いで島田まで来てしまった。倉田甚四郎も何かおかしいと思いながら島田宿まで来てしまったという。こういう時は一旦立ち止まって、冷静に考えてみる必要があるのだ。

「小五郎がこの先にいるとは思えない」

藤九郎はそう思うのだ。街道が妙に静かなように思える。

「気配が消えてしまったように思う。一座のままでは目立ち過ぎるので、解散してバラバラに京へ向かったとは考えられませんか？」

甚四郎がそんなことをいう。

あの大勢の女一座の気配が街道から消えた。なんとも不思議だ。長兵衛も奴らがどこに行ったか見当がつかない。このまま追っていいものか考えている。なんとも判断が難しいところだ。

「府中宿辺りではすでに気配がなかったように思うのだが……」

「確かに、ここまで見た者がいないのはおかしい」

「二十人を超える人数です。そう簡単に消えるとは思えません。どこかに隠れたことも考えられます」

六之助は自分の油断でこんなことになったと悔しさがにじんでいる。まったく気配が消えてしまったことには納得がいかない。必ずどこかにいるはずだと思うのだ。

この頃、身延で溶けてしまった女歌舞伎は、バラバラになって藤九郎たち一行と旅をしていた。街道のあちこちで追い越した女連れの旅人は、その女歌舞伎の者たちだったのである。六之助はその女や男を浅草奥山で見ているはずなのだ。だが、男も女も浅草にいた時とは違い地味な作りで、六之助はまったく気づいていない。

小五郎と長七の言いつけを守り、それぞれが決してくっつくことなく街道にいた。

女歌舞伎一座を追うことだけが頭にあって、六之助は一味がすぐ傍《そば》にいることに気づいていなかった。

「追われていると奴らが気づいたというのか？」

「そうは思いませんが、どこかに隠れてしばらく動かないのではないかと……」

「しばらくとはどれぐらいだ？」

甚四郎が六之助に聞いた。甚四郎も一座が消えてしまったと思っている。

「二、三ケ月はおとなしくしている」

「三十人でか？」

「無理でしょうか？」

「いや、無理ではないだろうが、三十人も一緒に隠れるとなると容易ではないぞ。小屋を掛ければ別だが……」

「確かに、神社や河原に小屋を掛けるとは思えません」

「まとまって隠れるよりバラバラで街道上に散らばれば隠れたと同じになる。目立たなくなるということだ」

「なるほど……」

藤九郎は小五郎たちがまだ街道上にいると思う。

どこでどんな恰好《かっこう》でいるのかがわからない。二十人以上というのはいかにも大人数だ。

だが、バラバラになって広く街道に散らばってしまえば、森で木を探すようなものではないか。何がなんだかわからなくなる。

「道を変えたとは考えられませんか？」

長兵衛は藤九郎とは逆に、もう東海道上にはいないのではと思っていた。

「甲州街道に移るということか？」

「はい、中山道かもしれません。例えば戸塚宿から甲州街道の八王子宿、八王子から川越、川越から中山道の大宮宿《おおみやしゅく》と迂回《うかい》するとか。だが箱根で一座の賑やかな女たちが見られている。箱根山は越えたのだと思います。ということは……」

長兵衛の考えが長七の策にかなり近い。

「なるほど、それなら箱根を越えて身延街道はどうだ。甲州街道から下諏訪もあるのではないか？」

甚四郎が長兵衛の考えに納得する。

「もうこの街道にはいないか？」

「追われていなくてもそれぐらいの警戒はするかと思います」

「うむ、確かに足跡がないのだからな」

「戻りますか？」

「いや、戻るのはまずい。われわれも宮宿から桑名宿に渡らず、岐阜《ぎふ》に向かってはどうですか。いずれにしても東海道と中山道は琵琶湖畔《びわこはん》で合流するのですから

……」

甚四郎が藤九郎に中山道が怪しいという。確かに小五郎はもう東海道にはいないのかもしれない。甚四郎はこのまま遠江、尾張と行って伊勢には入らず、尾張から木曽川《きそがわ》を越えて岐阜に出ようという。上手く行けば小五郎の前に出られるかもしれないという考えだ。

「よし、宮宿から美濃《みの》の加納宿《かのうじゆく》に行こう」

藤九郎が決断した。予定通り西に突進して東海道から離れて中山道に向かう。

もし小五郎を中山道で捕まえられなくても、最後の勝負は京でいいのではないか。そのことは江戸を出た時から藤九郎の頭にあったことだ。京まで逃げれば小五郎は逃げ切ったと思い油断するはずだ。

どこで姿を消そうがもう逃がしはしない。

その頃、箱根山で富松と権平の駕籠に乗った小僧が、品川宿まで来て旅籠に泊まると風呂に入り綺麗《きれい》さっぱりする。翌日はブラブラと江戸に入り浅草に向かった。頬被《ほおかぶ》りで尻っぱしょりをしているが顔が綺麗だから女の子のようだ。江戸にはこういう可愛《かわい》らしい小僧がいないこともない。あまり尻を振るとその道の者に肩を叩《たた》かれる。

何んとも暢気《のんき》な小僧で江戸見物のように、あっちの寺に行ったりこっちの神社に行ったりと歩き回り、夕刻になって浅草のお昌の逢引茶屋《あいびきぢゃや》に現れた。

「お婆《ばあ》ちゃん、定吉さんを呼んでよ……」

「お、お婆ちゃん……」

お昌の頭にカッと血が昇った。

「そんな人知らないね？」

「そんな意地悪しないでさ、ここに来て定吉といえっていわれたんだ」

「お前さんのような小僧は知らないね？」

「小僧？」

「そう、薄汚い小僧だ！」

「そうか、おばさん、あたしは男じゃないよ女なんだ。何日か前に定吉さんにここで抱かれたんだけど……」

あっけらかんといって尻っぱしょりを取り、頰っかぶりも取ってチョチョッと腰を振った。

「お、お前……」

「わかったおばさん、定吉さんを呼んでよ。わざわざ会いに来たんだからさ……」

「おばさん、おばさんと気易《きやす》くいうんじゃないよ。気に入らないが仕方ない。上がれ……」

「ありがとうお姐《ねえ》さん……」

お婆ちゃんがおばさんになり姐さんに昇格した。

お昌がこの辺りでいかに怖い女かわかっていない。しばらく部屋で待たされると定吉が現れた。

「定吉さーん！」

「あ、葵！」

走って行くと葵が定吉に子猿のように飛びついた。

「お嫁にして！」

「うん、わかった。わかった。嫁にする！」

定吉は葵を抱いたまま寝所に転がり込んだ。定吉はまさか葵が江戸に戻ってくるとは思っていなかった。何はさておいても二人にはすることがある。

元気のいい葵は素っ裸になると定吉に襲いかかっていった。二人の関ケ原の戦いはまだ決着がついていない。

「葵？」

「なに？」

「どこから戻ってきた？」

「身延山！」

定吉を押し倒すと葵が覆いかぶさっていく。

「お前……」

「話は後で、ね？」

定吉は髪を振り乱して襲い掛かる若い葵に、ぐしゃぐしゃにされて殺されそうだ。

こうなると可哀《かわい》そうなのはお信で、定吉が嫁にしようと考えていたが、葵の出現でお信は定吉の頭から吹き飛んでしまった。

お信も男運のない女だ。

一座から解き放たれた葵は、好き勝手ができる自由奔放《ほんぽう》な娘に変貌した。

定吉は前に葵を二度抱いたがそれは売りもの買いものだった。あの時はまだ遠慮があって元気のいい生きた葵ではなかったように思う。今は違う。水を得た鮎《あゆ》、雲を抱いた竜、軛《くびき》を解かれた若駒《わかこま》に大変身だ。どんなに葵が暴れようとそれは定吉の手の中にあるのだ。もう自由だ。

葵はもうそんな売り買いの人形ではない。

自分で考え約束した定吉の嫁になるため、五十五両を腹に巻いて乞食のような小僧に変装して、江戸に駆けつけ定吉の胸に飛び込んだおてんば娘である。神が授けた天真爛漫《てんしんらんまん》だ。

その葵の愛には力がある。

変身した葵の命が定吉に愛されて大爆発。どうなるのか定吉にも見当がつかない。

　大暴れの葵の声に部屋の廊下までできた女が、「どうなってんだか、人殺しか？」などと、冗談をいい苦笑して部屋に声をかけず戻って行く。

「女将《おかみ》さん、あの二人はどうにもなりませんよ」

「ここまで聞こえてくる。他のお客さんの邪魔だね。今度は断ろうか。小生意気な小娘が……」

　お昌はお婆ちゃんとかおばさんと呼ばれてカンカンに怒っている。とんでもない娘が現れたといらついていた。

「定吉もほどほどなんだがね。あんな若い娘と……」

　そうはいうがお昌も若い金太と夫婦になって具合がいいのだ。定吉のことをあれこれいえる立場ではない。

　半刻以上も大暴れした葵が疲れたのか急に静かになった。

　定吉はこの茶屋のすべてを知っていて、こっそり部屋を抜け出すと隠してある茶屋の舟に乗って大川に出て行った。お昌の顔を見るのがなんとなく照れくさい。川に出てしまえば定吉の天下だ。

「こんな仕掛けがあるの？」

「粋だろ、だが夜の大川は化け物が出るんだぜ……」

「嫌だあ！」

大川の舟の中で葵の大暴れがまた始まった。

定吉を好きでたまらない葵は隙あらば襲いかかる。舟が下流にゆっくり流されて行った。海に出ても気づかないかもしれない。身延から江戸まで一人で戻れるか、心配だったがなかなか賢い葵の変装だった。

「葵、今日からわしの嫁でいいな？」

「うん、本気で好きなんだから……」

「わかった。もう京には戻らないのだな？」

「戻らない！」

「よし……」

「あのね？」

「なんだ？」

「葵の本当の名前なんだけど……」

「本当の名？」

「うん、竹乃《たけの》っていうの」

「竹乃か、いい名だ」

「うん、京の大原《おおはら》っていうところで生まれたの……」

「大原の竹乃か？」

「そう、少しばかりの畑と母と兄がいるんだけど……」

「そうか、そのうち会いに行こうか？」

「本当！」

竹乃が定吉に飛びつくと舟が大きく揺れた。

「キャーッ！」

「おい、おい、舟がひっくり返る。大川の化け物に引きずり込まれたら土左衛門《どざえもん》だぞ」

定吉が竹乃を抱きしめる。夜の舟遊びは少し寒かったが、興奮した定吉と竹乃にはちょうど良かった。

竹乃は遊び足りなかったが夜遅く二人は逢引茶屋に戻ってきた。

「酒はいらねえから女将さんを呼んでくれるか？」

「はい……」

女が手つかずの膳《ぜん》を片付けてしまう。そこにお昌が顔を出した。

「お昌さん、おれが嫁にする竹乃だ。よろしく頼みます」

「定吉、ずいぶん元気のいい娘さんで大丈夫かね？」

「まあ、なんとか……」

竹乃に怒っているお昌が皮肉っぽくいった。お昌と金太の裏返しが定吉と竹乃だ。親子ほども年が離れている。それでいて相性が良く仲良しだ。お昌は定吉が若い竹乃に殺されると思う。

その夜、定吉は竹乃を長屋に連れて行った。

この二人はどうなっているのか、最初の日から長屋は大騒ぎになった。

「どうしたんだッ！」

「何が起きたんだッ！」

竹乃の声を聴いて長屋の住人が飛び出してくる。

「定吉さんのところに女が来ているみたいだな？」

「珍しいことだ。死ぬ、死ぬって、ありゃ女の声か、首吊《くびつ》りじゃねえな？」

定吉の長屋の軒下に二人、三人と、そっと長屋の男や女が集まって潜んだ。出《で》歯亀《ばかめ》だ。

「初めてじゃねえか？」

「何が？」

「定吉さんのところに女の人が来たことあるか？」

「それか、そういえば初めてだな、きっと……」

「どうなってんだ。あの悲鳴はよ？」

「定吉さんが女の首を絞めてんじゃねえか、死ぬっていうんだから？」

「まさか……」

「あれはほら、あれなんだよ」

「一町四方に聞こえそうだな？」

「馬鹿、そんなに遠くまで聞こえるものかね……」

「わからねえぞ。お前の声は隣にも聞こえねえ、そうだろ？」

「あんたはそういうことをいうかね。子どもを何人も作ったこのあたしに向かって、泣かせてみろってっいうんだ馬鹿、宿六《やどろく》が！」

「こんなところで夫婦喧嘩《げんか》か？」

もうすぐ深夜だというのに賑やかな長屋だ。

それが定吉の家で毎晩続くことになって、長屋は眠れない者が続出してとんでもないことになる。ことに定吉の長屋の両隣が被害甚大である。

そんな騒ぎを知る由もない竹乃が、「おはようございます」などと、すました顔で現れるものだから、朝から長屋の井戸端は女たちで大盛り上がりだ。

「竹乃ちゃんのお陰でうちの宿六が張り切っちゃって……」

「そう、うちの亭主もしつこいのなんのって、また腹が膨らんできそうだわ」

「うちのは今朝、フラフラして出て行ったよ。みんな竹乃ちゃんのお陰だもの……」

「ご免なさい」

「いいのよ。定吉さんが死なない程度に、大いにやって頂戴《ちようだい》ね……」

「毎晩でもいいから……」

実に恐ろしき《げ》は長屋の女房連中である。定吉より前に長屋の宿六や亭主たちがおかしくなりそうだ。女房たちはクックックッと笑いが止まらない。

その定吉が竹乃を連れて二代目の家に現れた。

正蔵は話を聞いてびっくりだ。

「竹乃、お前、本当に定吉でいいのか？」

信じられないという顔で正蔵が竹乃に聞く。

「二代目の親分さん、あたしは定吉さんの嫁になると決めて江戸に戻ってきました。本当に大好きなんです。ね？」

竹乃が定吉の顔を覗《のぞ》き込む。腕をつかんで離さない。

「うん、そういうことだな。確かに……」

もう一晩で竹乃にでれでれの定吉だ。

正蔵はこの有り様では気の荒い船頭たちに定吉が大川へ沈められそうだと思う。

定吉が訳もなくニヤリと思い出し笑いなどするから薄気味悪い。道端でなら気が触れたと誤解されかねない。そこに小梢とお昌が現れた。

「あッ、あのおばさんだ！」

「なにをッ、この小娘が、生意気な！」

「おばさん、ひどいじゃないか。小娘だとか生意気だとかいって……」

「定吉、どうなっててんだいこの娘は？」

「昨日いった通り、ゆんべからあっしの嫁なんでして、竹乃といいますんで……」

「それは聞いてるよ。そうじゃなくって口の利きようだよ」

「なんというか、少々気が強いものですから……」

「定吉さん？」

お昌に低姿勢の定吉に不満顔の竹乃だ。

「竹乃、このおばさんは二代目の奥さまのおばさんなんだ」

「あら、そうなの、おばさんは偉い人なんだ。ごめんなさいね？」

「このッ、そのおばさんが気に入らねえんだぞ。言い方があるだろうが！」

「それじゃお姐さまでよろしいでしょうか？」

「クッ、この野郎ッ……」

「お昌、許してやれ。竹乃、このおばさんを大切にしろ、わしの一家には大切な人なんだ。いいな？」

「はい！」

「おもしろい娘だ。小梢、傍に置いてみないか？」

「はい、竹乃さん、よろしくね？」

「奥さま、よろしくお願いいたします」

人懐《ひとなつ》っこい竹乃に小梢が苦笑する。正蔵は二代目一家で誰もが恐れるお昌に、堂々と口答えできる竹乃を気に入った。恐れを知らないというか、やんちゃというか竹乃はなかなかだ。乱暴そうでいて京の女だからどことなく上品だ。そのうち、荒くれ者の船頭たちを顎《あご》で使うようになるかもしれない。女親分になったら面白いと思う。

気が強くいい度胸だ。女船頭にもなれそうだがちょっと小柄なのが残念だ。非力では川の荷舟は操れない。相当に重い舟を動かすには腕っぷしが強くないと駄目だ。

「小梢、お昌、竹乃を叱るな。江戸を知らないんだから頼むぞ。定吉、一緒に来い……」

昼過ぎになって正蔵は定吉を連れて北町奉行所に向かった。

竹乃は越中屋の事件を知らないし、一座を率いてきた小五郎や長七の正体を知らないことも正蔵と定吉はわかっている。それならそのままにしておいた方がいいと思う。

正蔵は勘兵衛と半左衛門にすべて報告しなければならない。

今、大問題の女歌舞伎の芸人を定吉が嫁にするのだから、半左衛門に詳細を話しておくべきだと正蔵は考えた。

竹乃から定吉が小五郎のことを色々と聞いている。

正蔵は奉行所に着くといつものように半左衛門の部屋に上がった。

「二代目、今日は？」

「今度の事件で色々わかりましたので、それを申し上げるためにまいりました」

「うむ、例の一座に追手が出たのを知っているか？」

「はい、益蔵から聞いております」

「その追手は今頃、大井川を超えているころだろう」

「はい、その一座でございますが、興津宿から身延山に入り下部温泉で解散したことがわかりました」

「なんだと？」

「小五郎一座は東海道を離れて身延街道に入りましたので……」

「待て！」

半左衛門が急に立ち上がると慌てて部屋から出て行った。

正蔵の話では奉行所の読みが大きく外れたことになる。藤九郎たちは一味のいない東海道を追っていることになるのだ。

「お奉行！」

半左衛門が勘兵衛の部屋に顔を出した。

下城してきたばかりで着替えが終わり、例の銀煙管《ぎんギセル》で煙草《たばこ》を吸い一服している。勘兵衛は城中において土井利勝に、あと半月もしないで事件は解決するといってきたばかりだ。

「急ぐことか？」

「はい、正蔵と定吉が来て浅草の女一座が身延山に入ったと知らせて来ました」

「身延？」

「はい、下部温泉で一座を解散したそうにございます」

銀煙管を銜《くわ》えた勘兵衛の顔色が変わった。ようやく春めいてきた庭をにらんで沈黙する。すべての事態を飲み込んだ。藤九郎たちが小五郎は東海道にいないことに気づいたかである。気づいていないかもしれない。

勘兵衛の頭脳は素早く次の策を考える。

東海道から道を変えるとは敵ながらよくやると思う。

勘兵衛は甲州街道や中山道を考えなかったわけではなかった。だが、身延山に入るとは全く考えていなかった。勘兵衛の見落としである。

考えてみれば身延は追手から逃れる絶好の場所だ。

身延から甲州街道に出れば、中山道の下諏訪宿に出られる。下部温泉に集まり一座を解散したというのはなかなかの策だと思う。やられてみると最善の策のように思えてくる。藤九郎たちが街道上で小五郎を捕らえるのは難しくなったということだ。

「こうなったら勝負は京だな？」

「はい！」

「おそらく、藤九郎は街道に一座がいないことに気づくはずだ。それをどこで気づいたかだが……」

「今は大井川を越えた辺りかと思われます」

勘兵衛の銀煙管からはもう煙が出ない。灰だけになっている。考え事をするとその灰を着物にこぼすことがある。

「殿さま……」

傍の喜与が勘兵衛から煙管を取って煙草盆に灰を落とした。

その勘兵衛がボーッと庭を見ている。敵に裏をかかれたと思っていた。それならその裏をかく次の手はあるかを考えている。小五郎と長七は一筋縄ではいかない凶賊だとわかった。

勘兵衛の脳裏《のうり》に四人の追手が大井川を渡っている光景が映る。街道に一座の気配がないことぐらい、藤九郎なら必ず感じるはずだと思う。それは剣客の勘だ。そこからが小五郎との本当の勝負だろう。京に入ればそこは小五郎の地元で知り尽くしている。つまり敵の有利な戦場での戦いになるということだ。

「二人を呼べ……」

「はい！」

半左衛門が部屋を出て行った。

「お澄、茶をくれ……」

「はい！」

お澄も部屋を出て行った。

「殿さま……」

喜与が心配そうな顔だ。

「うむ、悪党に裏をかかれた。藤九郎たちが街道で立往生《たちおうじょう》しているかもしれない」

「女一座が？」

「今頃、街道から消えたと思っているだろう。探しに戻らなければいいが……」

「京へ先回りですか？」

「喜与、賢いな」

「ええ、殿さまの女房でございますからだいぶ賢くなりました」

そんなことをいってニッと微笑《ほほえ》んだ。

「そうか、奉行の賢い女房どのか。おそらく藤九郎はどこに消えたか考えるはずだ。すぐ援軍を出さなければならない。勝負は京になるはずだから……」

「青田殿を？」

「うむ、宇三郎を呼んでくれるか？」

「はい……」

喜与が部屋を出て行くと、半左衛門が正蔵と定吉を連れて現れた。

「正蔵、一座が身延に入ったとなぜわかった？」

「一座の女が一人、定吉の女房になりたいと戻ってまいりました。それで一座が下部温泉で解散になったことがわかりましてございます」

「ほう、おもしろいことがあるものだ。定吉、女芸人と懇《ねんご》ろになったのか？」

「申し訳ございません」

「いやいいのだ。気にするな。いい女か？」

「はい……」

「そうか、大切にな?」

廊下で喜与はお澄から茶を受け取り、宇三郎を探して連れてくるよう命じた。

「実は、お奉行さま、あっしが一座を探ろうと、定吉に一座の女を買わせましたのでございます」

「ほう、一座の女を買う?」

「はい、そのようなことができるのでございます。その女と定吉が相思相愛になりまして……」

「年甲斐《としがい》もなく申し訳ございません」

「謝ることはない。相思相愛はいいことだぞ」

そこに喜与が入ってきた。

「わしも相思相愛だぞ定吉。それで一座はどうなった?」

「はい、一座は小五郎から分配金をもらい、バラバラに京へ戻れということに。道は東海道でもいいが甲州街道に出て、中山道を使えといわれたそうです」

竹乃が喋《しゃべ》ったことを定吉がいう。

「なるほど、一座は解散して好き勝手に京へ戻るとなると、街道で捕まえるのは難しくなったということだな半左衛門?」

「はッ、追手は東海道に一座がいないと気づけば中山道に移るかと思います」

「うむ、藤九郎たちが気づくか?」

「はい、尾張から美濃へ……」

半左衛門はごく当たり前に追手が気づいて中山道に移ると考えていた。

「そうか、一座の足跡がないと気づけば中山道に行くか?」

「間違いないかと思います」

「なるほど……」

そこにお澄が宇三郎を連れてきた。その宇三郎が勘兵衛の傍に座る。

「他にわかったことはあるか?」

「はい、小五郎は日頃は六条河原《ろくじようがわら》に小屋をかけるそうですが、東山の南禅寺の門前に家があるとのことです」

「ほう、東山の南禅寺か、大きな寺だな。その門前に小五郎の家があるか。良いことを聞いた。これで先回りができそうだ」

小五郎の家がわかったことは大きな収穫だ。裏をかけると思う。

南禅寺は京都五山の上にある別格である。

京の五山も鎌倉《かまくら》の五山もすべて臨済宗《りんざいしゆう》の禅寺で、その上の南禅寺は別格本山などと呼ばれる。亀山《かめやま》法皇が開基《かいき》した大寺で、この国の禅寺の頂点にある格式だった。夢窓疎石《むそうそせき》も住した寺である。

家康の参謀《さんぼう》だった金地院崇伝《こんちいんすうでん》のいる寺でもあった。

金地院は南禅寺の塔頭《たっちゅう》だった。

「宇三郎、悪党に裏をかかれたぞ。藤九郎たちが東海道で立往生しているかもしれないのだ。小五郎が東海道から中山道に道を変えおった。おそらく勝負は京の東山か六条あたりだ。孫四郎と左京之助《さきょうのすけ》と一緒に馬を飛ばして京まで援軍に行ってくれ……」

「はい、畏《かしこ》まりました。すぐ支度して出立いたします」

その日の夕刻、宇三郎と青田孫四郎、赤松《あかまつ》左京之助の三騎が、藤九郎たちを援護するため奉行所を飛び出して京に向かった。

京での勝負になると追手の四人だけでは危ないかもしれない。

第十五章　かるた

この頃、江戸に盗みに入って小判を奪い、金箱に南蛮かるたを置いていく賊が現れる。その南蛮かるたは天正《てんしょう》かるたともいうが、絵札が三種類あって女王、騎士《きし》、国王という。

その女王札を一枚置いていくのだ。

かるたはポルトガルから鉄砲、キリスト教、コンペイトウ、カステイラなどと一緒に伝えられた遊びで、四十八枚の札で遊ぶ天正かるたや七十五枚で遊ぶうんすんかるたなどがあった。

天正期にはかるた遊びが大流行で国産の札があちこちで作られた。

それらは地方札などといわれた。使い方も決まりも地方によってさまざまに違っている。

ところが、かるたは遊びから急速に賭《か》け事に使われるようになる。

この世には三度の飯より賭け事が好きという人がかなりいる。骰子《さいころ》などは原始からあったようで、かなり早くから六と五が出やすいとわかっていたようだ。双六のような遊戯のほかにどのような賭け事をしていたかは不明である。

勘兵衛は賭博《とばく》をそう厳しく取り締まらなかったが、安永《あんえい》の頃（一七七二～八一）になるとかるたが禁制となり、寛政《かんせい》の改革ではかるたの売買が禁止される。

その代用品として和歌かるたから花札というものが考案される。

庶民は非常に賢く、幕府が禁止するとその代わりのものを発明する。それがたちまち全国に広がり八八花《はちはちばな》、越後花《えちごばな》、山形花《やまがたばな》、金時花《きんときばな》、備前花《びぜんばな》などが作られた。

この花札も幕府はすぐ禁止する。何んでもかんでも禁止するというのが幕府の得意なところだ。

江戸に現れたこの盗賊は歌留多《かるた》と呼ばれた。

女王の絵札が何を意味しているか分からなかった。その絵札を持って松野喜平次が半左衛門の部屋に現れた。

奉行所は凶悪犯の小五郎一味を追っていて気持ちは京に向いている。

「妙な札だな？」

「南蛮かるたの絵札だそうです」

「見たことはあるが、小判を奪って代わりにこんなものを置いていくとはな？」

「はい、この賊はどこからも二、三両しか持って行きません」

「前にもそんなのがいたな？」

半左衛門がいう前とは弥栄《いやさか》の彦一のことだ。今の彦一はそれをいわれると身をよじって嫌がる。改心してお奉行のために働こうと決心している。

「どうして二、三両ほどなのかはわかりません」

「彦一に聞くまでもなかろう。盗みの腕を見せびらかしているのではないか？」

「そうかもしれません」

「賊がどのあたりで仕事をしたかよく見て、見廻りを厳重にし捕らえるしかなさそうだな。夜回りの人数を増やそう」

「はッ！」

こういう盗賊は人を殺すような凶悪なことはしない。

悪党にはそれぞれ手口というものがあって、どういうわけか律義に同じ手口で犯行を行うことが多い。人には何事によらず成功例をなぞるという癖がありそうだ。盗賊にはその癖がはっきりと出る。

手口がいつも違うということはまずない。

このかるたを置いて行く盗賊も、実に身軽で塀を乗り越えて侵入して仕事をする。隙間風のように音もなく入って去って行く手口だった。金蔵を破るというような大それたことはしない。手文庫などに入っている手元の小判を持って行く。

こういう盗賊は足跡がなく捕らえるのが実に厄介である。

町家だけでなく武家の屋敷にも入って仕事をするが、体面を重んじる武家は賊に入られたとは決していわない。

武家は油断していたということで恥なのだ。

こういう泥棒は少なくない。

無理に他人の物を奪うということから、古くは押取坊《おしとりぼう》などといったが、いつしか取坊《とりぼう》となり泥棒に変化したという。盗人《ぬすっと》などと呼ばれ、泥棒と呼ばれるようになるのは古いことではない。

江戸期になってから使われるようになったともいう。

顔がわからないように泥を塗って汚し、用心に棒を持っていたから泥棒だなどともいうらしい。その泥棒もやがて空き巣、置き引き、ひったくり、巾着切りなどと細分化する。泥棒猫とか嘘《うそ》は泥棒の始まりなどと使われるようになる。

どれが本当の泥棒のいわれなのか定かではない。

女王札が何を意味するか人々の口の端《は》に上った。女王札がなければさほど話題にもならなかっただろう。

こういう泥棒は奪った小判を貧乏人に配ったりすることが多い。銭に困って盗みをするというのではなく、弥栄の彦一のように粋がって腕を見せたいというような犯行なのだ。やがて義賊などと呼ばれる寛政期の鼠小僧次郎吉《ねずみこぞうじろきち》は、盗人でも人々の共感や同情を呼んで流行《はや》ることがあった。金持ちから小判を奪って貧乏人に投げ込んだりする。幕府や奉行所はそういうことが流行るのを嫌う。

兎に角、江戸というところは妙なことが流行る城下になって行く。歌留多という賊もそんな粋がりなのだろう。やがて社寺の軒下に張る千社札《せんじゃふだ》などというものが流行って盗賊も使うようになる。人には目立ちたいとか腕を誇りたいと、わけもわきまえずに粋がるものが少なくない。

そんなのが弥栄の彦一や歌留多などだ。

世の中には色々な粋がり方があって、悪党は倶利伽羅龍王《くりからりゅうおう》の刺青《いれずみ》を背負ったりすることが多い。

その頃、神田明神下の幽霊長屋の彦一は、亡くなった万吉と知り合いだったことから、神田鍛治町《かじちょう》のお豊の長屋に出入りしていた。

お豊はお香と組んで勘兵衛の仕事をしている。

知り合いのお豊と彦一は似たような境遇で親しくなり、彦一がこっそりお豊の長屋に泊まるようになった。

平三郎に知られたら拳骨《げんこつ》だけではすまない。

密偵のお豊とご用聞きの彦一では具合のいいことではないが、好き嫌いの道だけは仕事や身分や年は関係がないということだ。彦一には少々気持ちの軽いところがある。自分の立場を考えればそんなことをしている暇はないのである。

男好きのお豊が寂しさのあまり、坊主頭の彦一に気を入れたのもわからなくない。

問題なのは彦一と一緒になるつもりのお弓で、彦一の態度が変わったことにすぐ気が付いた。

「彦さんがこの頃冷たいんだよ……」

お弓が小冬《こふゆ》にそうぼやいたのが平三郎の耳に入った。平三郎はその言葉の意味を原因はお豊だと素早く察知する。彦一は何を考えているんだと思う。

厄介な話だ。

奉行所は小五郎一味を総力で追い詰め京での決戦が近づいている。江戸では女王札の盗人を早急に捕らえなければならない。そんな時に惚れた腫《は》れたは困ったものだと平三郎は思う。お豊と彦一は、処分が引き伸ばされているだけで、無罪放免になってはいないのである。だが、惚れた病に薬なしともいう。早いとこ二人を引きはがしておかないと危ない。勘兵衛の信頼を裏切るようなことがあってはならないのだ。

平三郎はその夜、寝床でお浦に聞かれた。

「お前さん、お弓のいったことを気にしているんでしょ?」

「ああ……」

平三郎は生返事をするが気にしているどころではない。どうしようもない馬鹿野郎な二人だと思っている。お奉行のお慈悲をいいことに、惚れた腫れたはないだろうと怒っていた。この期《ご》に及んでお豊と彦一が手に手を取って、逃げ出したりしたら目も当てられないことになる。

「彦一の相手は誰だろうね?」

「うむ……」

「女に甘いから彦一は……」

お浦もお弓の言葉が気になって、彦一に間違いなく女ができたと考えていた。

「こういうことはきっと困ったことになるんだ。手を打つなら早いほうがいいんじゃないかい？」

「うむ……」

「馴染《なじ》んじゃうと男も女も抜けられなくなる。惚れた腫れたは病だからね……」

「そうだな……」

平三郎を大好きなお長《ちよう》は寝相《ねぞう》が悪く、平三郎の腹に片足を乗せてくる。可愛い盛りのお長は平三郎とお浦の宝だ。そんなお長もいずれ好きな男ができるのだと思う。まだ先のことだろうが親としては、いい男に巡り会って幸せになってほしい。

翌朝、奉行所に向かう道すがら平三郎が彦一に聞いた。

「お前、お豊と懇ろらしいな？」

「えッ！」

彦一が驚いて道端に立ち止まった。平三郎の勘が図星だった。

「止まらないで歩け、お豊と馴染んでいるのか？」

「親分、勘弁しておくんなさい。ふらふらっと三、四、五回ばかり泊まりましたので……」

彦一が怯《おび》えた目で平三郎を覗き見て歩き出す。お豊と彦一の二人ともまずいと思いながら、こそこそしていることだから罪が深い。せめて無罪放免になるまで我慢が欲しいところだ。

「彦、そういうのを馴染んだというんだぜ、知らぬはずがなかろう？」

「すみません」

「お弓を女房にして、わしの後を継いでご用聞きになるというのは嘘か？」

「親分……」

彦一は泣きそうな顔になった。

「嘘だというならここで斬ってもいいんだ。お奉行さまを裏切ることは許さん！」

「お豊姐さんのことはもう……」

「終《しま》いにするんだな？」

ここで平三郎に見捨てられたら彦一は幽霊長屋で首を括《くく》るしかない。

「いいか彦、お弓に団子屋でもやらせようかと思ったが、お前がそんな不心得ではお奉行さまにいって、その首を斬るか島流しにしてもらうしかないのだぞ」

平三郎は彦一が勘兵衛を裏切るような度胸がないことをわかっている。

「親分、すまねえ、もうしませんから。お豊のところにはもう行きませんから、この首を斬るのと島流しだけは勘弁してもらいてえ！」

「お豊と二人で島に流されるのも粋じゃないか？」

「ゲッ、そんなこといわねえでおくんなさいよ親分……」

「彦、お前が行かなくてもお豊が来たらどうする。お前の長屋は幽霊が出るから丁度いいか、乳繰り合うには。馬鹿者が……」

ほとんど彦一を叱らない平三郎がひどく怒ってしまった。

「親分、すみませんです！」

いきなり彦一が奉行所の前で道端に座って平三郎に土下座した。

門番が出てきて何事かと驚いて二人を見ている。お奉行が登城する刻限だから門前で騒ぐのは禁物だ。いつも見ている彦一が泣きそうなのでどうしたことだと思う。

そこに文左衛門を先頭に勘兵衛の行列が現れた。

「平三郎……」

勘兵衛が馬を止めた。

「お奉行さま、朝からお騒がせいたします。こいつを島流しにしてください」

「相分かった。下城してから処分する」

「お、お奉行さまッ、ご勘弁をッ！」

彦一が泣きながら勘兵衛の馬に膝ですり寄ってくる。サッと文左衛門が刀の柄《つか》を握って身構えた。お奉行に近寄るなという警告だ。誰であろうがお奉行の馬に手をかける者は斬る。馬が驚いて立ち上がったりするとお奉行が危ない。

「彦一ッ、下がれッ！」

文左衛門が命じる。

地面に頭を擦りつけて彦一が謝ったが、勘兵衛が馬腹を蹴《け》り行列は知らんふりで通り過ぎる。行列の前に出ることは許されない。

「親分！」

「彦、覚悟を決めて島に流されろ、今度は庇《かば》わないからな」

「親分ッ、助けて……」

「もう遅い。お豊と島に行け！」

平三郎は彦一の襟首《えりくび》をつかむと、引きずるようにして砂利敷に連れて行って座らせた。

「親分ッ、親分、すまねえ、もうしないから……」

「どうした平三郎？」

半左衛門が彦一の泣き声に顔を出した。

「長野さま、この彦一を島流しにしていただきます」

「島流し？」

「はい……」

「島流しとは穏やかでないが、どうしたのだ彦一？」

「ご免なさい……」

「ご免なさいではわからんぞ。何がどうしてこうなったと話せないのか？」

「あのう……」

彦一はお豊とできてしまったともいえない。

女密偵のお香とお豊はお奉行のお気に入りだとわかっている。それに手を出したとはどうしてもいいにくい。そんなことをいえば半左衛門が激怒するだろう。島流しどころではなくこの場で首が飛んでしまう。

「長野さま、彦一はお豊のところに五日も十日も泊まったのです」

「なんだとッ！」

半左衛門の顔色がサッと変わった。

「本当か彦一！」

「ご免なさい。ご、五回、いや四回……」

「何んということだ。こともあろうにお豊とは、まだ、お前もお豊もお奉行のお許しが出たわけではないのだぞ！」

「ご免なさい……」

虫の息のようにつぶやいて、砂利敷の筵《むしろ》に彦一がうずくまった。もういけねえと思う。

「もうすぐお許しが出ようという時にどうしたのだ彦一！」

「あのう、ふらふらっと……」

「平三郎、これは島流しでは済まないかもしれないぞ。彦一の旧悪《きゅうあく》が旧悪だからな。それにお奉行を裏切っては死罪もあるぞ」

「長野さま、この平三郎の不手際でもございます。磔《はりつけ》獄門《ごくもん》ばかりはご勘弁を……」

「ご勘弁を……」

首を縮めた亀《かめ》のように半左衛門を見上げて彦一もいう。

「ならば斬首だ！」

「ざ、斬首……」

首が飛んじまっては一巻の終わりだ。斬首とか死罪という言葉は恐怖だ。

「お奉行にお願いしてみるが、困ったことをしてくれたな彦一、お豊はお奉行がお気に入りで、お手付きになるかもしれない良い女子《おなご》だぞ。わかっているのか……」

「ゲッ、お豊がお奉行さまの？」

「それをお前が……」

「す、すみません、ご免なさい。ご免なさい！」

「もう謝っても遅いわ。お奉行に死罪にはしないよう頼んでみるが、お慈悲をいただけるかわからないぞ平三郎……」

「その時は仕方ございません」

「お、親分……」

「じたばたするな！」

彦一は震え上がった。こんなことになるとは思わずお豊に手を出した。

男という生き物は大概身勝手なところがあって、後先のことを考えもせずに粋がって、言葉巧《たく》みに女に手を出すことが多い。

女出入りは男の甲斐性だ。などと粋がってにやけても、その後で何かと揉《も》めることが少なくない。据え膳食わぬは男の恥などと馬鹿なことをいう。饐《す》え膳など喰おうものなら下痢《げり》をしたり命さえとられかねない。

だが、こういうことは男の懲《こ》りない性分ともいえる。

後で後悔しても彦一みたいなことになりがちなのだ。そんな彦一に気を入れたお豊も哀れだ。馬鹿野郎が多いから泣きを見るのは、圧倒的に女が多いというのが通り相場である。こうなったら平三郎がいうように、お豊と彦一の二人を抱き合ったまま縛り上げて、八丈島にでも終身島流しにするのが一番いいのだ。

こういう分別のない男と女は困ったものである。

だが、男と女はお医者さまでも草津の湯でも惚れた病は治らねえともいう。上方ではお釈迦《しやか》さまでも有馬の湯でも惚れた病はなおりゃせぬというらしい。

江戸は圧倒的に女が不足していて独り者のいい男があふれていた。

葵こと竹乃のように女房になりたいなどといえば、定吉のように涙を流して迎える男がいくらでもいるのだ。それなのにお豊も惚れっぽいから、手ごろな彦一とできてしまったともいえる。

「彦一のことはお奉行が処分なさるとして、平三郎、例の歌留多という盗賊のことだがどう思う？」

「長野さま、あの野郎は義賊だと仰《おつしや》りたいのでしょうが、とんでもないことで泥棒猫、こそ泥の類《たぐ》いでございます。な、彦一？」

「へい……」

うなずいた彦一は斬首になるのだからすっかり観念している。

歌留多と手口が似ていることから、彦一は自分が疑われているようで居心地が悪い。

「そうか……」

「近々、捕まると思います。あのような粋がりは命取りですから……」

「長野さま、あの歌留多はあっしじゃありませんので……」

「そんなことはわかっておるわ」

「へい……」

「彦一、お豊を抱く暇があるならそういう盗人を捕まえるんだ。お奉行も手柄を立てれば死罪だ島流しだとはいわないだろう。勘違いしおって、愚か者が！」

「ご免なさい……」

「お忙しいお奉行さまにご迷惑をおかけいたします」

平三郎が彦一に代わって謝罪する。いつも冷静な半左衛門は彦一の振る舞いを本気で怒っていた。困った馬鹿野郎だと思う。なにを考えているかと引《ひ》っ叩《ぱた》いてやりたい。

「お奉行の期待外れになってしまった。下城されるまでそこに座ってお奉行に申し上げることを考えておけ。いいな彦一！」

「へい……」

「死罪になるか遠島になるか、それとも所払いになるかだが、お前の旧悪から考えて所払いはない。また弥栄の彦一に仕事をされては困るからな。仕事ができないよう死罪か遠島だ。即刻《そっこく》、斬首が一番いい！」

怒った半左衛門の言葉からとんでもなくまずいと彦一は思った。だが、そんな土壇場《どたんば》にいても彦一はお豊はいい女だと思う。

男はいい女のことになると頭の中が急に緩くなるらしい。

死罪は嫌だがお豊と一緒に島流しなら仕方ないかと思ったりする。二人が同じ島に行くことなど夫婦でもない限りあり得ない。

「死罪は勘弁していただいて、馬鹿な彦一は遠い八丈島、お豊は可愛いから大島ぐらいがいいのではないかと……」

「そうだな。平三郎、そなたの考えとしてお奉行に申し上げる」

「有り難く存じます」

平三郎が根拠もなくそういっただけなのだ。

命だけは助かると、そんなことを真に受ける何んとも能天気な彦一だ。そこがまた彦一の何んともいえない魅力なのかもしれない。平三郎はいい機会だから、彦一を徹底的に締め上げようと考えていた。

こういう女にだらしないことが続くと、ご用聞きとして命取りになりかねない。

大切な奉行所の仕事をする以上、女に緩いのは非常に困るのだ。それは喧嘩など女がらみの事件が少なくないからでもある。

半左衛門は平三郎と彦一を砂利敷に残して公事場《くじば》から消えた。

「長野さまもお前の馬鹿さ加減にはあきれ返っているんだぜ、わかるか？」

「うん、親分、何んとかならねえかな？」

「死罪のことか？」

「死罪も遠島も嫌だよ……」

「彦、お奉行さまが大切にしておられるお豊なんだぜ、はっきりいえばお香とお豊はお奉行さまの女だ。お香なんか奉行所にいたんだから、もうお奉行さまのお手付きかもしれねえんだぞ。わかっているのかおめえ……」

「そんなこと知らなかったもの？」

「そういうことに気が回らねえからお前は餓鬼《がき》だっていうんだ。ご用聞きっていうのはそういう気が利かねえといい仕事はできないんだよ」

「そんなことといったってお豊姐さんのことはもう手遅れじゃないか、親分……」

「そうだな、確かに……」

平三郎は彦一を後継のご用聞きにしてやれば、自分は身を引けると考えている。

そのためには彦一が堅気《かたぎ》の娘のお弓と一緒になって、神田明神で団子屋をやることなのだ。お弓ならしっかり者だからやれると思う。

平三郎には高遠《たかとお》に戻らなければならないという思いがあった。

ご用聞きは半左衛門からわずかな手当をもらうが、別に稼業を持ち生活に困らないことが条件になっている。

勘兵衛の考えはご用聞きを与力ではなく、同心の下におこうという考えなのだ。

その場合、与力と違い同心は三十俵二人扶持《ぶち》と微禄《びろく》で、とてもご用聞きに手当など出せない。

この仕事はお上の仕事を手伝うという名誉のようなものである。

幾松はお元《もと》が小間物屋をし、三五郎は小春が旅籠と甘酒ろくごうと茶屋を手広くやっている。平三郎はお浦が茶屋をやり、益蔵はお千代が茶屋を、鬼七は豆観音のお国が団子屋をしている。

親分とはいうものの働き者の女房に、からみついた紐《ひも》のようなものだ。

そういうしっかり者の女房がいないと、俸禄《ほうろく》がないのだからご用聞きの親分は困る。

その上、手持無沙汰《ぶさた》にしていてご用聞きはいつでも、どこへでも吹っ飛んで行かなければならない。考えてみればご用聞きの親分はなかなかいい身分だ。

いい女房を持ち生活が安定していることが大切なのだ。

フラフラ悪党に引きずり込まれるようでは困る。彦一にはそれなりの正義感はあるのだが、女に緩いのが大きな欠点であった。もちろん平三郎は欠点のない人などいないとわかっている。

そこは勘兵衛も同じだからこそ、人を生かして使おうと考えていた。どんな男にもはまり役というものがある。それは女も同じだ。人は生まれながらの悪党ではないということだ。

勘兵衛は彦一を見た時、このとぼけた男にもはまり役があるはずだと思った。

その彦一がご用聞きになるには、お弓を嫁にするのが一番だと平三郎は思うが、困ったことについお豊の色香に迷ってしまった。

それを気の強いお弓が知ったら、烈火《れっか》のごとく怒るに決まっている。引っ叩かれ噛《か》みつかれるぐらいならいい方で、そっぽを向かれたら彦一はご用聞きになるのも難しくなる。そういうふうにはしたくないと平三郎は思う。

「ちょっと厠《かわや》に行ってくる」

平三郎が立って砂利敷から消えた。

彦一は一人になり奉行所から逃げようと思えばいくらでも逃げられる。

だが、彦一は観念して逃げなかった。

ここで逃げれば一生ビクビクしながら、追われる生活をしなければならない。おそらく島流しなら何年か後には江戸に帰ることができるはずだ。彦一はお天道さまの下を歩くにはここで真っ当にならなければ、そういう機会はもうないのだと覚悟を決めた。それだけにお豊とのことは残念だが仕方がない。

彦一は平三郎とご用聞きの仕事をしてみて、その何んともいえないお天道さまの清々《すがすが》しさに気づいてしまった。もう逃げ隠れするのは嫌だ。

正々堂々と、「おれはお上のお手伝いをしているんだぞ！」と、叫ぶことができると思う。その爽快さはかつてなかったことだ。これまでそんなことは一度もなかった。こそこそと生きてきたように思う。

それなのにお豊の色香に迷ったのは痛恨で残念だとわかっていた。

「おれは馬鹿野郎だ……」

彦一は情けなくてがっくりである。

あのお奉行さまに親分が頼んでくれれば、死罪にはならないだろうと思う。命がけで本当に改心するから助けてもらいたい。もう遅いだろうか。こうなったらお豊には悪いが、気の迷いだったと言い訳するしかない。男なんてえものは卑怯《ひきょう》でそんな勝手な生き物なのだ。

誠実と書いて背負って歩きながら、男のやっていることといえば、子どもじみていていい加減。彦一にもそんなところがあった。

それを相手にしたお豊こそ可哀そうである。

逃げて暮らすこともできるとは思うが、逃げて薄暗がりでこそこそ暮らすのはもう嫌だ。何んといってもお天道さまがいい。彦一は本気で変わりつつあった。

「お奉行さまにすべてをお任せするしかない。自分の身から出た錆《さび》でお豊もお弓も誰も悪くない。おれが悪い……」

砂利敷きでブツブツいいながら、すっかり後悔した彦一はすべてをお奉行に任せると決めた。そう腹が決まればみっともなくじたばたしない。首のあたりが少しスウスウして寒いが仕方なかった。

昼が過ぎ半刻もしないで勘兵衛が下城してきた。

奉行所に戻ると勘兵衛は着替えをして、一服する間もなくすぐ半左衛門から彦一の話を聞いた。

「それで平三郎はどうしたいというのだ」

「彦一を自分の跡取りにして、ご用聞きから身を引きたいと思っているようです」

「高遠に戻りたいのであろう?」

「はい……」

「それがお豊に絡まったか?」

「はい、平三郎はがっかりかと思います。彦一の嫁も決めていたようですから……」

「嫁？」

「神田明神の平三郎の茶屋で働いているお弓とかいう娘だと聞きました。二人を一緒にさせて団子屋をやらせると、だいぶ前から……」

「それを平三郎は楽しみにしていたのか？」

「はい、さようでございます」

「確か、彦一はお豊と知り合いだったな？」

「はい、お豊というよりは亡くなったお豊の祖父万吉と、仕事上の付き合いがあったということです」

「そうか……」

勘兵衛は平三郎の気持ちを考えた。彦一をどうしたいかだ。

平三郎がご用聞きから身を引きたいという考えも充分にわかる。高遠に戻りたいのも本心なのだろう。そのための支度を整えてきた。ところがその跡取りと考えていた彦一が、とんでもない方向に暴走したのである。その残念さが勘兵衛にはわかる。

毎日、江戸を歩き回る仕事は若い者の仕事だ。もう平三郎にはきつい仕事だろう。

「ところで昨年の暮れ頃、病で妻を亡くした若い同心がいたな？」

「はい、隠密廻りの島田右衛門《しまだうえもん》にございます。槍《やり》の使い手ながらこのところ覇気《はき》をなくしております。妻に先立たれると男はたわいもなく駄目になります」

「子は？」

「亡くなった妻が病弱で子はございません」

「一人暮らしなのか？」

「はい……」

「歳《とし》は？」

「三十を二つ三つ超えているかと思います」

「そうか、その島田にお豊を嫁にどうだ？」

「お、お奉行！」

半左衛門はびっくりした。何んとも大胆な話だと思う。

隠密廻り同心の後添《のちぞ》えにあろうことか、盗賊の色だった飛び切り美人の女を入れるというのは仰天《ぎょうてん》だ。年恰好《としかっこう》はちょうどいいとは思うが、槍の使い手で堅《かた》物《ぶつ》、愛妻を亡くして意気消沈しているところに、いきなりあのお豊では島田右衛門が殺されそうだが、その前に妻を忘れられないだろう右衛門が首を縦に振るかだ。

「おさまるところにおさまれば人は変わるものだぞ。お豊は悪い女ではない」

「しかしながらお奉行……」

「島田は病弱の妻を抱えて苦労したのだろうから、お豊のように元気のいい女を妻にすれば、気持ちもだいぶ違ってくるのではないか？」

「はあ、年恰好などちょうどよいとは思いますが、あのお豊が八丁堀に……」

「女賊が気になるか？」

「いいえ、そのようなことではなく風紀が……」

「色っぽ過ぎるというのか？」

「まあ、そこは何んといいますか……」

「半左衛門、八丁堀の女房たちは地味過ぎるのではないか？」

「に、女房……」

「妻たちでもよいが」

「はい、このところ若いお末《すえ》やお鈴《すず》やお夕《ゆう》がおりますので多少は派手に……」

「うむ、そこにあの美人のお豊が入れば、パッと花が咲いてだいぶ刺激になるのではないか、そうであろうが、どうだ？」

「はい、確かに、少々咲き過ぎではと……」

強引な勘兵衛に半左衛門は静かな八丁堀には刺激が強すぎると思う。

八丁堀というところは南北奉行所の役人の町で、派手さはないが落ち着いて静かないいところなのだ。

そんなところを大きな柄の粋な着物を着た派手なお豊に、闊歩《かっぽ》されたらたちまち色町と勘違いされる。頑固《がんこ》な老女たちが騒いだら誰も止められなくなる。お豊が叩き出されるかもしれない。

「おもしろいではないか、島田もよろこぶだろう」

「はあ、そのように思います」

「そうか、ならば話を進めてくれ、早いほうがいいぞ」

勘兵衛はお豊がやはり密偵には向いていなかったかと思う。

だが、女賊とは真逆の同心の妻になれば変わるだろうと考えた。八丁堀の地味な雰囲気《ふんいき》に刺激になればいいことだ。などと勘兵衛は無責任に考えるが、その女たちの世界にはそれなりに秩序《ちつじょ》というものがある。

その八丁堀の秩序の頂点に君臨しているのが半左衛門の妻なのだ。

勘兵衛はお豊にもそれぐらい強烈な変化がないと駄目だと思う。まるっきり別世界に叩き込むしかない。役人だらけの中に住んで子でもできれば、どんな女でも変わるしかなくなるだろう。

堅物の島田右衛門がお豊をどう扱うか見ものでもある。

このままでは右衛門が死んだ妻に引きずられ、後妻を迎えないまま腐《くさ》るようなことになりそうだ。奉行所としては右衛門にまだひと花もふた花も咲かせてほしい。背を丸めて隠居臭くなる歳ではないのだ。男は愛妻を亡くすとすぐおかしくなる。

勘兵衛はそう見切った。それ以外お豊を救う道はない。

それは島田右衛門を救う道でもある。所詮《しょせん》、夫婦というものは割《わ》れ鍋《なべ》に綴《と》じ蓋《ぶた》というではないか、一つ屋根の下に住めば何んとかなるだろう。

公事場に出て行くと勘兵衛は縁側には出て行かず主座に座った。

「平三郎、彦一のことは半左衛門から聞いた。処分はよく考えた上でいずれ改めて行うことにする。死罪にするか遠島にするか難しいところだからな？」

「し、死罪……」

「はッ、お手を煩わせ申し訳ございません」

「うむ、それだけだ」

勘兵衛は彦一には声もかけずに公事場から消えた。もう一度、幸運にも彦一は勘兵衛から猶予《ゆうよ》をもらったのである。

「親分……」

「彦、今日は帰ろう。少し光が見えたかもしれないぞ」

「ひ、光……」

「そうだ、お奉行さまは考えると仰せられた。お前を処分するぐらい考えなくてもあのお奉行さまなら決められる。それを考えてくださるというのだから、首がつながる見込みが出てきたということだ」

「そうなんですか？」

「そうだ。お奉行さまに感謝することだ」

「そんなこといってこの首をいきなりちょんと……」

「馬鹿、お奉行さまはお前のそんな薄汚ねえ首など所望じゃねえんだ。行こう」

二人は奉行所を出て神田明神に向かう。彦一はお弓に合わせる顔がないのか、途中から幽霊長屋に帰って寝てしまった。

何日も彦一の顔を見ないとお豊もお弓も不安になる。

お弓はこっそり幽霊長屋に彦一の様子を見に行ったりするが留守だ。

そのお豊が奉行所に呼び出された。

何んとも腰を振って色っぽいのがお豊で、半左衛門は年甲斐もなく眼がクラクラしそうだ。濃い白粉《おしろい》の匂いが奉行所中に流れ込んで行きそうだ。

女密偵の白粉売りとしてはぴったりなのだが、勘兵衛の目論見《もくろみ》はお豊に限っては大外れのようだ。

別に粋がっているわけでもないから、半左衛門はお豊を叱ることもできない。

美人で「あたし綺麗？」というお豊には白粉をつけるなともいえない。

筆頭与力長野半左衛門が最も苦手とする部類の女がお豊だ。むしろ、こういう女は勘兵衛が得意とするところだ。

第十六章　女閻魔《えんま》

お豊はなぜ奉行所に呼ばれたのかわかっていない。

頭のほんの隅っこで「彦一のことかな……」と、うっすらと思っているぐらいなのだ。

別にお豊が彦一を誘ったわけでもない。いつの間にか彦一が長屋に来て、泊まって行くようになったのだとお豊は思っている。

「お豊、これはお奉行からの話だ」

「お奉行さまから？」

「うむ、実は、昨年の暮れに妻を亡くした同心がいてな」

「はい……」

「お奉行はその同心のところにお豊を嫁がせろといっておられるのだ」

「お武家さまに？」

お豊は格別に驚くふうもない。

「そうだ。これはお奉行の命令でもあるのだが。嫌か？」

「いいえ、嫌だなんてとんでもないことで、でも、あたしなんかがお武家さまの女房でいいんでしょうか？」

「女房ではない。妻だ。良いも悪いもない。これはお奉行さまの命令だ」

「はい、ご命令では仕方ありませんね」

なんとも暢気な口ぶりだ。彦一のことでなかったからほっとしている。

「では、いいのだな？」

「はい……」

お豊は相手の名前も何も聞かず半左衛門に了承した。

男などというものはみな似たり寄ったりだと思っている。お奉行さまが薦《すす》めるのなら悪い話ではないと思う。お武家というのが気になるが、捕まったのだから贅沢はいえないし、お奉行の命令といわれては抗《あらが》うすべはない。

死罪になっても文句のいえない女賊が命を助けてもらったのだ。

そこで問題なのは役人とは逆の、荒っぽい鉄火に生きてきた女が、八丁堀に嫁げといわれたのだから、主人になる旦那より八丁堀という場所と、その雰囲気に馴染めるかということだ。

八丁堀というところは盗賊には鬼門だ。何があっても近づいてはならない禁断のところである。役人といえども男だからお豊は扱いを知っている。むしろ、八丁堀にはその役人の妻など女たちが大勢いるはずなのだ。そっちの方が馴染めるか心配だ。女には独特の嗅覚《きゅうかく》があって同類でないものや、危険なものを排除しようとする。

武家に生まれた女たちと、盗賊の家に生まれた女が一緒に住むのだ。

「その同心のお方というのはどのようなお方でしょうか？」

「おう、そうだったな。その男は隠密廻り同心の島田右衛門という槍の名人だ。歳は三十三歳、亡くなった妻は病弱で子はいなかった」

「隠密廻り……」

「うむ、そなたは密偵だから同じようなものだ」

「あのう、それで島田さまは何んと？」

「お奉行の命令だ。否《いな》やはない。そなたで良いといっておる。今日、八丁堀の役宅に連れて行くから、しばらく待て……」

「えッ、今日……」

「そうだ。すぐ八丁堀に行くといったのだ」

「あのう……」

「わしのいうことに従え！」

「は、はい！」

半左衛門は苦手なお豊に高飛車《たかびしや》にいう。こういう女には有無をいわせない。

お豊にはあまりにも急な話だったが、お奉行からの言いつけでは仕方がない。

お豊の身柄は捕まった時から勘兵衛しだいなのだ。右を見ていろといわれれば二日でも三日でも右を見ているしかない。

犬や猫の子のように今すぐといわれれば、黙ってもらわれて行くしかないのだ。

悪いことをした報いだから。

死罪や遠島といわれても仕方なかったが、祖父の万吉のお陰で奉行所預かりのような恰好になっている。そんな危ない女が同心の嫁になるのだから、よろこぶべきなのかそれとも哀《かな》しむべきなのか。

フッとお豊は彦一のことでこうなったのではと思った。

やはりお奉行さまはすべてお見通しなのではないか、だとすればまたもやお奉行さまの大恩情ということになる。だが、半左衛門はそんな彦一のことなどはまったくいわない。ただお奉行の命令だから従えという。ご無理ごもっともである。

そこに勘兵衛が現れた。

「お豊、今夜、祝言《しゆうげん》をあげる。いいな？」

「は、はい……」

「長屋の方は幾松とお香が手伝うからすぐ引き払え！」

勘兵衛の厳命だ。

この勘兵衛の考えはうまくいった。

その夜、妻を亡くして沈んでいた右衛門の役宅に大輪の花が咲いた。

一目でお豊は右衛門に惚れ込んでしまい、槍の名手右衛門も一晩でお豊を大いに気に入ってしまう。心配する間もなくお豊は槍の名手に心の臓を貫かれた。

こうなると男女の話は早い。

たちまち島田家の主導権はお豊のものになる。その後が実はうまく行きすぎて難儀だった。危ない女のお豊が右衛門のお陰で生まれ変わり大変身する。女は男次第でどうにでも変わるし、男は女次第で腰抜けの役立たずになる。勘兵衛の思惑は大外れで右衛門はたちまちお豊に腑抜《ふぬ》けにされた。男はあまりいい女を嫁にしては駄目だ。

「おい、島田はどうしたんだ？」

「近頃、ボーッとしているな」

「隠密廻りだぜ……」

「新しい嫁をもらったから仕方なかろう」

「そういえば滅法《めっぽう》いい女だというな。お豊というのは……」

「お奉行が薦めたらしいから……」

「なるほど、病の奥方をずいぶん長く大切にしていたからな。いいんじゃないかボーッとするぐらいで……」

などと同心たちは右衛門に同情的である。

肝心のお豊は女密偵にはなれなかったが、少々派手ではあるが武家の奥方としてなかなかだった。兎に角、社交的でいつもニコニコで明るいのがいい。人がどんな噂をしようがお豊は気にしない女だった。

その頃、彦一は半左衛門がいった言葉を思い出していた。

「お奉行も、手柄を立てれば死罪だ島流しだとはいわないだろう」

その言葉が脳裏に張り付いている。

「手柄だ。手柄を立てればいいんだ」

彦一は手柄を立てればお奉行に申し開きができると思った。処分はいずれといったお奉行の気持ちはそういうことだろうと思う。それは実に賢明《けんめい》な考えである。彦一はお豊が隠密廻りの島田右衛門に嫁いだと知り、自分も生きる道を探そうと決心する。

「よし、手柄を立ててやる。あの歌留多を捕まえればいいんだ」

幽霊長屋を飛び出すと彦一は日本橋に走った。走りながら、これまで歌留多が女王札を残していったところを考えた。

賊は賊のことを知る。歌留多と弥栄の彦一はその手口が同一人物のようだ。

彦一は一人で働いてきた錠前はずしの名人といわれた盗賊である。鼻が利くのだ。女王札の賊の考えることが匂ってくる。

「奴はこの辺りにいれば、必ず出てくるはずだ……」

彦一は必ず盗賊に食いつくつもりで、暗がりに潜んで星明かりの下であちこちにらんでいる。しばらくすると物陰から出て歩き出した。彦一には歌留多の現れそうなところが匂う。そう思えるところが何カ所かあった。

「今日はこの辺りには出ねえな……」

二、三町ほど歩くと立ち止まって物陰に身を潜める。

そんなことを何度も繰り返していた。奴の匂いはプンプンするのだがなかなか現れない。盗賊の歌留多だって捕まりたくないから警戒しているはずだ。

夜半過ぎには幽霊長屋に戻ってきて彦一は倒れ込んだ。夜明けまでの見張りはとても体が持たない。仮眠を取ってきてまだ薄暗いうちに、神田明神のお浦の茶屋に走って行く。約束だから何があっても奉行所に行かなければならない。

「彦さん、おはよう！」

お弓は彦一を好きだからいつもニコニコ明るい。それが何んともつらい彦一なのだ。

「うむ、おはよう……」

寝起きの腫れぼったい顔で不愛想に彦一がいう。

なんだかキラキラしてお弓の顔が眩《まぶ》しいのだ。心の中では「お弓ご免な……」といっている。浮気をしてしまったのだからすまないと思う。彦一もお弓を好きで好きでたまらないのだ。それなのに男というのはフラフラとしまりのないことをする。

小冬が奥から怖い顔でにらんでいた。

彦一の最も苦手な顔が、眼を光らせてあきらかに怒っている。蛇に睨まれた蛙《かわず》になってしまう。

小冬はお弓のようにやさしくない。

平三郎とお浦が出てくると、「親分に女将さん、おはようございます」と、いつもの挨拶だがお浦の視線を気のせいか冷たく感じる。

自分がやましいと周りの人が変わったように思うものだ。

いつもの通りで何も変わってなどいない。

「彦一、おめえ眠そうだな?」

「親分、あまり眠れねえんで……」

歌留多を追っているとはいわなかった。

「そうか、行こう」

二人はいつものように奉行所に急ぐ。

勘兵衛からどんな処分が出るか彦一は怯えていた。一方のお豊は電光石火、勘兵衛の命令で隠密廻り同心島田右衛門の妻になった。

人はおかれた場所によっていくらでも変貌する。

お豊は周りが与力、同心だらけの八丁堀で暮らすことになり、前屈《まえかが》みの背骨がピンと伸びてきた。

そのお豊の武家修行が始まった。

嫁いだ翌日から右衛門を送り出すと、長野半左衛門宅を訪ねて半左衛門の老妻から、武家の妻としての行儀《ぎょうぎ》作法、言葉の使い方、武家の仕来《しきた》りや行事、上役や同僚との付き合い方などをみっちり仕込まれることになった。

三十俵二人扶持の使い方まで指図される。

お豊が生きてきた世界のように、野放図にすれば夫婦で飢死《うえじに》しなければならない。

どのようにして慎《つつ》ましい生活をするかを学んだ。「そのうち子ができるのですからしっかりしなさい」と厳しい。この三十俵二人扶持というのが実にむずかしい。盗賊のように小判がポンポン飛び交う世界とはまるで違う。

座り方から歩き方まで品よくしなければならない。武家は下品を嫌う。

自由気ままに生きてきたお豊には考えられない世界がそこにはあった。好き勝手に食いたいものを食い、着たいものを着て、いいたいことをいってきたお豊の生き方が一変した。だが、お豊は島田右衛門の大きな愛に包まれている実感をつかんでいた。

こうなると右衛門が帰ってくるのだけが楽しみになる。

だが、半左衛門の老妻は箸《はし》の上げ下ろしから寝所のことまでいう。

「いいですか、寝所ではこのように布を嚙むのです」

右衛門と寝るときぐらい自由にしたいが、慎《つつし》み深い役宅なのだから隣近所には決して迷惑をかけないで、何ごとも主人を立てることを一義とすると教えられた。

お豊にとっては変な世界だが新鮮で結構楽しい。

そう思えるところがお豊のなかなか賢いところだ。

勘兵衛からはもう逃げられないのだから、何んでも楽しんでしまえと気持ちを切り替えてしまった。

賢くないと一日をブツクサいいながら過ごしてしまう。

おもしろくない日を繰り返して、自分で自分を追い詰めてしまう。そんな自虐的な生き方には決して光明《こうみよう》はない。人はちょっとした不満にとらわれがちである。つまりあきらめが肝心だということだ。お豊はそれを知っている。

悪党たちを見てきて実に暗い世界だったと思う。

彦一と同じようにようやくお天道さまの下に出られたと思うのだ。もう暗闇に潜む暮らしは嫌だ。お豊は全身にお天道さまの光を浴びて自由だ。怖いのは北町のお奉行さまだけである。そのお奉行さまが世話してくれた右衛門さまだ。心底惚れ抜いてやるとお豊は決心した。

半左衛門の老妻のいうことはいちいち七面倒くさいことばかりだが、そこには怯えることなくお天道さまの下で明るく、おおらかに生きられる伸びやかさがある。盗賊のように暗いところ暗いところと探して歩くことはない。

お豊がそのことに気づいた。

そう思わせたのは右衛門の言葉だった。

「今までのことは全部忘れてしまえ、短い一生なんだから生まれたての赤子になって武家のことを最初から学べ、裕福ではないが同心の生活は結構おもしろいぞ」

「はい……」

「物は考えようだ。思いっきり明るく笑い飛ばして生きることだ」

お豊はそのおおらかなやさしい言葉に右衛門の大きな愛を感じた。

この人と新しく生き直してみようと思う。お奉行がその機会をくれたのだと思うとうれしかった。

お豊は悪党の世界からようやく抜け出たと思った。空いっぱいの陽の光を見た。爽快な気分だ。右衛門さまとならきっと生きられる。そう思うと勇気が湧いた。

そんなお豊を右衛門は思いっきり愛した。

傍目ではいい年をした新婚の夫婦が、でれでれしやがってと思うほど仲がいい。お豊は毎朝、門前に出てきて右衛門を見送る。

お豊は右衛門が愛おしくてたまらないのだ。愛されている確かな実感がある。人目もはばからず右衛門に抱きついたりすると、四半刻もしないで半左衛門の老妻から呼ばれる。

「道端で主人に抱きついたりしてはいけません」

厳しく注意される。

「はーい……」

「どうしてもそうしたい時は門の中でしなさい。この八丁堀の人目はうるさいですからね。わかりますか?」

老妻があなたもよくやるわねという顔でニッと微笑む。

「はい……」

「島田さまはあのようにやさしいお方ですから、わかっていますね？」

「はい、その通りでございます」

「わかっているのならそれでよろしい。ややは？」

「ややですか、そっちの方はまだ食べておりません」

「食べる？」

「餅かなんかでは……」

「お豊殿、ややというのは赤子《あかご》のことです。その腹の中にまだできていないかと聞いておるのじゃ」

「あ、赤子で……」

「そうじゃ。まだなのか？」

「はい、まだのように思いますが、できてもいいのでしょうか？」

「さっさといたせ！」

鬼より怖い米津勘兵衛の次に怖いのが、八丁堀の女閻魔《えんま》という長野半左衛門の老妻だった。

その老妻はいつも明るく白粉《おしろい》くさいお豊を気に入ったのだ。

お豊は何も知らないから女閻魔を頼り切ったのがよかった。何かあってもなくてもお豊は飛んで行く。老人というのは小うるさいと怖がられ嫌がられがちだが、お豊は老妻にべったり張り付いた。

本当に武家のことは何も知らないのだからそうするしかない。

こうなると年寄りは若い娘が可愛くって仕方がない。何んでもかんでも教えないと気がすまなくなる。そのかわり多少のことがあっても庇ってくれる。女閻魔を味方につけたら頼りになる。三途《さんず》の川《かわ》の恐ろしい奪衣婆《だつえば》かもしれない。

三途の川を渡る時、悪党の着物はひどく濡《ぬ》れるのだそうだ。奪衣婆はその着物を剝ぎ取り、その重さを懸衣翁《けんえおう》が計るのだという。そこで罪の重さが決まるらしい。奪衣婆は閻魔大王の妻ともいわれている。

賢くない女はそれをうるさがったり、嫌がったり毛嫌いして離れたりする。

お豊は武家のことは何も知らないのだから、おもしろがって何んでも有り難く聞く賢さを持っていた。

そういうところを奪衣婆から気に入られたのだ。

右衛門に赤子から生き直せといわれたことで、お豊の不安は木っ端微塵《こっぱみじん》に吹き飛んだ。お豊は生まれ変わろうと必死になる。

実は、ややはと聞かれた時、お豊は気づいていなかったが、はやくも右衛門の子ができていた。右衛門とお豊はこれまでの遅れを取り戻そうと、毎晩のように忙しかったのである。

隣の同心が大迷惑していたのを二人は知らない。

「隣の新婚さんはお盛んだな？」

「ねえ、うちもいいでしょ？」

などと密かに厄介な事件になっていたのである。

島田屋敷の隣は南町奉行所の同心が住んでいた。

この後、寛永十三年（一六三六）に八丁堀からほとんどの寺が移転させられ、役人の町として八丁堀は益々《ますます》大きくなる。同心屋敷は百坪と大きかったので、やがて半分を医者や学者に貸すようになったという。それは同心が貧しかったから家の一部を貸して家賃を稼いだのだ。

お豊は右衛門と出会ったことが幸運だった。

右衛門も何んともいい女を妻にできたと喜んでいる。お豊にならら殺されてもいいと思うほど惚れ込んだ。北町奉行所の槍の達人もお豊に骨抜きにされそうになっている。大いに結構なことである。こういう場合は右衛門が半左衛門を、怒らせないようにすることが大切だ。

一方の彦一は勘兵衛から声もかけてもらえず、ここで何んとかしないととんでもないことになると、満足に寝ないで夜回りに出ていた。

だが、江戸は発展して城下は勢いよく東西南北に広がっている。

歌留多に狙いを定めた彦一だったが、思惑通りにはならないまま二日三日と過ぎていった。

歌留多も警戒しているから尻尾はつかませない。

その頃、小五郎一座を追う藤九郎たちは尾張宮宿から、美濃は岐阜の加納宿に向かっていて、東海道から中山道に出ようと考えていた。藤九郎は小五郎が東海道にいないとはっきりわかった。まったく女歌舞伎の気配がないのである。東海道から中山道に道を変えたとしか考えられない。

姿を消してしまった一味を探すのは容易ではない。

その小五郎一味が中山道上にいるという確証もないのだ。藤九郎たち四人の後を宇三郎、青田孫四郎、赤松左京之助の三騎が追っている。何んとしても小五郎と長七を北町奉行所が捕らえなければならなかった。総力を挙げて追ったが逃げられたとはいわれたくない。十七人皆殺しという事件はあまりにも重い。

身延街道の下部温泉で一座から抜け出して、一人で江戸に向かった葵こと竹乃は、定吉の長屋で大問題を引き起こしていた。夜の声が大川を超えて向島《むこうじま》までと、あまりにも大きいので最初はおもしろがっていたが、それが毎晩となるとさすがに長屋の住人から厳しい苦情が出た。それも女房から迫られる宿六たちからだ。

「おはようお竹さん、お盛んで結構なことですね」

などと長屋の女房が皮肉っぽくいう。本心では長屋の女たちにとって竹乃さまさまなのだ。その分、宿六たちにはたまったものではない。

「ええ、定吉さんが仕方ないんですもの……」

竹乃に悪気はなくケロッとしている。若い娘に穏やかな長屋はひっくり返された。

「ねえ、お前さん……」

「よし、お前もあんな小娘に負けるんじゃねえぞ！」

「いいのかいお前さん？」

「馬鹿野郎、おれはあんな定吉に負けちゃいねえよ」

「無理しない方がいいんじゃないかい？」

「てめえ、このおれをなめやがって、殺してやるから覚悟しやがれ。この野郎！」

亭主たちが古女房に啖呵《たんか》を切るが、最初はいいがそううまくいくものではない。竹乃のお陰で長屋のあっちでもこっちでも賑やかなことだ。「この長屋はどうなってんだ？」などと、夜遊びから家に帰ってきた若い衆は、路地で立ち止まり踵《きびす》を返して岡場所に向かう有り様だった。だが、そうはいかなくなってくる。

「定吉さん、どうにかならないのかね？」

「すまねえな大きな声で、今夜はあいつに猿轡《さるぐつわ》でも嚙ませるか？」

「そこまでしては可哀そうじゃないかい。お竹さんはわるくないんだからさ、毎晩じゃお前さんがちょっと過ぎるんじゃないのか？」

「いや、あれが若いもんだからさ、つい……」

などという。

「定吉さんよ、おめえさんは嫁が若くていいな？」

「それほどでもないんだが、何んともかんとも困ったもんだぜ……」

馬鹿野郎と怒鳴《どな》られそうだが定吉は満更《まんざら》でもない。

どんなもんだいと自慢する気分もあるが、長屋の疲れた亭主たちにはひどく迷惑になっているのだった。

　それを知った定吉は長屋を出て、浅草のどこか家のないところに、一軒家でも構えるしかないかと思い始めた。竹乃はそんな定吉の悩みも知らん顔で、いつも明るく二代目の家に行って小梢の手伝いをしている。定吉はそう暢気でもない。

「二代目、長屋で困ったことが起きているんで……」

「なんだ。困ったことって？」

　正蔵に定吉がこんなことをいったことはない。先代の子分だった定吉は今では二代目一家を仕切っている。その定吉が困った顔だ。

「竹乃のことなんですが……」

「具合でも悪いのか？」

「いいえ、具合が良過ぎるので困っていますので……」

「話が見えないな。なぜ困るんだ？」

「声なんですよ。千住大橋まで聞こえるとか、竹乃の声が長屋中に響くもんで、女房たちが張り切っちゃって、その分、亭主たちは寝不足だっていう始末で、なんとも可哀そうなことに……」

　正蔵がにやりと笑った。

「実はな、小梢もそうなんだ……」

「えッ、奥さまが？」

「布団をかぶせて縛りたくなるよ」

「そうなんで？」

「家を建てて穴倉《あなぐら》でも作るか？」

「二代目……」

「どこかいいところがあるのか、野原の一軒家でもいいぞ」

「大川の川沿いはどうでしょう？」

「川沿いにそんな空き地があるか？」

「ええ、川下に空き地ではないが、空き家が一軒あります。そこならすぐ住めるかと思いますので……」

「あの隠居が住んでいた茅葺《かやぶき》の一軒家か？」

「はい、ここから一町半（約一六四メートル）ほどですから、近くて何かと都合がいいかと思います」

「あそこならいいな。舟でも行き来ができる」

正蔵が同意して定吉が買うことになった。

そのお足は先代から一家に尽くしてきた定吉に、先代の娘の小梢が感謝の贈り物ということだ。

竹乃のお陰で定吉は豪勢な家を手に入れることになった。

大店の隠居が使っていた小洒落《こじゃれ》た家で、贅沢にも船着き場があり、釣り好きな隠居が大川のあちこちで釣りを楽しんだ家だ。

隠居屋敷というほどには大きくはないが、定吉と竹乃にはぴったりの家だった。

何んといっても大暴れで大声の竹乃には丁度いい。いくら何んでも大川の対岸に聞こえることはないだろう。何よりも大川に出られる船着き場があるので竹乃はご機嫌だった。するとすっかり落ち着いた竹乃が定吉に相談して、お宝の五十五両から五十両を京の大原の母親と兄に送った。

第十七章　王城の地

わずか数日であちこちに大きな変化が起きた。

江戸の住人はどこもかしこも忙しいのである。もたもたしているとあっという間に陽《ひ》が暮れてしまう。江戸っ子は気が短けえなどというのは、そんな忙しさの中からでき上がって行く。「忙しい、忙しい……」といって、丁稚《でっち》や小僧までが走っているのが江戸なのだ。

暢気《のんき》に歩いていると荷車に蹴飛ばされる。

その頃、小五郎を追っている藤九郎、甚四郎、長兵衛、六之助の四人は岐阜加納宿に入っていた。

慶長六年（一六〇一）に家康が岐阜城を廃城にして加納城を築城。

城下と宿場が一緒に栄え、中山道では本庄宿《ほんじょうしゅく》、熊谷宿《くまがやしゅく》、高崎宿などに次いで大きい。

この時、小五郎と亥助一行は急ぎに急いで、上松宿から加納宿を過ぎ鳥居本《とりいもと》宿《じゅく》まで行っていた。

上松宿で小五郎は長七を待ったが、あまり現れないので京に向かって出立したのである。

その判断が微妙によく小五郎たちは、追手の藤九郎たちの前に出ていた。その頃、上松宿に長七が来ていたがもう小五郎はいない。

ここで問題になったのが追手の藤九郎たちが、小五郎の前にいるのか後ろにいるのかということだ。六之助はまだ小五郎は後ろにいるという。逆に長兵衛はすでに前に行っているだろうという。二人の考えにはなんの確証もなく勘だけなのだ。こうなると判断が難しく動きづらくなった。この時、藤九郎たちはちょうど小五郎と長七の間に入ったことになる。

そこで加納宿の旅籠《はたご》を聞き込んだが、そんな女一座はどこにも姿を現していなかった。

東海道と中山道の両方から姿を消したということか。長良川《ながらがわ》を渡った次の河渡《ごうど》宿《しゅく》に行くには橋がなく、河渡の渡しから行くしかない。

そこにも一座の影はなかった。

この辺りを通ったとすれば二、三日前だろう。一座の匂いがまったくしないのはおかしい。道草してまだ来ていないのかとも思う。ということは六之助がいうように小五郎は後ろにいることになるのだ。藤九郎と甚四郎も小五郎は後ろではないかと思うのだがそこが難しい。

この頃、美江寺村《みえじむら》はあったが美江寺宿《みえじしゅく》というものはまだ存在していなかった。美江寺宿が正式に設けられるのは十六年後の寛永十四年（一六三七）、本陣《ほんじん》が設けられるのは四十八年後の寛文九年（一六六九）である。

そういう点では東海道は完全に整備されたが、中山道はまだ未整備だったともいえる。

四人は美濃大垣赤坂宿《おおがきあかさかじゅく》で後から来るかもしれない一座を待つか、それとも先に行ったかもしれない一座を追って京に向かうか相談した。

藤九郎は一味の痕跡がないことで明らかに迷っている。

あの女一座はどこにいるのだ。東海道にはいない確信がある。だが、中山道にもいないのか。小五郎は東海道からも中山道からも消えた。一味を追う追い方に間違いはなかったはずだと思う。

「あの大人数がどこへ消えた？」

「どこにも手掛かりがないというのはおかしい、やはり追い越した可能性が高いのではないですか？」

「まだ後ろにいるということか？」

「いや、追われることを警戒して、一座はバラバラになって京に向かったのだと思う」

長兵衛は東海道か中山道のどこかで、女歌舞伎一座は解体したと思うのだ。逃げるのに大勢の女たちを連れてでは、目立ち過ぎるし足が遅いから危険なのだと思う。だとすれば解体して街道の旅人に紛れ込ませるしかない。だから街道に痕跡はないし捕らえるのは困難になったのだ。

この長兵衛の考えがほぼ正しかった。

街道で怪しい者を何人か捕まえても、首魁《しゅかい》の小五郎を捕縛しなければ駄目だ。

「ここは美濃だから近江《おうみ》に出ればすぐ京だ。いずれにしてもその京まで行って探索するしかなかろう。追われている小五郎も気づいているだろうからな。無警戒で街道を歩いているとは思えない。こうなったら京で勝負しよう！」

倉田甚四郎は姿を消した一味を、この街道上で見つけるのは困難だと思う。女連れの小五郎は必ず京に戻る。逃げるのに女たちを捨てたかもしれないが、小五郎の行くところは京しかない。

街道の周辺で二十人、三十人が長く隠れていることは不可能だ。バラバラで京に戻り、そこで再び一座を組んで西国に行けば安全だろう。いずれにしても小五郎は一旦京に戻ってくる。甚四郎の確信だった。

京に戻れば奴《やつ》らも一安心で油断するだろう。そこを捕捉すればいい。

「兎《と》に角《かく》、京へ行こう！」

「ここで立ち往生しても仕方がない。前に進むしか小五郎を捕らえる方法はないな」

「そうです。京で決着をつけましょう」

藤九郎と甚四郎が状況をそう判断して街道上での捕縛はあきらめる。

まだ奴らに逃げ切られたわけではない。江戸から追って来て小五郎一味を確実に追い詰めている実感がある。小五郎は奉行所の追跡の気配を感じて、東海道から中山道と必死で逃げているのだ。姿は見えないが京に行けば確実に捕らえられる。それが倉田甚四郎の確信だった。小五郎は必ず京にいる。

その頃、宇三郎ら三騎は大井川を渡って遠江に入っていた。

江戸で皆殺しの仕事をした小五郎に逃げられては、北町奉行所の面目が丸つぶれになり、盗賊になめられその跋扈《ばっこ》を許すことになりかねない。

それは断固阻止する。

この事件における勘兵衛の立場がわかるだけに、直臣《じきしん》の青木藤九郎も望月宇三郎も必死なのだ。幕閣にこの事件が原因で北町奉行の辞任を迫られれば万事休す。

それほど大きな事件なのだ。

勘兵衛の方から責任を取ってあっさり辞職することも考えられる。

何んとしても正体のわかっている小五郎を捕らえるしかない。ことに六之助は小五郎の顔を何度か見ているのだ。奴の首を獄門台で晒《さら》さない限り、気分が悪く枕を高くして安眠できない。それでなくても小五郎一味に裏をかかれて、歯ぎしりするほど悔しい六之助はうなされて目を覚ますことがある。殺された十七人の無念が六之助の背中に張り付いていた。

藤九郎たちは京での勝負だと決めて中山道を湖東に急いだ。

美濃にとどまってあれこれ考えていても仕方がない。こうなったらいち早く京に急行して戦いの支度をする。小五郎との決戦の時はそう先ではないように思う。

四人が中山道を急ぎに急いで湖東を過ぎ、瀬田《せた》の唐橋《からはし》を渡ろうとしている頃、江戸を一足先に出た小清と助六の三人が京に入り、小五郎と亥助たちがすぐその後に京へ入ってきた。その半日遅れで急いだ藤九郎たちが京に現れた。

数日の遅れで江戸を発《た》った藤九郎たちがかなり追いついたことになる。

何がなんでも捕まえるという執念の追跡だった。これが北町奉行米津勘兵衛のあきらめないしつこさなのだ。どんな盗賊でもこのしぶとい追跡にまいってしまう。追って追って必ず追いついてくるのだから往生する。早々と捕まった弥平はそれを知っていて勘兵衛を恐れ警戒した。

だが、その弥平も間一髪《かんいっぱつ》のところで逃げ切れなかった。

小五郎と小清は京の東山南禅寺門前の家に入り、助六と亥助たちは六条の芝居小屋に入った。京に戻ってきてひと安心のつもりだがそうはいかない。江戸の勘兵衛の手配が京にまで回ってきていた。助六たちが入った六条の芝居小屋は小五郎の弟分で、加茂《かも》の松之丞《まつのじょう》という男が率いている若衆《わかしゅ》歌舞伎の一座だった。

そこが小五郎の子分たちの隠れ家にもなっている。

藤九郎たちは京の旅籠に入って旅装を解くと、以前、所司代の役人で北町奉行所を支援してくれた長谷川房之助《はせがわふさのすけ》を訪ねた。

かなり前の時蔵《ときぞう》事件の時から協力してくれている。

藤九郎が甚四郎と二条　城《にじようじよう》の北側にある所司代まで歩いて行くと、すでに宇三郎と孫四郎と左京之助の三人がいた。

その三人は江戸から馬を飛ばして京の所司代に到着したばかりだった。

二条の所司代は上屋敷《かみやしき》、中屋敷《なかやしき》、下屋敷《しもやしき》があり、一万坪ほどの広大な敷地に幕府を代行する役所が置かれている。この所司代は信長が将軍義昭《よしあき》を京から追い出して、村井貞勝《むらいさだかつ》を天下所司代として置いたのが始まりであった。古くは鎌倉政権の侍　所《さむらいどころ》の次官を所司と呼び、室町政権では侍所の長官を所司と呼んで、その代理を所司代と呼ぶようになったという。つまり京における軍事や治安を統《す》べる役所で、検非違使庁《けびいしちよう》が侍所に変化したものといえる。

この頃はまだ京には町奉行所はなかった。

京に東西の町奉行が遠国奉行として、所司代の下に置かれるのは寛文八年（一六六八）十二月からである。この京の所司代は家康が幕府を関東に開いたため、上方に眼が届かなくなる危険があって重要な役目を担うことになる。

つまり京の所司代は西国の大名を見張り、大阪城や京の朝廷を見張る役目を担ったのだ。江戸の幕府は上方や西国での騒ぎを極端なまでに警戒した。幕府に対抗する勢力が生まれるとすれば上方か西国だと思われていた。事実、幕末の倒幕勢力は西国の西端長州《ちょうしゅう》と九州の南端薩摩《さつま》に生まれる。薩摩などには幕府の眼がほとんど届かなくなってしまう。

「おう！」

藤九郎と甚四郎は三人の顔を見て驚いた。

宇三郎たちは江戸からの早馬のようなもので、あっという間に追いつかれていたのである。ちなみに江戸と京の間を早馬は二泊三日で走り抜けた。早飛脚《はやびきゃく》は三日半ぐらいというから人の足も結構速いものである。それは馬なら二里から三里ほど走れば潰れてしまうが、人は水と兵糧《ひょうろう》さえあれば十里でも十五里でも走り続ける。人と馬では持久力がまったく違っていた。従って古くから伝馬という仕組みがあって、宿場ごとに馬を替えて人や物を運んだのである。宿場と宿場の間が二、三里というのが多いのは、馬の走れる距離を考えてのことだったのかもしれない。つまり宿場というのは馬繋《つな》ぎ場でもあったということだろう。

房之助を入れて六人は額を集め、早速小五郎の捕縛を相談する。

「江戸の調べでは女一座の親方小五郎の住まいは南禅寺門前だというのだが……」

宇三郎が江戸で知り得たことを長谷川房之助に披露する。その房之助は小五郎たちの動きを知らなかった。小五郎たちは京で仕事をすると所司代に捕まるから、周辺の堺《さかい》や大阪から西国方面を荒らしてきた。

京は古くから野盗や盗賊の多いところだ。

平安の頃から魑魅魍魎《ちみもうりよう》が闇の中を跋扈していたという。そのため朝廷は京に入る街道の大枝《おおえ》、山崎《やまざき》、逢坂《おうさか》、和邇《わに》に四堺《しさかい》を設けて、四堺祭をし京に穢《けが》れが入らないようにして、魑魅魍魎をことごとく四堺の外に放逐《ほうちく》してきた。

小五郎もそんな京の魑魅魍魎の一人である。従って所司代を警戒していた。

「南禅寺の門前ですか、そのことはまったく知りませんでした。女歌舞伎一座が六条河原に芝居小屋を掛けることは、常の事ですから知っていましたが、江戸に行っていたとは聞いておりませんでした」

「奴らは追われているとわかれば、京より西に逃げるのではないですか？」

「うろ覚えなのですが、確かその女歌舞伎の小五郎という男は、阿波《あわ》の生まれだと聞いたことがあります」

房之助は小五郎のことを少しは知っていた。

つまり小五郎が四国の阿波に逃げるかもしれないということだ。そんなことになったら捕らえるのに何年かかるかわからなくなる。四国から九州にでも渡られたらどこまで逃げていくか。

そうならないようこの京で早く決着をつけるしかない。

長谷川房之助は女歌舞伎一座を隠れ蓑《みの》にして、小五郎が皆殺しという凶悪なことまでしているとは思っていなかった。

それはさすがの小五郎も京の中では、決して荒っぽい仕事はしなかったからだ。

小五郎は五畿内《ごきない》を中心に荒らし廻《まわ》り京に逃げ込んで鳴りを潜める。六条河原はそんな魑魅魍魎の棲《す》み処《か》には最適だった。そういうやり口で生き延びてきた凶賊である。小五郎のような男は古くから河原者と呼ばれていた。河原に住む者は沙《しゃ》門《もん》から芸人、春を売る辻《つじ》の君や乞食《こじき》まで男女を問わない。

六条河原にはそういう行き場のない、得体の知れない者たちが多く住みついている。

この河原にいればよほどのことがない限り、飢《う》えて死なないような助け合いがある。怖いのは流行《はや》り病《やまい》で屍《しかばね》が河原にゴロゴロ転がってしまう。

「もし阿波に逃げられたら厄介なことになります」

「さよう、決着をつけるならこの京でしょう。東山とわかればすぐ探せます。南禅寺の門前であれば今日中にも……」

房之助は小五郎の捕縛に自信を見せた。

竹乃が定吉に「親方の家は南禅寺の門前……」と、なにげなく話したことがこの事件解決の決め手になりつつある。場所さえわかれば京はそう広くはないからすぐ見つけられるはずだ。京に住んでいる房之助の頭には、京の絵図がしっかり描き込まれている。どこの辻に何があるかまでわかっていた。

「小五郎たち何人かの顔はわかっております。慎重に一味を一網打尽《いちもうだじん》にしたいと思いますのでご尽力を願いまする」

宇三郎はそのために江戸から七人も京まで来たといいたい。

捕らえた凶賊は所司代の手柄にしてもらって結構です、という意味も含まれているのだ。宇三郎たちは手柄を得ようとは思わない。江戸で十七人も殺し六千両も奪った小五郎を生かしておけないのである。

「承知いたしました。東山と六条河原のあたりを探索すれば、小五郎一味の所在はすぐつかめると思います」

「それでは奴らが逃げ出す前に早速……」

「わかりました」

小五郎を追い詰めたのだから事態は急を要する。

宇三郎は三頭の馬を所司代の厩《うまや》に世話をお願いし、下屋敷である千本屋敷の方を使うようにいわれたが、東山と六条あたりを探索するには、五条辺りの宿を拠点にした方が、都合がよいのではないかと考えて遠慮した。

江戸から急に与力、同心が現れて、所司代に迷惑をかけたくないとも思う。

その日、北町奉行所の七人は浪人姿に変装し、二人一組で藤九郎と六之助、甚四郎と長兵衛が東山に向かい、宇三郎たちは六条河原へ探索に向かった。

不慣れな京での難しい探索になった。

京は古くから王城の地だから、他所者《よそもの》を警戒するように言葉が独特に作られている。

その言葉によって他所者はすぐ判別できるようになっていた。この言葉というのが実に厄介で訛《なま》りというのは隠しようもない。

全国どこに行ってもお国訛りというものがあって、その国の通行手形と同じだとさえいわれる。けったいなこっちゃとか、なごなごしはってもっさいお方などといわれるとひっくり返りそうだ。

宮中には他所者が入れないようもっと難解な言葉もあった。天子のおられる京は実に用心深いところでもある。

小五郎たち一味の顔をよく知っているのは、江戸の浅草寺奥山で一座に張り付いていた六之助で、八幡宿で逃げられた亥助の顔も知っている。それを探し出そうというのだから難儀だが、辻でばったり出会うかもしれない。

京は延暦《えんりやく》十三年（七九四）に桓武《かんむ》天皇が平安京を営んで以来、平清盛《たいらのきよもり》の福原《ふくはら》遷都《せんと》を除き、八百年を超えて天子の都、王城の地となり繁栄してきた。

だが、東西と北が山という盆地《ぼんち》で京はそんなに広くない。賀茂川《かもがわ》や桂川《かつらがわ》と一緒に南に広がっている地形なのだ。

藤九郎たちは東山の南禅寺門前で、小五郎一味が動き出すのを待つことにした。

黒川六之助は小五郎と長七の他に小清や助六や、女芸人の薫や葵など何人もの顔を知っている。

浅草で何日も小屋掛けの一座を見張ってきた。

その六之助の苦労が報われる時がきていた。小五郎たちが江戸を出たことで怪しいとにらみながら逃げられ、江戸日本橋の越中屋での皆殺しの仕事を許してしまった。悔《く》やんでも悔やみきれない六之助の痛恨なのだ。

夜になると五条の旅籠に宇三郎たちが続々と戻ってきた。

乱世の終焉《しゅうえん》の地ともいえる信長の本能寺《ほんのうじ》や、南蛮寺《なんばんでら》は四条坊門小路からは姿を消している。栄枯盛衰《えいこせいすい》は世の常とはいうが、京の黄金の城だった聚楽第《じゅらくだい》も夢の中に消えてしまった。世は不安定ながら泰平に向かって爆走している。

その中心にあるのが京ではなく東国の江戸だ。

不慣れな土地で夜に動くのは危険だ。敵の方が土地柄を知っていて、追われているとわかれば簡単に逃げられてしまう。

何ごともないと奴らを油断させる。そして不意を突いて一網打尽にする。

追跡に気づけば小五郎は小清と素早く京を出るだろう。そうなってはどこへ向かったのか追うことが不可能になる。京には七口といって出入り口が七カ所以上ある。ましてや山陽《さんよう》、山陰《さんいん》の西国筋に入られたら、追跡するのはほぼ無理だとわかっている。

一網打尽にする勝負はこの京しかないのだ。

京から逃げられるのは最悪で、間違いなく捕縛することができなくなる。まさか京まで追ってくることはないだろう。追ってくるのはもう少し先のことだろうと思っている時が勝負なのだ。

　旅籠に戻って房之助を入れて八人が話し合った。

「六条河原にまだ小五郎の小屋はない。江戸で奪った小判をたっぷり持っているから、奴らはしばらくは鳴りを潜めて動かないつもりだろう」

「あの一味がどこかに集まることはないのだろうか？」

「そうだな。あるかもしれないが奴らの動きがわからない。どこかに集まるようならその時は一気に勝負だ」

　おそらく小五郎一味はバラバラに京へ戻ってきて、遠からず再び女歌舞伎の一座を始めるかもしれない。その後、警戒しながら小五郎が向かうのは西国だろう。八人の考えは京で決着をつけることで一致している。

「南禅寺門前の小五郎の家は？」

「今日の探索ではその家はまだはっきりしなかった。だが、怪しい家は何軒かある。そこに誰か出入りすれば六之助が顔を知っているから捕捉できる」

「六之助、この京にはいずれにしても誰か現れる。必ず小五郎とつなぎを取るはずだから、焦らずに辛抱強く南禅寺の周辺を見張れ……」

「はい……」

青田孫四郎はこうなると小五郎の顔を見ている六之助だけが頼りだと思う。

京まで小五郎を追ってきたのだからもう逃がすものではない。奴らは逃げ切ったと思っているかもしれないがそうはいかない。

「六条河原のどこかの小屋に、小五郎の子分たちが隠れるということはないだろうか？」

長谷川房之助がいいところに目をつけた。

所司代の役人は処刑の時以外、六条河原には顔を出さないが、河原に小屋掛けしている連中が、それなりの繋がりがあることを知っている。河原者同士で仕事を助け合ったりしているのだ。それは互いに過酷な世の中を生き抜く知恵でもある。

「それは考えられる。奴らの小屋はみな仲間のようなものだから……」

「あの六条河原にある大小の小屋なら、どこに潜《もぐ》り込んでも奴らの隠れ家としては最適だろう」

「銭さえあれば誰でも匿《かくま》うはずだ」

「六条河原だけではないな？」

「うむ、三条にもある」

京には古くから戦いに敗れた者や盗賊、極悪人やキリシタンを処刑するため、幾つかの刑場があった。四堺の外に放逐できない者たちが、人の嫌がる処刑の手伝いなどをして住んでいた。

東海道から京に入る粟田口《あわたぐち》には見せしめの粟田口刑場がある。宇治川《うじがわ》河畔の伏見《ふしみ》刑場、西土手《にしどて》刑場、蹴上《けあげ》刑場、賀茂川の三条河原刑場や六条河原刑場もその一つであった。そういうところには、処刑を手伝う者たちだけでなく乞食、悪党、芸人、売女、泥棒、浪人、沙門、病人、捨子など、塵芥《じんかい》の中でなければ生きるのが難しい者たちが集まった。

それはかなり古くからのもので、そういう者たちを河原者などという。疫病《えきびょう》などが流行ると鳥辺野《とりべの》や化野《あだしの》に運ばず、賀茂川の河原に蹴転がしておくなど常のことであった。それを川に押し流すのも河原者だった。京はそういう疫病には全く無力で、改元して厄災《やくさい》が行き過ぎるのを待つしかなかった。

そんなことから京には、天子と王城を守護するさまざまな結界が張られている。

風水という考え方から、四神《しじん》の玄武《げんぶ》、青龍《せいりゅう》、白虎《びゃっこ》、朱雀《すざく》が守り、五芒星《ごぼうせい》の上《かみ》賀茂《がも》神社、金閣寺《きんかくじ》、銀閣寺《ぎんかくじ》、八坂《やさか》神社、松尾《まつお》神社、晴明《せいめい》神社などが結界となって、鉄壁《てっぺき》の守りを固めたのである。

京に悪鬼《あっき》や災いや穢れが入らないように四堺が置かれ、災いをなす者は丹波大枝老《おい》ノ坂《さか》の外、京と摂津《せっつ》の国境の山崎の外、東海道と東山道の入り口の逢坂関の外、北国《ほっこく》街道の入り口の和邇の外に追放された。王城の地はことのほか穢れを嫌った。

そういう穢れが京に入らないよう、毎年四堺祭などを行っている。天子を守るため朝廷は兎に角穢れを嫌う。

京はそういう特別な土地だった。だが、その京の六条河原には古くから刑場があって多くの河原者が住んでいた。

その中に紛れ込まれると悪党を探すのは難しい。治外法権のような場所で、迂闊《うかつ》に役人でも手を出せないところである。夜に不用心に入ると出られなくなり、身ぐるみ剝がれて賀茂川に浮かんでしまう。

刑場のあるところはそんな恐ろしい場所だった。

八人はそんな中から小五郎一味を探し出して、一網打尽にしようというのだから結構危険な話である。だが、そんな危険を冒《おか》してでも小五郎一味は始末しなければならない。

京まで追ってきておめおめ逃げられたと、江戸に引き上げることはできない。

宇三郎は小五郎一味を必ず見つけて、凶悪犯たちと決着をつける覚悟でいる。

「勝負は明日からだ。奪った小判を既に分けたのか、これから分けるのかわからないが、いずれにしても江戸で奪った小判は大金だ。間違いなく何んらかの動きがある。それまで東山と六条河原を厳重に見張ろう！」

誰もがいずれ小五郎は動き出すと考えた。

そのうち小五郎の家が特定されれば、房之助の他にも何人か所司代から、援軍を出してもらい昼夜を分かたず包囲し、小五郎の存在が確認されたら襲撃して捕らえる。六条河原にいるだろう子分たちも特定して捕縛する。六之助が顔を知っているのだから頼りになるはずだ。

もう奴らを逃がさない。

翌朝、暗いうちから六之助と長兵衛が東山南禅寺門前に走った。

二人は薄汚れた浪人姿だがあまり頻繁《ひんぱん》に、東山をウロウロすれば小五郎たちに気づかれる。

そこが見張りの難しいところだ。

五条の旅籠から出て五条大橋を渡り、東大路を三条まで上って東海道にでる。

そこを右に折れて白川道《しらかわどう》に出ると南禅寺門前だ。

二人は浪人姿で早朝の南禅寺に参拝した。

別格本山南禅寺は大徳寺《だいとくじ》や妙心寺《みょうしんじ》と並んで禅寺の最高峰《さいこうほう》である。朝早くから参拝する人々の影があちこちに見えた。この南禅寺は最盛期には六十ケ寺の塔頭《たっちゅう》を持つ巨大寺院だった。

「誰か現れるといいが？」

「そうだな。だが、六之助、焦りは禁物だぞ」

「はい……」

「お前は誰か見つけたら飛び出しそうな顔だ。そういう時こそじっくり腰を落として構えることが大切だ」

剣客の長兵衛は剣の心得のようなことをいう。

「わかっている。飛び出せばすべてが台無しになるということだ」

「それをわかっていればいい。所司代の長谷川さままで協力してくれている。この事件は所司代の手柄でいいぐらいに思っていないと駄目だ。お前は小五郎に食いつきそうな顔をしているからな」

本宮長兵衛に六之助は焦りを注意された。

「そうなんだな。ここは京だから所司代の手柄でいい……」

「そうだ。その方がお奉行も喜ぶだろうよ」

「うん！」

二人はブツブツいいながら周辺を歩き回り、怪しいと目星をつけた家の近くに身を潜めた。まったく動きがないのはなお怪しいと思う。江戸での事件からずいぶん日にちが経《た》っている。小五郎は間違いなく京に戻ってきているはずなのだ。だが、その姿を見ることができない。相当警戒していることが感じ取れた。夜になってこっそり動いているのかもしれない。

奴らが京にいるなら明るいうちに、何かしらの動きがありそうなものだ。

その日は東山だけでなく六条の方でも収穫はなかった。だが、その六条河原には既に助六と亥助が身を隠している。

身延山から小五郎を守ってきた浪人も松之丞の小屋にいた。

その夜も八人は話し合って早めに横になる。夜の六条河原は危険すぎてウロウロできない。怪しまれたら闇から闇に葬《ほうむ》られかねないのだ。

翌朝も六之助は早かった。

まだ暗いうちに長兵衛と二人で東山に向かい、怪しげな家から少し離れた軒下《のきした》に身を潜めて見張った。人の気配がするのに出入りがまったくない。なにを食って生きているのかさえわからない。

そんなおかしな家は見逃せない。そういう家は見るからに犯罪の匂いがする。静かすぎて薄気味悪ささえ感じさせた。六之助は間違いなく眼を離せない家だと思う。長兵衛がいうように膠着《こうちゃく》した時は焦りが禁物である。

ついに、六之助の苦労が報われる時が来た。二人が目星をつけた家は間違いなかった。

その日の昼過ぎに長七と京八、民蔵ともう一人の子分の四人が南禅寺門前に現れたのだ。辺りを警戒しながら旅姿だから身延から来たとわかる。四人は笠《かさ》を被《かぶ》って顔を隠そうとしているが、顔を知っている六之助が長七を見逃さなかった。

「来たッ！」

六之助が物陰に身を隠す。

「長七だ！」

「小五郎の片腕か？」

「うん、子分たちを連れて戻ってきた」

六之助は体が震えるような歓喜を覚えた。ついに奴らを捕まえた。京まできて皆殺しの凶悪犯の尻尾をつかんだ。もう逃がしやしない。

「四人があの怪しい家に入ったな……」

「間違いなく、あの家に小五郎がいる。奴らは小五郎に会いに来たんだ」

刀の柄《つか》を握るとカタカタなるほど六之助は震えた。品川で一味を逃がしてからの六之助の後悔と悔しさは並大抵ではない。

自分が見逃してしまったばかりに日本橋の薬種問屋、越中屋嘉右衛門の十七人が皆殺しにされた。腹を斬っても足りないくらいの大失敗なのだ。だが、お奉行は咎《とが》めるようなことは何もいわなかった。それがかえってつらい。いっそのこと厳しく叱られた方がいいと思ったこともある。一日千秋の思いでこの日を待ったのだ。

「越中屋許せ、命をかけても犯人を捕らえるから……」

それが殺された越中屋嘉右衛門にたいする六之助の覚悟だった。

死んだ者は生き返らないのだからむざむざ殺された十七人に、小五郎以下の悪党の首を揃《そろ》えて差し出すしかない。

その尻尾をつかんだ。

「あの家に小五郎がいるのは間違いない、青木さまたちを探してくる」

「待て、お前は奴らの顔を知っている。ここで見張れ、おれが探してくるから……」

長兵衛が物陰から出ると走り出した。

藤九郎と甚四郎は白川道ですぐ見つかった。

長兵衛が二人を連れて戻ってくる。その時、間一髪、長七と京八たち例の四人が小五郎の家から出てきた。

「野郎、どこへ行くつもりだ?」

「奴らが京を出るようなら斬る。逃がさぬ!」

藤九郎と甚四郎が四人を追う。

見つかったことを知らない長七たちは、白川道から東大路に出ると五条まで下って大橋を渡り、六条河原に入って若衆歌舞伎の松之丞の小屋に入った。

「よし、ここが奴らの隠れ家だ。こんなところに巣を作っていやがる」

「この近くを望月殿が探索しているはずだ」

そういって甚四郎が河原を見渡し探しに行くと、河原のあちこちを調べている宇三郎と房之助が見つかった。二人は小さな小屋まで入口の筵《むしろ》の隙間から覗《のぞ》き見ていた。

「ついに奴らが現れた」

「どこに、東山か？」

「そう、南禅寺前の小五郎の家がわかった。やはり例の怪しい家でした。そこから小五郎の片腕の長七がこの河原に移ってきた」

「芝居小屋か？」

「この先の若衆歌舞伎だ」

「若衆、それは松之丞の小屋だ！」

房之助は松之丞の若衆歌舞伎を知っていた。

男色を知らない房之助だが松之丞の小屋の若い者が、公家《くげ》や僧に買われているという話を聞いている。そういう噂《うわさ》は京のどこにも転がっていて、松之丞の若衆歌舞伎はよく知られている小屋だった。

「野郎、うまいとこに隠れやがった」

「男だけの小屋だから怪しまれないか？」

「うむ、京で若衆は珍しくない」

古くから武家や公家や僧の間では、遊びや嗜好《しこう》として衆道《しゅどう》が広く行われてきた。

男同士の恋愛でその若衆の取り合いで事件も起きるほどだ。武家は戦場の興奮した血を鎮《しず》めるため、公家は古くからのたしなみとして、僧は妻帯できないから衆道の者が多かったという。

この頃は女歌舞伎に代わるものとして、前髪立の美童《びどう》の若衆歌舞伎ができ始めていたが、美童の歌舞伎は出雲《いずも》の阿国《おくに》と一緒の頃からあったともいう。五歳くらいの美童が踊っていたというから、美童歌舞伎はかなり古くからあったものだろう。ただ、小屋掛けをするような大掛かりなものではなかったようだ。

「クソッ、いいところに逃げ込みやがったな」

「長七がここで小五郎は東山か？」

「東山の方は長兵衛と六之助が見張っています」

「小五郎一味がどこかに集まれば一網打尽なんだが……」

宇三郎はそう思うが事はそんなにうまく運ぶとは思えない。だが、小五郎一味の全貌が明らかになってきたことは大きな手応えだった。

後は東山と六条河原の二カ所を、どのように攻めて一味を捕まえるかだが、二カ所を同時に攻撃するというのは少々厄介である。どちらか一方からというのは逃げられる可能性が高い。戦い方としては一気に二カ所を攻めるのが良いと思う。

「望月殿、所司代さまにお願いして援軍を連れてまいります。二カ所を包囲するには人手が足りないかと？」

房之助が八人で二カ所を包囲して攻撃するには手薄だと考える。

敵が何人いるのかわからない。松之丞の小屋には相当の人数がいると思われるからだ。東山にも何人が潜んでいるのかもわかっていない。六条の小屋には小五郎の子分と松之丞の子分がいるのだから、少なく見積もっても二十人は下らないだろう。

若衆もいるのだから三十人ぐらいは中にいるはずだと思う。

八人で東山と六条河原を攻撃するのは無理だ。

「相すまぬ。板倉さまには改めてご挨拶します」

「承知！」

房之助が六条河原から二条の所司代に走った。援軍が必要だ。

事態は急を要する。

どう変化するか油断できない状況になってきた。昼夜を分かたず二カ所を見張る必要があって、七、八人ではいかんともしがたい状況だとわかる。おそらく松之丞も悪党だろうから若衆歌舞伎の小屋には、手練《てだ》れの浪人なども何人かいるに違いない。このまま戦いになれば奴らの半分近くに逃げられるだろう。

宇三郎たちが思案しているところに、青田孫四郎と赤松左京之助が松之丞の小屋の前に現れた。事態が切迫《せっぱく》してきている。長七の動きから東山の家に小五郎がいると思われるが、誰もその姿を見ていないのが少し心配だった。

夕刻になると所司代から長谷川房之助が、得体《えたい》の知れない連中を連れて六条河原に現れた。

乞食や腐れ坊主に浪人など、薄汚い恰好《かっこう》の者たちだがみな所司代の役人だという。

よく揃えたもので二十数人が筵に刀をくるんで持っている。戦いになったら同士討ちをしないように白い襷《たすき》をするという。それが目印ということだ。

藤九郎がニッと笑ってその襷を房之助から受け取った。夜の戦いになるかもしれないから目印は大切だ。

「よし、二手《ふたて》に別れよう！」

藤九郎と甚四郎が三人ばかりを連れて東山に向かった。

小五郎一味の誰も逃げられないように着々と周りを固めている。それから二日ほどで江戸から京に向かった一味がみな京に入ってきた。充分に遊んできた旅だから悪党どもはみな油断していた。

女たちはそれぞれバラバラになり、男たちは松之丞の小屋に集まってくる。それはまだ半金をもらっていないからだ。その小判は長七たちが運んで小五郎の家に置いてあった。

松之丞の小屋に続々集まってくるのを、六之助は見張っていてどうしてだと思う。

江戸の浅草寺奥山で見かけた顔が何人もいる。みな分け前の小判で懐が膨らんでいるから、昼から春を売る河原の小屋に入りびたりだ。そんな男たちも夜になると松之丞の小屋に戻ってくる。

女歌舞伎の男たちの顔を知っている六之助は、東山に走ったり六条に走ったりと忙しいが、東山に子分たちの出入りがほとんどなかった。静かなものだが六条河原の松之丞の小屋は逆で、客の出入りはそこそこだが裏口の人の出入りが多かった。そんな中には人相の良くない血の匂いのする浪人が何人もいた。

明らかに松之丞の小屋は盗賊の隠れ家だと思われる。

房之助が連れてきた役人の中には、平気で小屋の裏口から入って行く猛者《もさ》がいる。

六条河原はそういう薄汚い者には寛容《かんよう》だ。あぶれ者同士は相身互《あいみたが》いだから怪しんだりはしない。

悪党が乞食に銭を恵んだりもする不思議なところだ。

その乞食が筵に刀をくるんで持っていても咎めない。どこから盗んできたと聞くぐらいである。良い刀だと売らないかなどと話を持ち掛ける。見かけない乞食にも親切なのだ。怪しんだりしないのは自分の方がよほど怪しい男だからだ。

「おい、何か銭になるいい仕事はないか？」

「なにッ、銭になる仕事だと、てめえ少し足りねえんじゃねえか、仕事がありゃこんなところにしけ込んじゃいねえ！」

「そうか、そりゃそうだな。少しは腕に覚えがある。その辺にゴロゴロしているから声をかけてくれ。腹が減ったな……」

「少しだが持って行けや、何か買って食えよ」

悪党が機嫌よく銭を一握りつかんで渡す。仕事がないといいながらよほど景気がいいということだ。

「すまねえな。恩は忘れねえぜ……」

「いいってことよ。悪党は相身互いじゃねえか。何か頼むこともあるだろうよ」

「うむ、わかった」

薄汚い浪人が小屋から出てくる。

「房之助殿、奴らはざっと十五、六人はいたぞ。外から戻ってくると三十人くらいにはなるだろう。みなろくでもねえ顔つきだ」

「三十人とは多いな？」

「この河原で戦いになる。奴らを襲うなら夜明けが良さそうだ」

宇三郎が二人の話を聞いている。確かに夜の戦いは危険だ。人数が多すぎて暗い中では逃げられる可能性が高い。早朝から仕掛ければ卯《う》の刻、辰《たつ》の刻（午前五時～九時）ごろには決着がつくだろう。明るければ逃げられる心配もない。

その夜、宇三郎、藤九郎、孫四郎、房之助の四人が五条の旅籠に集まった。

「江戸から来た小五郎一味が京に揃ったようだな？」

宇三郎が切り出した。

「確かに、六之助の知っている顔はみな揃ったそうだ」

「奴らが動き出す前に、こちらから決戦に出てはどうだろうか？」

「おそらく、奴らはまだ小判をもらっていないような気がする。長七たちが運んできた荷を小五郎の家に置いて、六条河原の小屋に入ったと六之助はいっていたから……」

「それが日本橋越中屋の小判だ」

六之助は長七の動きをよく見ていて、小判は東山にあると藤九郎に伝えている。

「よし、こうなったら二カ所を同時に襲うか？」

「うむ、それがいい。小屋には浪人の数も多いようだが恐れることはない」

「斬り捨てる？」

「それでいい……」

「今夜か？」

「いや、夜はまずい。人数が多すぎて一網打尽にできない。闇に紛れて逃げる者がいる」

「それでは明朝ということでは？」

「夜明けに襲うか？」

「うむ、明るくなりかけた時なら間違いなく一網打尽にできるだろう」

「捕り方は足りますか？」

房之助は一人も逃がしたくない。それは宇三郎たちも同じだ。京を凶悪犯の根城にされて房之助は怒っている。所司代の板倉重宗には徹底的に潰してしまえと命じられていた。房之助はこの際だから六条河原を掃除するいい機会だと考えているのだ。

「捕り方は充分だ。刃向かう浪人は斬り殺してしまう……」

何人も人を殺してきた浪人が斬り捨てられるのは当然だ。北町奉行所の流儀は後腐れのないようにすることだ。生かしておけば食い詰めて、何度でも人殺しを繰り返すばかりだろう。

「よし、明朝だ。東山の方はわしと甚四郎、六之助の三人で充分だ。あの家にはおそらく小五郎と女房しかいないはずだ。子分がいても一人二人だろう」

宇三郎は自ら小五郎を襲撃すると決めた。

「それじゃ所司代の援軍は二人を東山に残して六条に戻してくれるか？」

「承知！」

藤九郎と孫四郎、左京之助と長兵衛の剣客なら盗賊の二、三十人は楽に倒せる。

四人は一刻ほど仮眠を取ると各持ち場に戻って行った。夜のうちにすべての支度をして、夜明けと同時に二カ所で戦いに突入する。所司代の役人も六条河原に集中させることになった。

明るくなれば一人も逃がす心配はない。

この際だから松之丞一味も捕縛すると決めた。叩《たた》けば旧悪の一つや二つは持っている連中だろう。

第十八章　丹波口《たんばぐち》

その頃、江戸では彦一が眠い目をこすりながら、いつものように日本橋の大店《おおだな》の軒下に身を潜めている。

歌留多が必ず現れるという確信があった。

同じ稼業の弥栄《いやさか》の彦一にすれば、そこに現れないのがおかしいと思う。

その夜の夜半頃、ついに黒装束の盗賊が町家の屋根の上に現れた。眠くて見過ごすところだったが「来やがったな、野郎……」と暗がりに立ち上がった。

何んとも身軽な盗賊である。

既に仕事を終えたようで、軒下の暗がりにいる彦一に気づいていない。

数軒の屋根を飛び跳ねながら逃げると、軒から身軽に地上に飛び下りた。弥栄の彦一でも真似《まね》のできない軽業師のような身のこなしだ。その盗賊にいきなり飛びかかると彦一は盗賊を倒して馬乗りになった。

「あれ、乳だ。お、お前、女か？」

「うるさいッ、馬鹿野郎、どきやがれッ！」

彦一が強引に盗賊の覆面《ふくめん》を引き剥がした。星明かりに現れた女の顔に彦一は覚えがある。

「お、おめえお銀《ぎん》じゃねえか？」

「誰だお前はッ？」

「彦一だよ！」

「彦さんか、どうして坊主頭なのさ、こんなところで？」

「それがな、いろいろ事情があってさ……」

「あのう、重いんだけど……」

「すまねえな」

「てめえ、乳を握りやがって、痛いじゃないか！」

お銀が彦一の横っ面を引《ひ》っ叩《ぱた》いた。

「いい乳だな……」

「馬鹿野郎、てめえ！」

「お銀、お前、かるたを置いていく賊なのか？」

「だったらなんだよ！」

「やめてくれねえか？」

「どうして？」

「それを話すと長いことになるんだ……」

お銀は気の強そうななかなかいい女だ。

「おれの長屋に来ねえか、幽霊長屋だ」

「あの貧乏長屋か？」

「うん、親父《おやじ》さんは？」

「死んだ……」

「兄さんは？」

「甲賀組《こうかぐみ》の同心になったよ」

「それじゃお銀はお役人の妹か？」

「そういうことだな」

土を払って立ち上がると二人が歩き出した。

この二人は前からの知り合いで、お銀の父は甲賀五十三家の中の鈎《まがり》の陣二十一家の一つ、北山《きたやま》九家の岩室《いわむろ》家の当主だった。

甲賀の者は近江の六角家《ろっかく》に仕えてきた忍びである。

徳川幕府では百人組と言われ、伊賀《いが》組、根来《ねごろ》組、甲賀組など、各百人の鉄砲足軽隊として残された。いざという時に将軍を守って江戸から逃げる。

鉄砲の扱いになれていたのがその伊賀、甲賀、根来衆などだった。

家康は万一、江戸城が落ちた場合、内藤新宿《ないとうしんじゆく》から甲州街道を鉄砲隊や八王子千人同心に守られて、甲斐の甲府城に逃げる構想で城下を造った。

そのため百人組の鉄砲隊は甲州街道の四谷に配置されている。

甲賀組は与力十人、同心百人からなっていた。この甲賀組同心はやがて窮乏《きゆうぼう》し、傘《かさ》張りなどをして糊口《ここう》をしのぐようになる。

岩室銀はそんな甲賀組にいたが、父親が認めるほど忍びの腕がよかった。

彦一は小さい頃、そのお銀の父親に忍びの術を教えてもらったことがある。その時、お銀も仲間だった。

「四谷の役宅に帰らなくていいのか？」

「適当に帰って寝ていればいいのさ、それより、その坊主頭になったわけを聞かせてくれるかい？」

彦一が頭をなでながら苦笑する。

「洒落《しゃれ》にもならねえ話なんだ。おれも盗人をしていたんだが、へまをしちまって北町奉行所に捕まったんだ」

「あの鬼といわれる米津勘兵衛にか？」

「うん、だが、なぜか殺されずにご用聞きの平三郎という親分に預けられた。まだ無罪放免じゃねえんだ。ところがつい先ごろのことだ。女出入りがあってまたもやしくじってしまったのよ」

「ドジだね。女でしくじるなんて彦さんらしいじゃないか。具合が悪いなら逃げればいいじゃないか、どうして逃げないんだ？」

「それがおれを預かってくれた平三郎という親分がいい人なんだなこれが。大盗の小頭で前は武家だったようでさ、その親分に義理ができちまったというか、こんなおれに嫁をもらわせて、ご用聞きの親分にしてくれるというんだ」

「いい話じゃないか、それが不満なのかい？」

「ところがちょいといい女が現れてさ……」

「浮気したのか？」

「浮気というか、その女はお奉行の女だったんだ」

「なんだと、てめえ、見境なく女に食いつくからだ。馬鹿！」

お銀が立ち止まった。

「なんともまあ、情けねえ、鬼奉行の女に手を出しただと、あきれ返るね。馬鹿じゃねえのかお前は？」

「そうなんだ。大馬鹿さ……」

「それなら逃げればいいじゃないか、甲賀とか伊勢とか京とか、上方ならいくらでも仕事ができるだろう？」

「うむ、そうだけど、もう逃げて暮らすのは嫌なんだ。それに平三郎親分を裏切りたくねえ、真っ当になろうと思うんだ。駄目かな？」

「駄目じゃないけど、鬼奉行に放免してもらえるのか？」

「それがわからねえ……」

お銀がまた歩き出した。

「奉行所の筆頭与力が手柄を立てれば、無罪放免になるだろうというんで……」

「それであそこに潜んでいたのか？」

「そうなんだ。いい勘しているだろう？」

「うん、いいよ捕まえて、彦さんが助かるなら捕まってやる」

「駄目だよ。そんなことできない。あんたを捕まえたりしたら、あの世へ行って爺《じい》さんに殺されるよ」

「あの世では殺されないよ。もう死んでいるんだから……」

「ん、そうか？」

二人は夜中の道をブツブツ言いながら幽霊長屋まで来た。

「変な匂いがするな？」

「幽霊の匂いだ……」

「ここはよく出るそうだな？」

「うん……」

気をつけて路地を歩き、お銀が彦一の長屋に入った。薄暗い灯りをつける。

「平三郎親分が嫁をもらったら、神田明神で団子屋をやらせてくれるというんだ。それで何んとか真っ当になりてえと思うんだ」

「なるほど、嫁と団子屋とご用聞きか、堅気になるならそんないい話は滅多にないぞ」

「そうなんだ」

「じゃ、あたしを捕まえろ、手柄にすればいい……」

「できねえ……」

「彦さん、あたしを誰だと思うんだ。甲賀のお銀さんだよ。お前さんに捕まってもその夜には牢屋《ろうや》から抜け出しているさ、ぐずぐずいうな」

「それでもできねえ」

「それじゃ、無罪放免にならないじゃないか？」

「仕方ない。お銀を捕まえるくらいなら島流しになる」

「島流し？」

「死罪はないと思うんだ」

「遠島になる前に逃げないのか？」

「もう逃げねえ、お天道さまの下で真っ当に生きてみたいんだ。それが駄目なら島流しも仕方ない。こんな時にお銀と出会えてよかったよ」

彦一が揺らめく灯りの中でニッと苦笑したが、なんとも元気のない寂しい笑い顔だ。

「そうか、間もなく夜が明ける。そろそろ屋敷に帰らないといけないね」

「うん、また会いてえな……」

「ここに顔を出すのか？」

「うむ、それに歌留多はこれきり、やめてくれるか？」

「考えておくよ。それじゃ……」

お銀は頰っかぶりをすると、「送らなくていい……」といって、彦一の幽霊長屋を出て四谷の百人組の役宅に走った。

歌留多の正体がわかり妙な方向に話がずれた。

そもそも彦一の頭の中にお銀のことはまるでなかった。歌留多が女だとわかって仰天した。それも旧知のお銀だったのだから彦一の頭の中は大混乱になる。

その歌留多の正体は誰にもいえない。彦一の無罪放免が約束される手柄が吹き飛んでしまった。なぜかるたを置いていくのかも聞けなかった。それでもいいと思う。

こういう義理堅いところが彦一の良いところでもある。

だが、勘兵衛と半左衛門と平三郎に、歌留多の正体を隠してしまうのはいかがなものか。

それでもお銀を捕らえて奉行所に連れて行くことはできない。

ここはお奉行の処分を有り難く受けて、潔《いさぎよ》く島に流されるしかないと思う。間が悪い時というのはこういうことだ。歌留多を捕まえた手柄はその手から吹き飛んだが気分は悪くない。仕方ないという彦一らしい暢気《のんき》さだった。

その頃、京では東山の小五郎の家と、六条河原の松之丞の小屋に討ち入る支度をしていた。壮絶な戦いになる可能性があった。

宇三郎たち三人は東山に来て、羽織を脱いで目印にもらった白い紐《ひも》で襷をかけた。

首魁の小五郎しかいないと思っているが万一ということがある。大人数とは思えないが小五郎を守る子分ぐらいはいるだろう。

六条河原でも藤九郎や房之助たちが、寝静まった小屋を包囲して夜明けを待っていた。

動きは東山の小五郎の家の方が先だった。

「六之助、この仕事はおぬしの手柄だ。踏み込め！」

宇三郎が命じた。

東山の頂《いただき》が白くなると六之助が刀を抜いて小五郎の家に歩いて行った。

その後ろに六之助を援護する宇三郎と甚四郎がいる。二人の所司代の役人は家の裏に回っていた。

六之助が入口の戸を蹴破って家の中に飛び込んだ。

「小五郎ッ、御用だッ！」

その時、小五郎は既に起きていた。

「江戸は北町奉行所の者だッ。日本橋越中屋皆殺しの件で捕らえるッ。神妙にしろッ！」

「くそッ！」

小五郎は囲炉裏《いろり》の傍《そば》にいたが突然のことで逃げ遅れた。

六之助は薄暗い座敷に飛び上がると、明かりを消そうとする小五郎の首に刀を張りつかせる。一瞬の勝負だった。

「動くなッ。動けばその首を刎《は》ねるッ！」

甚四郎も座敷に飛び上がると小五郎の前に回って、刀の柄でドスッと当て身を食らわせてから、倒れたところを六之助が後ろ手に小五郎を縛り上げた。

寝所では着替え中の小清が怯えながら震えている。

「小五郎の女房だな？」

六之助が聞くと小清が小さくうなずいた。

「さっさと着替えろ！」

甚四郎と六之助が家の中を探したが、二人の他に人のいる気配はない。

小五郎はまったくの油断で子分を一人も家に残していなかった。東山は簡単に片付いた。小五郎は京に戻ったことで安心し、小清と二人きりで油断していたのである。江戸から京まで追手が来るとも思っていない。もし所司代の手が回るにしても、あと五日や十日の余裕はあると考えていたのである。江戸の北町奉行所をなめたのが命取りになった。

その頃、六条河原は白く夜が明け始め戦いが始まった。

「踏み込めッ！」

藤九郎の号令で左京之助が刀を抜いた。

芝居小屋を包囲していた役人が左京之助と一斉に踏み込んだ。男たちはすでに起き始めていて、歌舞伎の若衆たちが悲鳴を上げて外に飛び出してくる。

「捕らえろッ！」

房之助が一人も逃がすなと命じて、若い芸人など小屋から飛び出してくる者は、すべて河原に転がして捕縛してしまう。有無をいわさず次々と縛り上げて河原に捨て置いた。

「一人も逃がすなッ！」

すぐ小屋に火がついてたちまち燃え上がった。

悪党どもがその混乱に乗じて外に飛び出し逃げようとする。たちまち六条河原が役人と悪党たちの戦いの場になった。数はほぼ互角だが白い襷の中に居合の剣客青木藤九郎がいる。浪人の二人や三人は簡単に斬り倒す。

ところが、この騒ぎにあちこちから悪党たちを助けようと、おっとり刀の浪人たちが走って集まってくる。悪党同士でも義理もあれば助けたい人情もある。小五郎や松之丞から仕事をもらってきた浪人たちだ。それも一人や二人ではない。広い河原の小さな掘っ建て小屋で女を抱いていただろう浪人が飛び出し、土手からも数人が転がるように駆け下りてくる。役人を目の敵にしている浪人たちだ。

たちまち夜明けの六条河原は大乱闘になった。

役人が不利だと見るといくらでも浪人たちが集まってくるだろう。

「これはまずいぞ……」

藤九郎が刀を抜いた。あちこちから二十人を超える浪人たちが走ってくる。

「青木さまッ、援軍を呼びに！」

「おう、頼む！」

房之助が傍の役人に所司代から援軍を呼んでくるよう命じて刀を抜いた。

大乱闘の中で六条河原のあちこちから悪党の味方が増えてくる。五条の方から走ってくる浪人たちもいた。この時とばかりに日頃の恨みが役人に向かってきた。

一揆《いっき》のようなまずい状況だ。

藤九郎と房之助が走ってくる浪人たちを迎え討ち戦いに飛び込んで行った。

こういう乱戦の中でも藤九郎の居合は冴《さ》えた。前後左右を斬り捨てて浪人たちを次々と斬る。

「容赦するなッ、刃向かう者はすべて斬り捨てろッ！」

房之助が戦う役人たちに叫んだ。白襷の役人の方が数は少なくなっている。

藤九郎は河原の浪人たちの恨みを見誤ったと思う。悪党には悪党の義理もあれば恨みも恩もあるということだ。秘剣万事抜きの大技で三人、四人と藤九郎は浪人を斬ったり峰打ちで倒したり、夜明けの河原で乱舞《らんぶ》するが浪人の数が減らない。

状況は役人が追い詰められてまずい。賀茂川に入って戦っている者もいる。

六条の芝居小屋が燃えている煙が東山の宇三郎に見えた。

「六条河原だッ、六之助ッ、行くぞッ！」

宇三郎は捕縛した小五郎を所司代の役人に預け、所司代の牢に小五郎と小清を入れるよう命じて、甚四郎と六之助と一緒に六条河原へ走った。

その六条河原では悪党の味方が増えるのに役人たちは往生《おうじょう》している。河原という戦いの場所が悪かった。徳川家や幕府に対しておもしろくない者たちが六条河原には多い。西国の浪人の恨みが一塊《ひとかたまり》になっている場所だ。そんなところで逆に役人が包囲された恰好である。

自分たちがこんなところに落ちたのは、家康のせいであり、江戸にある徳川幕府のせいだと思い込んでいる。そんな恨みの真っただ中での戦いだから、浪人たちはここぞとばかりに大暴れで役人に斬りかかる。不利な所司代の役人が何人も怪我《けが》をして河原に転がった。

こういう役人に不満な輩《やから》は全国的に少なくない。

幕府はそういう者たちの反乱を恐れていた。今のところそんな不満な浪人をまとめられる人物や大名はいないから、騒動にはなっていないが一揆になる火種はあちこちにある。六条河原は壮絶な戦いで大混乱である。

悪党は斬るしかない。刃向かう浪人も同じだ。

神夢想流の藤九郎、柳生新陰流の本宮長兵衛、小野派一刀流の青田孫四郎ら剣客三人が、小屋の傍の乱戦の中に飛び込んで行った。赤松左京之助も燃える小屋の傍で戦っている。

燃えている芝居小屋から長七、弟の助六、京八、民蔵などが次々と飛び出してきた。

浪人たちが集まると役人の方が押される。傷ついて倒れた役人や浪人が川の方に這《は》って逃げる。立ち上がっても力尽きて浪人がひっくり返る。

「役人を殺せッ！」

「野郎ッ、ふざけやがってッ！」

日ごろの不満や怒りが爆発する。

だが、役人の方も怯《ひる》まないで戦う。何んとしても負けられない。ここで負けると暴徒化した浪人に所司代が襲われかねない。本当の一揆になってしまう。援軍が来るまで持ちこたえる。長谷川房之助は返り血で顔も着物も血みどろだった。

あちこちに掠《かす》り傷を負っている。

「援軍が来るぞッ、踏ん張れッ！」

押される役人を励まして広い河原を眺めるが、どこもかしこも斬り合いの最中だ。

藤九郎は浪人を相手に五人倒し六人を倒して、必死に押し返そうと前に出て孫四郎と二人で戦っている。

悪党を相手にこんな苦戦は初めてのことだ。

これが江戸と上方の違いだといえばそれまでだが、兎に角、六条河原には家康と徳川幕府に対する恨みが渦巻《うずま》いていた。飢えた悪鬼が憎しみを駆り立てて襲い掛かってくるようだ。

その凄《すさ》まじい圧力を藤九郎は一人で押し返そうとする。

だが一度押されると押し返すのはなかなか難しい。戦いは六条河原全体に広がっていった。芝居小屋の筵が焼け落ちて骨組みの丸太が燃えていたが、それもガラガラと崩れて黒い煙だけが立ち上っている。

そこに宇三郎と倉田甚四郎、黒川六之助の三人が、五条大橋を渡って東山から六条河原まで走ってきた。一人でも多く援軍が欲しいところだ。いきなり三人が大混乱の戦いに巻き込まれる。

宇三郎は刀を抜きざま前と左右の三人を斬り捨てた。

「さあッ、来やがれッ！」

長兵衛が刀を拭いて自分と同じ柳生新陰流の宇三郎の傍に走って行った。

「長兵衛ッ、賀茂川に逃げる奴らを斬り捨てろッ！」

「承知ッ！」

賀茂川に追って行くと長兵衛が一人、二人と川の中で斬り倒した。宇三郎もこんな苦戦を戦ったことがない。浪人とはいえ武士だから刀を抜くと強いのもいる。日本橋の越中屋で皆殺しをした浪人二人は強かった。

だが、藤九郎の剣も冴えた。その二人は藤九郎の居合で胴を抜かれて死んだ。

寄らば斬る藤九郎の剣は電光石火の動きだ。

神夢想流居合の秘剣が次々と浪人を倒している。多勢と戦う時の前後左右の四方を斬り、八方を斬り、十六方を斬るという凄まじい藤九郎の剣技だ。

戦いに宇三郎と甚四郎が加わったことで、押されていた役人側に徐々に勢いが出てきた。

そこに所司代からの騎馬が三騎、河原を駆けてきて三十人を超える援軍がその後ろから走ってきた。刀や槍を振り回して援軍が六条河原に突っ込んでくる。こうなれば戦況はたちまち逆転する。援軍の中には鉄砲が三丁あって、土手の上から浪人たちを狙い撃ちにした。浪人たちを皆殺しにしようという銃撃だ。

弓も五人いる。

すっかり夜が明けて芝居小屋も焼け落ち、縛られた悪党どもが次々と河原に転がる。

それまで有利な戦いと見ていた長七と助六の兄弟、京八と民蔵、亥助の五人が六条河原から逃げ出した。

それを六之助が決して見逃さない。

六条河原を出て七条大路に逃げるのを追った。その六之助の後ろから長兵衛が追いかけた。江戸から追いかけてきたのだからここで逃がすわけにはいかない。

六之助は五人が丹波口へ逃げるつもりだと思った。

京を出て丹波口から西国へ逃げるつもりだ。そこで七条大路には向かわず、七条坊門《ぼうもん》小路に入って千本通りに向かい五人の前に出ようと走った。その後ろから追う長兵衛は五人を追って七条大路に向かう。

悔しい六之助は何がなんでも捕らえる。ここで逃げられたら目も当てられない。

逃げた五人は七条大路と烏丸《からすま》通りの辻まで来ると、戦いから脱出したと思ったのか長七がもう年なのか、ゼイゼイいいながら走るのをやめて歩き出した。

「くそッ、江戸から追ってきやがった……」

「しつこい奴らだぜ！」

「鬼の勘兵衛はやっぱり恐ろしいや、東山の小五郎親分はもう駄目だろうな？」

「兄い、老ノ坂まで逃げれば京から出られる」

「そうだな……」

長七はもう年だから走るのは苦手だ。弟の助六と亥助に励まされている。

後ろから追う長兵衛も半町ほど離れて歩き出した。五人が見えていた。

七条坊門小路を走っている若い六之助は、千本通りという古い朱雀大路まで来ると、その辻を左に折れて丹波口に出た。ここを塞げば京からは出られない。

京には七口という出入り口がある。

実際は粟田口、荒神口《こうじんぐち》、大原口《おおはらぐち》、東寺口《とうじぐち》、長坂口《ながさかぐち》、鳥羽口《とばぐち》、五条口《ごじょうぐち》、竹田《たけだ》口《ぐち》、伏見口《ふしみぐち》、丹波口など七口より多かった。その一つの丹波口は出雲など西国へ行く山陰道《さんいんどう》に出られる道で、本能寺の信長を襲った明智光秀《あけちみつひで》が丹波亀山城《かめやまじょう》から、この丹波口に現れて本能寺のさいかちの大木をめがけて襲い掛かった。

六之助が丹波口の道端に立つと五人が近づいてきた。

「長七ッ、この丹波口がお前の行く地獄の入り口だ！」

「誰だッ！」

「江戸からお前を追ってきた。北町奉行所の隠密廻り黒川六之助だ。じたばたするねえ！」

「くそッ！」

「神妙にしろッ、小五郎は既に所司代の牢の中だ。おめえらも逃げられないぞ！」

「うるせいッ！」

「この野郎一人だけだッ、ぶっ殺せッ！」

五人が懐の匕首《あいくち》を抜いた。六之助を殺しても押し通る。

「うぬら、死にたいようだな……」

六之助が刀を抜いた。

「六之助ッ、そ奴らを殺すなッ！」

五人のすぐ後ろで長兵衛が大声で叫んだ。五人が驚いて一斉に振り向いた。顔の返り血が黒くなった長兵衛が立っている。

「お前ら、痛い思いをする前に神妙にしたらどうだ。わしは相当強いぞ！」

「うるせいッ！」

「馬鹿な奴だ。お前らの親分が牢の中で待っているんだぜ……」

「やっちまえッ！」

「外道どもッ、裁きを受けて地獄に堕《お》ちろッ！」

長兵衛が太刀を抜くと同時に走った。素早く刀を峰に返すと亥助と民蔵の二人の胴を貫いて倒した。

「長七、おれが相手だ。お前だけはこの手で倒すッ！」

刀を峰に返して六之助が長七に詰め寄った。

「兄い、おれがやる。逃げてくれ！」

助六が長七を庇って前に出る。

いきなり六之助の刀が助六の匕首を持つ右手を叩いた。鈍い音がして助六の腕が折れる。匕首が吹き飛ぶと同時に六之助の刀が胴に入った。

「ゲッ！」

前のめりに助六が顔から突っ込んで倒れ、道端であまりの痛みにもがいた。

「痛いといったはずだぞ。うぬらが殺した越中屋の仇だ！」

長兵衛が京八に詰め寄るとポイッと匕首を捨てた。その肩を長兵衛の刀が鋭く叩いて骨を折った。京八も道端に転がって痛いと泣き叫んだ。

「長七、どうする。お前一人だぞ。匕首を捨てるか？」

「チッ……」

六之助をにらんでいた長七がいきなり匕首を振るってきた。

「大馬鹿者ッ！」

叫ぶと同時に六之助が長七の匕首を持つ、右手の二の腕を叩いてボキッと折った。

匕首が三、四間も吹き飛んだ。その長七は六之助の足元を廻るようにもがきながら道端に転がる。

あまりの痛さに唇を噛《か》んで血が流れた。

二人は五人を縛り上げて二条の所司代に向かう。援軍が現れすでに六条河原の壮絶な戦いも終わっていた。浪人のほとんどが斬り倒され凶賊は捕縛された。だが、この壮絶な戦いの中でこっそり逃げ出した者が数人いた。

幻月の鬼

一〇〇字書評

切り取り線

購買動機（新聞、雑誌名を記入するか、あるいは○をつけてください）

□（　　　　　　　　　　　　）の広告を見て
□（　　　　　　　　　　　　）の書評を見て
□ 知人のすすめで　　□ タイトルに惹かれて
□ カバーが良かったから　　□ 内容が面白そうだから
□ 好きな作家だから　　□ 好きな分野の本だから

・最近、最も感銘を受けた作品名をお書き下さい

・あなたのお好きな作家名をお書き下さい

・その他、ご要望がありましたらお書き下さい

住所	〒				
氏名		職業		年齢	
Eメール	※携帯には配信できません		新刊情報等のメール配信を 希望する・しない		

この本の感想を、編集部までお寄せいただけたらありがたく存じます。今後の企画の参考にさせていただきます。Eメールでも結構です。

いただいた「一〇〇字書評」は、新聞・雑誌等に紹介させていただくことがあります。その場合はお礼として特製図書カードを差し上げます。

前ページの原稿用紙に書評をお書きの上、切り取り、左記までお送り下さい。宛先の住所は不要です。

なお、ご記入いただいたお名前、ご住所等は、書評紹介の事前了解、謝礼のお届けのためだけに利用し、そのほかの目的のために利用することはありません。

〒一〇一―八七〇一
祥伝社文庫編集長　清水寿明
電話　〇三（三二六五）二〇八〇

祥伝社ホームページの「ブックレビュー」からも、書き込めます。
www.shodensha.co.jp/
bookreview

祥伝社文庫

初代北町《しょだいきたまち》奉行《ぶぎょう》　米津勘兵衛《よねづかんべえ》　幻月《げんげつ》の鬼《き》

令和 6 年 2 月 20 日　初版第 1 刷発行

著　者　岩室忍《いわむろしのぶ》

発行者　辻　浩明

発行所　祥伝社《しょうでんしゃ》

東京都千代田区神田神保町 3-3
〒 101-8701
電話　03（3265）2081（販売部）
電話　03（3265）2080（編集部）
電話　03（3265）3622（業務部）
www.shodensha.co.jp

印刷所　堀内印刷
製本所　ナショナル製本
カバーフォーマットデザイン　中原達治

Printed in Japan ©2024, Shinobu Iwamuro　ISBN978-4-396-35038-3 C0193

祥伝社文庫の好評既刊

岩室 忍

信長の軍師 巻の一 立志編

誰が信長をつくったのか。信長とは、いったい何者なのか。歴史の見方が変わる衝撃の書、全四巻で登場！

岩室 忍

信長の軍師 巻の二 風雲編

吉法師は元服して織田三郎信長となる。さらに斎藤利政の娘帰蝶を正室に迎え、尾張統一の足場を固めていく……。

岩室 忍

信長の軍師 巻の三 怒濤編

今川義元を破り上洛の機会を得た信長。だが、足利義昭、朝廷との微妙な均衡に信長は最大の失敗を犯してしまう…。

岩室 忍

信長の軍師 巻の四 大悟編

武田討伐を断行した信長に新たな遺恨が……。志半ばで本能寺に散った信長が、戦国の世に描いた未来地図とは？

岩室 忍

天狼 明智光秀 信長の軍師外伝 (上)

光秀と信長、同床異夢のふたりを分けた天の采配《さいはい》とは？ その心には狼が眠っている——明智光秀衝撃の生涯！

岩室 忍

天狼 明智光秀 信長の軍師外伝 (下)

なぜ光秀は信長に弓を引いたのか。臨《りん》済《ざい》宗の思惑と朝廷の真意は？ 誤算ある結末に、光秀が託した〈夢〉とは！

祥伝社文庫の好評既刊

岩室　忍　家康の黄金　信長の軍師外伝
三河武士には無い才能で、家康に莫大な黄金をもたらせた、武田家旧臣の大久保長安。その激動の生涯を描く！

岩室　忍　本能寺前夜◇上◇　信長の軍師外伝
応仁の乱以降、貧困に喘ぐ世に正親町天皇は胸を痛めていた。大納言勧修寺尹豊は信長を知り、期待を寄せるが……。

岩室　忍　本能寺前夜◇下◇　信長の軍師外伝
上杉謙信亡き後、勧修寺尹豊は信長の行動を朝廷との訣別ととらえる――公家が見た信長を描く圧巻の書。

岩室　忍　初代北町奉行　米津勘兵衛①　弦月《げんげつ》の帥《すい》
家康直々に初代北町奉行に任じられた米津勘兵衛。江戸創成期を守り抜いた男を描く、かつてない衝撃の捕物帳。

岩室　忍　初代北町奉行　米津勘兵衛②　満月の奏《そう》
〝鬼勘〟と恐れられた米津勘兵衛とその配下が、命を懸けて悪を断つ！　本格犯科帳、第二弾。

岩室　忍　初代北町奉行　米津勘兵衛③　峰月《ほうげつ》の碑《ひ》
激増する悪党を取り締まるべく、米津勘兵衛は〝鬼勘の目と耳〟となる者を集め始める。

祥伝社文庫の好評既刊

岩室 忍　初代北町奉行 米津勘兵衛④

雨月《うげつ》の怪《かい》

江戸に大鳥逸平という途方もない傾奇者が現れる。しかも、勘兵衛の息子が仲間と発覚、家康の逆鱗に触れ……。

岩室 忍　初代北町奉行 米津勘兵衛⑤

臥月《がげつ》の竜《りゅう》

豊臣家を討ち勝利に沸く江戸には多くの人々が上方から流入してきた。勘兵衛は更なる治安の維持を模索する。

岩室 忍　初代北町奉行 米津勘兵衛⑥

荒月《こうげつ》の盃《はい》

十万両を盗んだ大盗の頭が足を洗うと宣言。その証拠に孫娘を北町の同心の嫁に差し出してきたのだが……。

岩室 忍　初代北町奉行 米津勘兵衛⑦

城月の雁《がん》

盗賊を尾行するも、家族を人質をとられ追跡を断念した北町奉行所。勘兵衛は、一味の隙にくさびを打ち込む。

岩室 忍　初代北町奉行 米津勘兵衛⑧

風月《ふうげつ》の記《き》

北町奉行所を困惑させる書状が届いた。伊勢の北畠家ゆかりの者からだった。勘兵衛は乞われるまま密会をするが……。

岩室 忍　初代北町奉行 米津勘兵衛⑨

水月《すいげつ》の箏《そう》

警備厳重な商家を狙い、千両あっても十両だけ盗む錠前外しの天才盗賊が現れた。勘兵衛は仰天の策を打つが……。

祥伝社文庫の好評既刊

岩室　忍

擾乱《じょうらん》、鎌倉の風 上

黄昏《たそがれ》の源氏

北条らの手を借り平氏を倒した源頼朝は鎌倉に武家政権を樹立、全国に守護、地頭を置き朝廷と並ぶ力を得る。

岩室　忍

擾乱《じょうらん》、鎌倉の風 下

反逆の北条

頼朝の死後、北条政子、義時らは坂東武者を次々に潰す。執権として政権を奪うと、遂に源氏滅亡の奸計に動く。

宮本昌孝

陣借り平助《へいすけ》

将軍義輝《よしてる》をして「百万石に値する」と言わしめた——魔羅賀《まらが》平助の戦《いくさ》ぶりを清冽に描く、一大戦国ロマン。

宮本昌孝

風魔 上

箱根山塊に「風神の子」ありと恐れられた英傑がいた——。稀代《きたい》の忍びの生涯を描く歴史巨編！

宮本昌孝

風魔 中

秀吉麾下《きか》の忍び、曾呂利新左衛門《そろりしんざえもん》が助力を請うたのは、古河公方氏姫《こがくぼううじひめ》と静かに暮らす小太郎だった。

宮本昌孝

風魔 下

天下を取った家康から下された風魔狩りの命——。乱世を締め括《くく》る影の英雄たちが、箱根山塊で激突する！

祥伝社文庫の好評既刊

宮本昌孝　**紅蓮《ぐれん》の狼**

風雅で堅牢な水城、武州忍城《おし》を守るは絶世の美姫。秀吉と強く美しき女たちの戦を描く表題作他。

簑輪　諒　**最低の軍師**

一万五千対二千！　越後の上杉輝虎に攻められた下総国臼井城を舞台に、幻の軍師白井浄三の凄絶な生涯を描く。

簑輪　諒　**うつろ屋軍師**

戦後最大の御家再興！　秀吉の謀略で窮地に立つ丹羽家の再生に、空論屋《うつろや》と呆れられる新米家老が命を賭ける！

簑輪　諒　**殿さま狸《だぬき》**

豊臣軍を、徳川軍を化かせ！　〝阿波の狸〟と称された蜂須賀家政が放った天下一の奇策とは⁉

宇江佐真理　**十日えびす**　新装版

夫が急逝し、家を追い出された後添えの八重。義娘と引っ越した先には猛女お熊がいて……母と義娘の人情時代小説。

宇江佐真理　**ほら吹き茂平**　新装版

なくて七癖あって四十八癖

うそも方便、厄介ごとはほらで笑ってやりすごす。懸命に真っ当に生きる家族を描く豊穣の時代小説。

祥伝社文庫の好評既刊

宇江佐真理
高砂《たかさご》 なくて七癖あって四十八癖 新装版
倖せの感じ方は十人十色。夫婦の有り様も様々。懸命に生きる男と女の縁《えにし》を描く、心に沁《し》み入る珠玉の人情時代。

宇江佐真理
おぅねぇすてぃ 新装版
文明開化に沸く明治五年、幼馴染みの男女の再会が運命を変えた。時代の荒波に翻弄された切ない恋の行方は？

山本一力
大川わたり
「二十両をけえし終わるまでは、大川を渡るんじゃねえ……」――博徒親分と約束した銀次。ところが……。

山本一力
深川駕籠《ふかがわかご》
駕籠《かご》舁き・新太郎は飛脚《ひきゃく》、鳶《とび》の三人と深川↔高輪往復の速さを競うことに――道中には様々な難関が！

山本一力
深川駕籠 お神酒《みき》徳利
尚平のもとに、想い人・おゆきをさらったとの手紙が届く。堅気《かたぎ》の仕業ではないと考えた新太郎は……。

山本一力
深川駕籠 花明かり
新太郎が尽力した、余命わずかな老女のための桜見物が、心無い横槍で一転、千両を賭けた早駕籠勝負に！

〈祥伝社文庫　今月の新刊〉

大倉崇裕
冬華《とうか》
凄腕の狙撃手と元特殊部隊員――極寒の穂高岳に散るのは誰!?　罠と筋読み、哀しき過去ゆえの息詰まる死闘。本格山岳アクション!

馳月基矢
風　蛇杖院《じゃじょういん》かけだし診療録
初めて担当した患者が、心を開いてくれない。治療法も定まらず、大苦戦する新米医は……。救命のため、医の《梁山泊》に集う者の奮闘!

小杉健治
偽証法廷
絞殺現場から密かに証拠を持ち去った刑事の大場徳二。それは幼馴染の物だった。証拠隠滅の罪に怯えながら、彼の行方を追うが――。

岩室　忍
初代北町奉行　米津勘兵衛　幻月《げんげつ》の鬼《き》
大店で起きた十七人の殺しに怒りで震える勘兵衛。忽然と消えた凶賊を地獄に送ると誓う。人気シリーズ〝鬼勘〟犯科帳、激震の第十弾。

藤崎　翔
お梅は呪《のろ》いたい
古民家で発見された呪いの人形・お梅。引き取った底辺ユーチューバーを呪い殺そうとするが…。抱腹&感涙のハートフルコメディ!